도서, 일상,
시교육

내일을여는지식 어문 22

도시 소재시의 수용과 창작 교육

도시, 일상, 시 교육

강주현 지음

한국학술정보㈜

서 문

오늘도 조나단 브로프스키(Jonathan Borofsky)의 '망치질하는 사람(Hammering man)'은 서울 종로구 신문로 1가에서 홀로 쉬지 않고 망치질을 한다. 1분에 한 번꼴로 반복하는 그 느린 움직임을 보고 있노라면, 브로프스키의 본래 제작 의도와 별개로 여러 생각의 소용돌이 한가운데 서게 된다. 사회에 가까스로 발붙이고 사는 개인의 고단함, 잠시도 노동에서 자유로울 수 없는 반복적 도시 노동자의 일상, 차갑고 정적인 도심의 유리벽들 사이를 가르는 따뜻하고 동적인 인간 노동의 숭고함, 펜대 굴리는 화이트칼라들이 즐비한 도심 한가운데서 망치질 하는 육체노동자의 신성함 또는 슬픔. 그리고 그 일상적 '망치질' 아래 넥타이 맨 일상인들과 일탈을 꿈꾸는 예술영화관의 관객들이 뒤얽힌 풍경……

이미 전 국토의 81%가 도시화된 지금, 도시 공간은 그 자체로 지속되는 일상의 다양한 질서와 관계, 정서가 뒤얽힌 삶의 한 단면이면서, 그 이면을 다시 읽어야 할 텍스트가 되기도 한다. 따라서 이러한 산업 자본주의사회의 삶과 의식을 반영한 공간인 도시의 삶을 담고 그에 대한 정서를 표현한 도시 소재시는 지속되는 지금, 여기 이 순간을 노래한다. 도시 소재시의 화자는 주로 관찰자의 위치에서 유희적으로 조롱하는 어조나 아이러니, 역설로 일관하여 세계에 일정한 거리를 두고 있는 냉정함을 견지한다. 그럼에도 시적 화자 자신은 독자와 함께 그 세계의 치열한 '현재성'에 당면한다. 도시 소재시는 관찰과 체험, 냉정함과 치열함이 역동적으로 엮여진 현재의 문학인 것이다. 이는 문학교육에서 실종된 학습자들의 지금, 여기, 이 순간을 되찾아주기에 충분하다. 학습자들의 경험이 무시된 채, 향토적 과거를 향한 연서나 머나먼 미래에 대한 갈망과 의지가 분출된 텍스트가 대부분인 현대시 교육 정전들의 한계는 도시 소재시의 교육적 활용을 통해 극복될 수 있다.

따라서 본 연구는 대부분 도시에서 살아가는 학습자 중심의 문학 교육의 실현을 위한 일환으로 도시 소재시를 교육정전에 포함시켜, 그것의 교수·학습 원리 및 방법을 구안, 적용하여 그 효과를 제시하는 것을 목적으로 한다. 본 연구에서 제안한 교수·학습 원리 및 방법을 적용한 도시 소재시의 수용과 창작 교육은 학습자의 일상적 삶을 재인식하게 하여, 성찰적이고 비판적인 문식력을 신장시킬 수 있다. 나아가 일상과 창작을 동일 선상에 놓는 '문학 생활화'에 기여하는 측면도 커서 궁극적으로 학습자의 주체적 문학 수용 및 창작에 기여할 것으로 기대된다.

바라볼수록 부끄럽고, 부족함이 새록새록 솟아나는 석사학위논문을 단행본으로 출판하게 된 것은 무엇보다 학습자들의 경험과 현재성에 기반한 도시 소재시의 수용과 창작 교육이 문학 교육의 장에서 보다 활발하게 이루어지기를 바라는 마음에서이다.

교사들이 교육 현장에서 떠올리는 작은 생각이나 느낌, 문제의식은 보다 실제적인 교과교육학 연구의 씨앗이 될 수 있다. 그 씨앗의 개량과 파종법에서 재배법까지 담아낸 교과교육학의 연구 성과들은 미래 교육에의 희망을 안고 도서관의 서가에 안착되어 있다. 이 희망의 씨앗들은 서가를 벗어나 교육 현장의 토양에 뿌려져 뿌리를 내리고 가지를 만들어 열매를 맺음으로써 형형한 존재감을 발휘할 것이다. 나아가 그 열매에서 비롯된 새로운 씨앗이 다시 뿌려지고 다른 재배법이 다양하게 도입되어 끊임없이 나무와 토양을 변하게 만들어야 한다. 그럼으로써, 교과교육학의 연구는 하나의 완성된 결과물이 아닌, 그것의 적용과 활용, 교정을 통해 지속적으로 변화하는 과정 자체가 될 것이다. 따라서 학위논문으로 '제 역할을 다한(?)' 글을 새삼 불러내어 보다 확장된 장에 밀어 넣는다. 이 책으로 인해 본 연구의 부족한 부분이 지혜로운 다른 현장 교사들의 손끝에서 수정되고 다듬어지기를…… 그래서 도시, 일상이 시 교육의 장에 들어가 학습자들과 역동적으로 함께 숨쉬기를 바란다.

우선, 부족한 글이 책의 형태로 세상 빛을 보게 해 주신 한국학술정보(주) 여러분께 감사의 뜻을 전한다. 그리고 늦게 잠자리에 드는 딸을 지금도 안쓰러워하시며, 소파에서 새벽녘까지 새우잠을 청하시다 마지못해 잠자리에 드시는 부모님. 부족한 딸을 전적으로 믿고 존중해 주시는 부모님의 사랑이 아니었다면, 용기를 내어 이 글을 쓰는 일은 불가능했을 것이다. 또, 드러내지 않으면서 세심하게 누나의 빈틈을 채워주는 착하고 단단한 동생의 얼굴도 떠오른다.

방향 없이 흔들리던 논문의 시작에서 마무리까지 '無'에서 '有'를 창조할 수 있도록 적극적으로 격려해 주시고 이끌어주신 나은

진 선생님께 이 자리를 빌려 감사의 마음을 전해드리고 싶다. 또, 눈길이 채 미치지 못한 부분을 챙겨주시고 귀한 가르침을 주신 김현숙 선생님, 김진희 선생님과 모교의 선생님들께도 감사드린다.

　오늘도 잔잔한 봄볕의 마음으로 학생들을 힘껏 끌어올려주시고, 세상의 빙벽으로부터 감싸 안으시는 이대부고의 모든 선생님들께 존경과 감사의 뜻을 전한다. 그 어떤 유려한 말보다 소박하고 한결같은 행동으로 강인함을 발휘하시는 선생님들이 계셔서, 희망을 느끼며 공부할 수 있었다. 또, 건조하고 반복되는 일상에 매몰되지 않고, 통통 튀며 출렁거릴 수 있는 젊은 그들, 나의 학생들에게도 고마운 마음을 전하고 싶다.

2009년 4월
필자 강주현 드림

목 차

Ⅰ. 서 론 ···13

    A. 왜 도시 소재시 교육인가 / 15
    B. 도시 소재시의 교육은 어디에 서 있나 / 21
    C. 도시 소재시의 교육을 어떻게 연구할 것인가 / 26

Ⅱ. 7차 교육과정과 시 교육 ···31

    A. 소재·주제면 / 35
        1. 자연 소재의 현대시 교육텍스트 / 35
        2. 시대의식과 저항정신의 현대시 교육텍스트 / 43

    B. 교수·학습면 / 48
        1. 지식 중심의 교수·학습 / 48
        2. 수용의 수동성과 획일성 / 51

Ⅲ. 도시 소재시의 특성과 교육적 의의 ···57

    A. 도시 소재시와 일상성의 시문학 / 59
        1. 탈신비주의, 세속주의의 시문학 / 60
        2. 보편적 도시 공간의 경험 형상화의 시문학 / 69

    B. 도시 소재시와 비일상성의 시문학 / 102
        1. 관찰과 드러내기 / 103
        2. 병치와 아이러니 / 110

C. 도시 소재시의 교육적 의의 / 117
1. 학습자 중심의 현대시 교육 / 117
2. 다양성과 보편성의 현대시 교육 / 122
3. 창작의 구체적, 보편적 모델 제시 / 123

Ⅳ. 도시 소재시의 교수·학습 방안 …125

A. 교수·학습 원리 / 127

B. 도시 소재시의 수용 교수·학습 방안 / 128
1. 경험적 도시 공간의 재현 단계 / 130
2. 텍스트에 형상화된 도시 공간의 인식 단계 / 137
3. 경험적 재현의 도시 공간과 텍스트에
   형상화된 도시 공간 비교 단계 / 143
4. 일상 공간에 대한 인식 확장 단계 / 147

C. 도시 소재시의 창작 교수·학습 방안 / 151
1. 경험적 도시 공간의 재현 단계 / 153
2. 경험적 공간의 문학적 형상화 단계 / 163
3. 글쓰기 단계 / 167
4. 경험적 일상 공간에 대한 재인식 단계 / 172

Ⅴ. 도시 소재시의 교수·학습의 실제 ···175

    A. 교수·학습 설계 / 177
      1. 교수·학습 목표 / 177
      2. 교수·학습 계획 / 180

    B. 교수·학습 결과 및 분석 / 193
      1. 1차시 교수·학습 결과 및 분석 / 193
      2. 2차시 교수·학습 결과 및 분석 / 201
      3. 학습자 반응 분석 / 218

Ⅵ. 결 론 ···227

    참고문헌 / 233
    부 록 / 239

서 론

I

서 론

A 왜 도시 소재시 교육인가

현행 7차 국어과 교육과정 중 문학 분야에서는 학습자들의 문학 작품 수용 및 창작(생산) 능력의 향상을 중요한 목표로 삼고, 그것과 더불어 '정전의 확대'를 추구하여 혁신적인 변화를 꾀하고 있다. 그러나 막상 교과서에 수록된 문학 교육정전 텍스트에는 교육 과정에서 보여 준 만큼의 혁신성이 반영되어 있다고 보기 어려운 점들이 있다.

특히 현대시 교육에서 정전으로 자리한 텍스트들은 주로 자연친화적인 정서를 담고 있는 것들, 또는 질곡의 근현대사 속에서 자라난 정치사 중심의 시대의식과 저항정신을 주제의식으로 담고 있는 것들이 대부분이다. 전자의 경우, 7차 이전에도 꾸준히 교육정전으로 선택되어 오던 텍스트들이다. 그러나 현재 20세기를 지나

21세기에 이르기까지 구축된 거대도시사회에서 태어나 성장하고 있는 학습자들에게 낯선 이름의 동식물들로 형상화된 시 텍스트들은 '친화적'이라는 말이 무색할 정도이다. 후자의 경우, 일제강점기의 민족의식과 저항정신을 담은 텍스트들은 이전부터 7차에 이르기까지 막강한 교육정전으로 자리매김 되었다. 반면 정치사 중심의 시대의식을 담고 있는 텍스트들은 7차교육과정에서 중요한 변화를 이끄는 원동력이 되고 있다. 국어교과서에 김지하의 텍스트가 수록된 것이나, 유신체제에 대한 저항의식을 드러낸 텍스트들이 문학교과서에 수록된 점이 그것이다. 그러나 단순히 정치사적 맥락에서 배제되었던 텍스트가 선택되었다고 해서 그것을 '혁신적'이라 하기는 어려워 보인다. 7차에서 표방한 주요 교육 목표가 학습자의 문학작품 수용 및 창작을 통한 국어사용능력 향상에 있기 때문이다. 오히려 학습자의 눈높이나 경험을 고려한 '정전의 확대'가 더 교육적으로 의미 있고, 교육과정의 목적에도 부합되는 '혁신성'이라 할 수 있다. 학습자들에게는 정치사적 맥락의 시대의식을 담은 저항적 텍스트가 현재의 삶에서 동떨어진 낯선 것으로 받아들여지기 쉽기 때문이다.

이와 같이 현재 현대시 교육정전 텍스트는 학습자의 실제 현실과 동떨어진 것으로, 학습자들의 적극적인 문학작품 수용 및 창작에 부적절한 측면을 지니고 있다. 본 연구에서는 이와 같은 현대시 교육정전 텍스트의 문제점을 극복하기 위한 대안으로 학습자들의 보다 적극적인 문학 수용 및 창작에 적절한 현대시 텍스트를 제안하고자 한다. 그리고 그것의 교수·학습내용 및 방법을 구안하고 적용하여 그 효과를 제시하는 데 목적을 둔다. 이를 위해 도시를 소재로 한 '도시 소재시'[1]를 현대시 교육에 활용하는 방안을 연구하고자 한다. 자연친화적 정서를 담고 있는 현대시나, 거대담론으로서의 시대 의식과 저항 정신을 주제 의식으로 한 현 교과서에 수록된 현대시 정전 텍스트들에 비해, 도시 소재시는 교육정전에서 배제된 텍스트로 자리매김 되어 왔다. 그러나 도시 소재시는 위의 현 교과서에 수록된 현대시 정전 텍스트들이 그려낸 공간과 삶보다 학습자들에게 익숙한 공간인 '도시'와 그 안의 일상을 담고 있다. 그러므로 본 연구에서는 학습자 중심의 '다양한 현대시 텍스트' 및 '확대된 교육정전'으로 도시 소재시를 제안한다.

본 연구에서 '다양한 현대시 교육텍스트' 및 '확대된 교육정전'으로 도시 소재시를 제시한 이유는 다음과 같다.

우선, 현재 상당수 학습자들의 일상생활이 '도시' 공간에서 이루어지고 있다는 점이다.[2] 모든 문학 텍스트들은 현실을 바탕으로 한다. 저자는 현실에 대한 구체적이고 직접적인 인식이 부재한 상태에서 독자에게 공감을 줄 수 있는 텍스트를 생산할 수 없다. 독자 역시, 적극적인 문학 텍스트의 수용을 위해서는 현실에 대한

---

1) 본 연구에서는 '도시 소재시'라는 용어를 사용하고자 한다. 도시 소재시란 '산업 자본주의 사회의 삶의 양식과 의식을 반영한 시'라는 김준오(1992a)의 '도시시'라는 용어와 '<도시>라는 공간에 대한 정서적 반응을 드러낸 시'라는 정효구(2007)의 '도시적 서정시'라는 용어를 포괄하는 개념으로 사용할 것이다. 즉 산업 자본주의사회(또는 후기 산업 사회)의 삶과 의식을 반영한 공간으로서의 도시적 삶을 담고, 그에 대한 정서를 표현한 시라 하겠다.
   김준오(1992a), 『도시시와 해체시』, 문학과 비평사, pp.117~139.
   정효구(2007), 「도시, 서정, 도시적 서정시」, 『현대시학』 461호, 현대시학사.
2) 2007 세계인구 현황보고서에 따르면, 우리나라의 도시인구비율은 81%로, 155개국 중 21위에 해당한다. 이는 세계의 도시인구비율이 50%, 선진국 75%, 개발도상국 44%, 저개발국 28%와 비교해보았을 때, 매우 높은 수치로, 인구의 대부분이 도시에서 살아가고 있다고 보아도 무방할 것이다.
   (출처: http://www.mohw.go.kr [석간] 2007—세계인구현황보고—보도자료)

구체적 인식이 필요하다. 그러므로 현대문학 교육의 수요자 및 장래의 문학 저자이자 독자인 학습자들에게 현실 인식은 필수적이다. 그런 점에서 점점 거대도시화가 되어가는 일상생활 중에 필연적으로 몸담을 수밖에 없는 '도시' 공간을 소재로 한 현대시 텍스트는 학습자의 현대시 수용 및 창작에 보다 적극성을 부여해 줄 것이라 본다.

도시 소재시는 '도시'라는 세계 안의 삶에 대한 자아의 반응, 정서를 담고 있는 시이다. 그러므로 도시 소재시는 도시의 공간적 특성과 그로부터 산출되는 도시적 삶을 주요 내용으로 하고 있는 텍스트라 할 수 있다. 학습자들의 일상생활을 현대시 교육과 연계할 때, 특히 '도시'라는 공간성이 부각된 도시 소재시를 대상 텍스트로 삼은 것은 도시 공간의 특성 때문이다. 도시는 자원과 정보, 위계적인 권력관계와 소비, 자본축적 등과 관련된 다양한 실천을 통해 만들어진, '사회적 공간'3)이다.4) 즉 도시는 근대 이후, 자본가들이 시간에 의해 공간을 소멸시키기 위해 끊임없이 꾀한 '효율적 조직화'5)의 산물인 것이다. 따라서 그 안에서 영위되는 도시적

---

3) 소자(soja)는 사회적으로 생성된 공간, 다시 말해 특정한 사회적 내용을 지닌 공간을 '공간성'이라 부르고 있다. 그에 따르면, 공간성이란 사회적 산물로서의 공간이 사회관계에서부터 떨어져 이해될 수 없고, 이론화될 수 없음을 의미한다. 그러므로 공간은 사회행위의 중매자이며, 또한 사회행위에 의해 발생하는 결과물이다.
Soja, E. (1985), "The Spatiality of Social Life", in D. Gregory and J. Urry(eds.), Social Relations and Spatial Structures, Macmilan Pub, p.92.
김왕배(2000), 『도시, 공간, 생활세계』, 한울, p.41에서 재인용

4) 김왕배(2000), 앞의 책, p.43.

5) 김왕배(2000)는 Harvey(1994)의 말을 인용해 자본가들은 생산(미세한 분업, 공장체계, 조립라인, 영역의 분업, 대도시 집적을 통한 일련의 조직), 유통 네트워크(교통 및 통신 체계), 소비(가구 및 내수계획, 지역사회 조직, 도시에서의 거주지 분화, 집합적 소비)의 효율적인 구도를 통해 공간을 합리적으로 조직화하여 오고 있다고 했다. 도시 공간에 의료시설, 통신시설, 항만, 주택 등의 이른바 '집합적 소비수단'을 집중시키는 것은 집합적 소비수단이 노동력 재생산뿐 아니라, 자본회전의 속도를 증가시켜 '자본'의 확대재생산에 기여하기 때문이라는 것이다.

삶으로서의 일상[6]은 현대세계를 지배하는 자본주의 체계 안의 인간의 삶을 가장 집약적으로 드러낸다.

이처럼 도시 소재시에는 '도시'라는 공간을 통해 세계와 인간(자아)의 관계가 나타나 있다.[7] 따라서 학습자들은 도시 소재시의 수용과 창작 교육을 통해 문학과 삶의 관계를 '도시적 삶'이라는 실제적 경험을 바탕으로 하여 보다 잘 이해할 수 있을 것이다. 문학과 삶의 관계를 이해한다는 것은 '문학을 통한 자아와 세계 및 그 관계 이해'와 '자아와 세계, 그 관계 인식을 통한 문학의 이해'라는 둘 사이의 순환적 관계를 이해한다는 것이다. 학습자들은 이러한 문학과 삶의 관계를 실제적 경험을 바탕으로 이해함으로써 궁

Harvey. D.(1994), The Condition of Post - Modernity, 박영민·구동회(역), 『포스트 모더니티의 조건』, 도서출판 한울, p.284.
김왕배(2000), 앞의 책, p.47.

6) 김왕배(2000)는 개개인의 일상생활은 수면, 식사 등 생리적으로 필요한 시간과 공간, 노동이나 업무, 여가, 가족생활 등이 이루어지는 시간, 공간의 영역들 그리고 이동의 시공간 위에서의 삶의 경로를 통해 나타난다고 르페브르의 논의를 정리하고 있다. 르페브르에 따르면, 이러한 일상 그 자체가 극도로 인위적으로 틀에 짜인 근대 자본주의 사회의 부산물로, 일상생활의 공간에는 체제의 강압과 소외가 존재한다고 보았다. 그는 노동뿐 아니라, 여가와 소비행위로 구성되는 일상이 자본의 교묘한 술책에 의해 장악되고 있으며 오늘날 '소비조작의 관료사회'에서 인간은 총체적으로 소외되어 있다고 주장한다. 총체적 인간의 회복이야말로 현대 과학의 임무임을 주장하는 그에게서 소외는 비단 작업현장뿐 아니라 우리가 살아가는 바로 이 생활세계에서 진행되는 것이다. H. Lefebvre(1991), Critique of Everyday Life, Verso.
김왕배(2000), 앞의 책, pp.87~90.

7) 안남일(2004)은 하이데거의 인간과 공간은 서로 분리해서 생각할 수 없다는 말을 인용하면서, 문학에서의 공간에 대해 설명한다. 즉 인간은 아주 옛날부터 삶 그 자체를 자연스럽게 공간에서 행위하고, 공간을 지각하며, 공간에 존재하고 공간에 대하여 생각해 왔을 뿐 아니라, 스스로의 세계구조를 현실의 세계상으로 표현하기 위하여 공간을 창조해 왔다고 볼 수 있다. 이렇게 하여 창조된 것이 일종의 예술적 공간인데, 문학에서 지향하는 공간 개념도 이러한 논의 위에서 시작된다고 볼 수 있다는 것이다. 문학 속에서의 공간이란, 문학이 현실세계와 유추적 관련을 맺는다는 점에서 그것이 실재하는 공간이든지 그렇지 않든지 간에 그것은 작품 속에 나타나는 구체적 사물과 대상을 통해 드러날 수밖에 없어, 이때의 공간에 대한 인식은 어떤 대상에 대한 의식이라고 할 수 있다고 보았다.
안남일(2004), 『기억과 공간의 소설현상학』, 나남출판, pp.153~154.

극적으로는 '도시'라는 공간을 뛰어넘어 보다 다양한 삶과 문학 그리고 그 둘의 관계를 이해할 수 있다.[8)

그리고 도시 소재시의 형식적 특성 — 기능 및 이름 드러내기와 감추기, 아이러니, 병치 등 — 에 대한 학습이 교육적으로 유의미하다는 점이다. 우선 이 특성에 대한 학습과 이해는 학습자들이 당대에 창작되고 있는 현대시 텍스트를 수용하는 데에도 일조하여 교육정전 밖의 현대시 텍스트 향유에 이바지할 수 있다. 뿐만 아니라 이는 '다시쓰기'와 '모방하기'에 수월한 측면을 제공해 학습자들의 창작 교육에도 유용하다. 왜냐하면 학습자들은 일상적 소재에 대해 세밀하게 관찰하거나 다시 보아 새로운 의미를 부여하는 형식을 자신들의 일상 속에서 비교적 용이하게 적용할 수 있기 때문이다. 나아가 학습자들은 일상에서 스스로 문학적 감수성의 발견을 경험할 수 있을 것이라 본다. 그리고 도시 소재시가 지닌 일상성에 대한 비판적 태도는 학습자들에게 미시적 부분에까지 침투한 당대 현실의 모순을 깨닫게 유도할 수 있다. 이는 현 교과서에 수록된 현대시 교육정전 텍스트들이 담고 있는 거대담론으로서의 시대의식과 저항정신에 비해, 학습자들에게 공감은 물론, 일상에 대한 성찰적 태도까지 이끌어낼 수 있을 것이다.

---

8) 본 연구에서는 궁극적으로 학습자들이 도시 소재시를 바탕으로 보다 다양하고 확장된 삶과 문학, 그 관계를 이해하여 '인식의 확장'에 이르는 것을 문학교육의 목표로 전제한다. 하지만, 문학과 삶의 관계를 내용의 측면에서 이해할 것을 강조할 경우, 자칫 문학 본연의 미학적 가치에 소홀하기 쉽다. 따라서 여기서 말하는 '문학과 삶'에서의 문학은 삶을 반영한 내용의 측면만이 아닌, 언어예술로서의 미학적 측면을 포함하는 것임을 강조하고 싶다. 이는 도시 공간의 도시적 삶을 담고 있는 문학 텍스트 중에서 '시'를 연구의 대상으로 삼은 점과 상통한다. 시는 관찰과 성찰을 통해 발견한 시적 순간에 세계를 자아화해 담아내는 장르이다. 따라서 세계에 대한 자아의 인식을 압축적으로 드러낼 수 있다. 이러한 시 장르의 특성이 문학의 미학적 긴장의 요소를 채워주어, 앞서 제시한 우려를 덜어줄 수 있다.

B 도시 소재시의 교육은 어디에 서 있나

본 연구의 목적인 도시 소재시의 일상성과 공간성을 중심으로 한 수용과 창작교육의 내용 및 교수·학습방법 마련과 관련된 직접적인 선행 연구는 현재 부재한 상태이다. 따라서 참고할 수 있는 선행 연구는 대상 텍스트인 도시 소재시에 관한 연구, 도시를 중심으로 한 현대시의 일상성에 관한 논의, 그리고 문학교육과 공간성에 관한 논의 등이다.

우선 도시 소재시에 관해서는 이에 대해 개괄적인 진단을 시도한 김준오(1992a)[9], 이미순(2002a)[10], 정효구(2007)[11]의 논의들을

---

9) 김준오(1992a)는 오늘날 도시시는 산업사회에 있어서 삶의 양식과 의식을 반영하고 그 문제적 양상을 제기한 것이라 정의되며, 진정한 의미의 도시시가 산업사회의 여러 징후들이 본격적으로 나타난 70년대 이후부터 비로소 가능했다는 진단이 조심스럽게 내려지는 것은 이 때문이라 보았다. 그리고 도시시는 포스트모더니즘의 여러 징후들—일상성과 세속주의, 희극적, 유희적, 즉흥적 어조와 태도, 순간순간 반응하며 '영원한 현재'를 살아가는 현대인의 분열증적 증세, 문명 비판과 주체의 죽음—을 반영하고 있음을 지적했다.
김준오(1992a), 앞의 책.

10) 이미순(2002a)도 시인들이 도시시의 공간이며 내용이 되는 도시를 자본주의 체제의 모순을 집약적으로 지니고 있는 근본적인 비판의 대상이 되는 공간으로 인식한다고 보았다. 더불어 80년대 전반에는 주로 문명비판, 후반에는 후기 산업사회의 특징을 반영한 소비, 수요 중심의 희극적이고 유희적인 도시시인들의 모습이 담긴 도시시가 출현했다고 진단했다. 그리고 대중문화를 활용한 새로운 형식, 현대미술의 방법을 원용한 실험, 알레고리 등, 시인들의 다양한 형식적 실험의 내용을 제시한다고 보았다.
이미순(2002a), 「80년대 도시시의 전개 양상」, 『현대시』 154호, 한국문연.

11) 정효구(2007)는 김준오(1992a)와 이미순(2002a)의 80년대 중심의 논의보다 확장하여 2000년대 초반까지의 현대시를 포괄하여 '도시적 서정시'라는 용어를 사용하며, '도시'라는 공간에 대한 시인들의 정서적 반응을 중심으로 연구했다. 함민복, 이문재 등의 시에 나타난 도시적 서정은 우울함과 울음, 최승호, 김혜순의 경우는 끔찍한 도시 풍경의 제시를 통한 경악과 인간에 대한 연민, 박용하, 유하, 장정일의 시는 분노와 야유, 이원, 황병승, 고현정의 시는 불안, 불감증, 메스꺼움 등이라 했다. 나아가 앞으로 우리 시단에 등장할 도시에서 태어나 성장한 새로운 세대의 도시에서 비롯되는 상상력, 감수성, 언어 등이 이제까지의 그것들과 다를 것임도 전망하고 있다.
정효구(2007), 앞의 글.

들 수 있다.[12] 이 논의들에서는 공통적으로 도시 소재시의 공간이 되는 '도시'가 산업사회와 자본주의 체제의 모순을 드러내는 공간으로 설정되어 있으며, 이런 모순에 대해 시인들은 비판적인 태도를 여러 가지 형식적인 실험을 통해 드러낸다는 점에 합의하고 있다.

그런데 도시인구비율이 81%[13]에 달하는 우리의 현재 상황에서 '도시'는 다수의 학습자의 일상을 지배한다고 할 수 있다. 그래서 필연적으로 도시 소재시에서는 일상성과 관련된 논의가 따르게 마련인데, 김준오(1992b)와 이미순(2002b) 등을 비롯한 현대시의 일상성과 관련한 대부분의 논의[14]에서는 앙리 르페브르의 일상성 이론이 가장 폭넓게 인용되고 있다. 그에 따르면 일상 세계는 자본주의적 삶의 변화를 가장 잘 보여 주는 동시에 자본주의의 변하지 않는 부분을 가장 잘 은폐하고 있는 이중기제가 작동하는 영역으로, 일상적 삶은 자본주의에서 생산되고 자본주의에 의해 철저히

---

12) 사실 도시 문학에 대한 본격적인 논의는 현대 문학의 다른 논의에 비해 활발하게 전개되지 못한 편이다. 더구나 그 중에서도 도시 소설과 관련된 논의나 연구에 비해 도시 소재의 현대시에 관한 논의는 단편적인 수준이다. 대체로 김수영, 오규원, 김광규, 장정일, 유하 등등의 시인론이나 작품론에서 도시적인 정서와 특성이 다른 특성들과 더불어 하나의 요소로서 언급되는 수준이다.

13) 출처: http://www.mohw.go.kr [석간] 2007 - 세계인구현황보고 - 보도자료

14) 김준오(1992b)와 이미순(2002b)도 르페브르의 일상성을 염두에 두고, 80년대 일상성에 대한 비판적 태도를 보이는 현대시의 일상성에 주목한다. 김준오(1992b)는 오늘날 일상성이 도시라는 조직사회의 산물이므로 도시의 일상성 '속'에서 이 일상성을 비판하는 태도가 필연적으로 요청된다고 보았다. 또한 도시시의 일상성을 자아유폐의 모더니즘과 과격한 구호의 이데올로기 문학을 극복하는 의의를 지닌다고 평가하며 일상성의 재발견을 삶의 구체성을 획득하는 리얼리즘이라 보았다. 이미순(2002b)도 80년대 일상시는 침묵하는 소수의 논리, 억압되었지만 간과할 수 없는 문제를 드러내며 나와 일상성에 내재해 있는 삶의 소외, 물화 현상을 비판하였다고 진단했다. 이는 90년대의 일상시가 일상성 자체의 수용으로 이어지는 경향과는 다소 차이를 보이는 부분으로 보았다.
김준오(1992b), 『도시시와 해체시』, 문학과 비평사, pp.24~45.
이미순(2002b), 「80년대 일상시의 전개 양상」, 『현대시』 156호, 한국구문연.

식민화된 영역이라는 것이다.[15] 현대시에 그려진 우리의 일상 역시 도시 중심의 산업사회와 자본주의의 식민화된 개개인의 사적 영역으로 비판적으로 낯설게 바라보아야[16] 하는 대상이라는 점이 현대시의 일상성에 대한 일반적인 논의이다. 그러나 이는 주로 80년대 현대시의 일상성을 규명하는 것으로 90년대 이후 보다 다양한 양상으로 드러나는 현대시의 일상성까지 포괄하지는 못한다. 박선영(1998)[17]은 90년대 현대시의 일상성을 '일상성 드러내기'와 '일상성 넘어서기'로 양분하여 그 특성을 고찰하고 있다. 전자는 광고를 이용한 욕망과 소비, 반복의 권태와 누추함, 세속성과 가벼움으로, 후자는 '내버려둠'과 주변의 존재에 대한 관심을 통한 타자의 수긍, 하나 되기의 시도, 모순의 수용의 양상으로 드러난다고 보았다. 이는 '일상성에 대한 비판으로서의 일상시'라고 김준오(1992)와 이미순(2002b)이 진단했던 80년대의 현대시의 일상성보다 다양하고 확장된 90년대 현대시의 일상성의 면모라 할 수 있다.

사실 본 연구는 위의 도시 소재시와 현대시의 일상성 연구와는 목적과 방향 면에서 상이하므로, 이들 연구와의 연속선상에서 본 연구가 놓여 있는 위치나 가치를 규정하기는 어렵다. 단지 위의 연구들은 본 연구에서 시도하고자 하는 도시 소재시의 교수·학습 내용 및 방법을 구안하는 데에 고려해야 하는 텍스트의 특성을 고

---

15) H. Lefebvre(1990), 『현대세계의 일상성』(박정자 역), 主流·一念(원전은 1968에 출판): 안은희(2005), 「김광규 시의 일상성 연구」, 경희대학교 석사학위 논문, p.9.

16) 유창민(2005)은 도시 안에서의 일상성이 시에서 제대로 구현되기 위해서는 역설, 몽타주, 반어, 병치, 낯설게 하기 등의 방법이 사용되고 있음을 제시한다.
유창민(2005), 「1960, 70년대 한국 현대시에 나타난 모더니즘과 일상성 연구」, 건국대학교석사학위 논문

17) 박선영(1998), 「90년대 시에 나타난 일상성의 드러냄과 넘어섬 - 오규원, 최승호, 김기택, 채호기 시를 중심으로」, 『성신어문학』 10호, 성신어문학연구회

찰하는 데 의미 있는 선행 연구가 될 것이라 본다. 반면 염은열
(2006)[18]과 황혜진(2007)[19]의 문학교육과 공간성에 관한 논의는 문
학교육이라는 동일한 장 내에서 공간성에 관한 교육적 가치를 논
한다는 점에서, 본 연구와의 관련성을 짚어볼 필요가 있다.

먼저 염은열(2006)은 기행가사에 형상화된 '공간'의 특성을 살피
고, 그 공간을 경험하는 것이 어떤 교육적 의미를 지니는지에 대
해 논하였다. 기행가사의 공간을 동경, 풍문, 생활공간의 교차로
보고 그 공간의 전형성, 장소 정의적 특성과 이를 구성하는 말의
특성을 통해 학습자들이 색다른 미적 체험을 할 수 있음을 강조한
다. 특히 문학작품은 공간을 구성하거나 창조하는 힘을 가지고 있
으며, 작가가 구성한 공간을 체험하는 것은 그 장소나 공간에 대
한 당대의 맥락과 해석을 읽어내는 것과도 연관된다고 본 점은 주
목할 만하다. 본 연구에서 대상 텍스트로 삼고 있는 도시 소재시
가 산업 자본주의사회, 현대사회라는 사회적 맥락에서 '도시' 공간
에 의미를 부여하고 해석을 시도하는 텍스트라는 점에서 일맥상통
하기 때문이다. 그러나 기행가사가 일상적 공간이라기보다는 새로
운 공간에 대한 체험을 서술하는 텍스트라는 점, 비교적 학습자들
의 현재와 동떨어져 있어 당대의 맥락과 해석을 재구성해야 한다
는 점에서 본 연구가 목표하는 바와 다르다. 본 연구에서는 학습
자들의 보다 적극적인 문학작품의 수용 및 창작을 위한 텍스트로
서 학습자의 실제 현실과 밀착된 일상성을 그린 것이 적절하다는

---

18) 염은열(2006), 「기행가사의 '공간' 체험이 지닌 교육적 의미」, 『고전문학과 교육』 12
호, 한국고전문학교육학회
19) 황혜진(2007), 「문학을 통한 인문지리적 사고력 교육의 가능성 탐색: 평양을 배경으로
한 고전소설을 대상으로」, 『고전문학과 교육』 3호, 한국고전문학교육학회

전제하에 당대의 도시 소재시를 대상 텍스트로 선정했기 때문이다. 즉 염은열(2006)과 본 연구는 공간의 맥락과 해석을 수용하는 경험으로서 문학교육의 공간체험이 중요한 가치를 지닌다는 점에 대해서는 어느 정도 유사한 견해를 보인다. 그러나 텍스트를 통한 공간의 체험이 과거의 문화적·문학적 집적체로서의 텍스트의 수용인지, 현재적 맥락의 일상에 대한 해석으로서의 텍스트에 대한 수용과 창작인지의 차이가 있는 것이다.

황혜진(2007)은 국어교육이 사고력 교육이라는 점에 입각하여, 평양을 배경으로 한 고전소설을 대상으로 작품에 표상된 지역성의 교육적 의미를 인문지리적 사고력 교육과 관련해 연구했다. 지역은 그곳에서 벌어질 수 있는 전형적인 이야기를 빚어내고 그 지역성과 결합된 특수한 인간상을 형상화하는 문학을 통해 인문지리적 사고가 적용되는 대상이 된다고 보았다. 이 논의는 문학의 수용이나 창작 교육의 차원보다는 인문지리를 중심으로 한 사고 교육의 내용으로 고전소설의 공간성에 천착한 것이므로 본 연구의 목적과는 다소 거리가 있는 것으로 판단된다.

요컨대 본 연구는 현대 문학 연구에서 이루어지던 도시 소재시의 공간성과 일상성에 대한 논의를 문학 교육의 수용과 창작의 장으로 적용, 기획하려는 것을 목적으로 하고 있다. 따라서 앞서 살펴본 고전 문학 교육에서 관심을 보이고 있는 문학 교육에서의 공간 체험의 가치를 염두에 두되, 고전과 달리 학습자들이 처한 당대 현실의 일상적 공간 체험 및 수용에 초점을 둔다. 이에 따라 학습자들의 일상적 공간인 도시를 담고 있는 도시 소재시를 활용한 현대시의 수용·창작 교육에 대한 연구를 진행하고자 한다.

도시 소재시의 교육을 어떻게 연구할 것인가

　　본 연구에서는 궁극적으로 학습자들이 보다 다양하고 확장된 삶과 문학, 그 관계를 이해하여 삶과 문학에 대한 '인식의 확장'에 이르는 것을 문학교육의 목표로 할 것을 전제한다. 이를 위해 도시 소재시를 다양한 현대시 교육텍스트 및 확대된 현대시 교육정전의 텍스트로 선정하여 그것의 교수·학습내용 및 방법을 구안하고 적용하여 그 효과를 확인하는 데 목적을 둔다. 이때 교수·학습의 텍스트는 1970년대 이후의 도시 소재시[20]를 대상으로 한다. 김준오(1992a)에 의하면 진정한 의미의 도시시는 산업사회의 여러 징후들이 본격적으로 나타난 70년대 이후부터 비로소 가능했다는 진단이 조심스럽게 내려지고 있기 때문이다. 그중에서도 현재 학습자들이 일상에서 직접 체험할 수 있는 보편적 도시 공간 속에 형상화된 인물이나 화자가 드러나는 시 텍스트를 대상으로 한다. 본 연구에서 대상으로 삼은 도시 소재시에서 형상화하고 있는 공간은 열린 공간으로 '거리', '문', '밖', 그리고 닫힌 공간으로는 '노동 공간', '집', '교통수단의 안'이다. 학습자들도 이런 공간을 일상에

───────────

20) 물론 도시 소재시는 1970년대 이전에 이상, 김광균, 오장환, 그리고 김수영 등에 의해 창작되었다. 그러나 본 연구의 목적이 학습자들이 일상에서 피부로 느낄 수 있는 도시의 삶을 바탕으로 한 것이라 위의 시인들의 작품을 도입하기엔 다소 무리가 있다. 왜냐하면, 위의 시인들의 텍스트들은 도시적 삶에 대해 일상성의 관점이 극명하게 드러나지 않고, 근대화된 삶에 대한 경이로움과 과거의 향토적 삶에 대한 향수가 드러나기 때문이다. 따라서 Ⅲ장에서 논의할 도시 소재시의 특성과 위의 시인들의 텍스트들의 특성이 잘 안 맞는 부분이 존재한다. 그러나 연구 목적과 학습목표를 바꾼다면, 이 시인의 텍스트도 활용할 수 있다. 즉 도시 소재시를 통해 같은 공간 안에서의 문학적, 문화적 궤적을 더듬어, 텍스트 간 맥락화를 이루어 문학의 보편성을 수용하고 창작하는 목표하에, 오장환의 <首府>, 김수영의 <사무실>, <거리2>, <시골 선물> 등을 1970년대 이후의 도시 소재시와 더불어 제재로 활용할 수 있다.

서 경험하고 있기 때문에 적극적인 수용과 창작 활동을 이끌어 내기에 적절하리라 판단된다.

본 연구에서는 도시 소재시의 특성 중 일상성과 비일상성[21]을 중심으로 논의한다. 도시 소재시가 지닌 일상성은 시인, 시적 화자, 텍스트에 형상화된 인물이 지닌 일상성과 일상적 언어 표현으로 실현된다. 신비화된 존재가 아닌, 지극히 평범한 존재로서의 시인, 시적 화자, 텍스트 내의 인물은 일상에 발을 딛고, 생활의 틈새에 스며들어, 일상과 함께 텍스트를 이끌어 간다. 또 일상어의 사용은 독자가 쉽게 읽을 수 있는 단초를 제공하고, 이를 토대로 학습자의 적극적이고 다양한 읽기와 반응을 이끌어낼 수 있다. 이와 같이 일상적 인물(화자, 시인)의 일상적 언어에 의해 구현된 일상 공간으로서의 '도시'는 그것을 지배하는 상위세계의 질서나 체제를 반영하고 있다.[22] 따라서 상위세계의 질서와 체제에 모순이나 부

---

21) 본 연구에서 의미하는 도시 소재시의 '일상성'은 크게 내용 면과 형식 면에서 각기 다른 의미로 사용된다. 내용 면에서 자본주의 사회의 패턴화되고 반복적인 삶으로, 시인이 직접 경험한 현실의 특성을 뜻한다. 그리고 형식 면에서 이런 일상적 삶에 함께하는 탈권위주의, 탈신비화된 시인, 시적 화자 및 도시 일상생활에 보편적으로 사용되는 언어 표현, 그리고 일상 언어와 유사하게 산문화, 유희화된 어조를 의미한다. 결국 도시 소재시에서의 일상성이란, 도시 공간에서 보편적으로 누구나 경험하는 삶을, 그 삶을 살아가는 화자의(일상적으로 쓰지 않는 시적 언어가 아닌) 일상적으로 사용하는 언어와 어조로 표현하는 특성을 의미한다.

반면, 도시 소재시의 '비일상성'은 자본주의 사회의 패턴화된 삶을 낯설어 보이게 하여, '일상성'을 재해석하도록 하는 문학적 형상화의 장치 또는 그런 장치에 의해 형성되는 텍스트 내의 특성을 뜻한다. 이는 범박하게는 현실을 문학 텍스트화하는 일반적인 문학적 형상화의 방법들을 뜻한다고도 할 수 있다. 그러나 '문학적 형상화'라는 용어 대신에 '비일상성'이라는 조작적 정의를 사용한 것은 도시 소재시의 특성에 기인한다. 즉 도시 소재시는 너무도 당연한 일상적인 삶을 여러 문학적 장치를 통해 비틀어 보게 하여, 그 당연한 일상성의 이면을 깨닫도록 하는 특성을 지니기 때문이다. 도시의 일상적 삶을 당연시 여기는 통념을 공격하는 역할을 하는 것이 도시 소재시의 문학적 형상화의 장치이므로, 이를 '일상성'의 상대적 개념인 '비일상성'으로 명명한다.

22) 도시(특정 공간)가 상위세계의 질서를 반영하고 있음은 Michel Foucault의 <감시와 처벌: 감옥의 역사>(1975)에서 논의된 바 있다. 그는 가령, '모든 범죄에는 그에 합

조리함이 존재한다면 그것이 그대로 도시 공간에 반영되어 형상화
된다고 할 수 있다. 공간 속의 인물이나 화자가 세계에 대해 대응
하는 방식은 사실 화자가 현실에 대응하는 방식, 자아가 세계에
대응하는 방식이다.[23] 도시 공간과 인물(화자)의 상호작용을 분석
하는 것은 도시 소재시의 현실인식과 그 대응 방식을 살펴 학습자
들의 공감이나 비판 등을 이끌어낼 수 있는 요소를 제공한다. 반
면, 도시 소재시의 비일상성은 익숙한 일상을 재해석해 다소 낯설
어 보이게 하는 형식적 특성 또는 그에 의해 구현되는 특성이다.
주로 이름 및 기능 드러내기와 감추기, 물화시키기, 병치, 아이러
니 등이 그것이다. 이는 시적 긴장을 증폭시키고 익숙한 일상을
뒤틀어 다시 보면서 해석하게 한다.

이에 근거하여 본 연구는 다음과 같이 진행될 것이다. Ⅱ장에서
는 현행 국어 및 문학 교과서의 특성을 살펴볼 것이다. 우선 Ⅱ의

당한 법이 있고, 모든 범죄자에게는 합당한 형벌이 있다'는 상위세계의 질서가 모든 장
소(공간)에 형성된다고 보았다. 즉 교차로, 공원, 개조되는 도로나 건조되는 다리, 누구
에게나 공개되는 작업장, 사람들이 견학하려고 하는 광산의 오지 등, 그 모든 장소에
게시, 모자, 벽보, 플래카드, 상징, 읽을 수 있고 인쇄되는 문장 등 이러한 모든 것이
'형법전'의 내용을 끊임없이 반복해 말한다. 이는 일반인들에게 교훈이 되어, 일상적인
흐름으로 길거리에서 볼 수 있는 다양하고 설득적인 광경을 만들어낸다는 것이다.
Michel Foucault(2008), 『감시와 처벌: 감옥의 역사』(오생근 역), 나남출판(원전은 1975
에 출판), pp.182~183.

23) 이에 관해서는 유리로트만의 논의를 참고할 만하다. 김수환(2002)에 따르면, 유리로트
만은 1968년에 발표된 '고골리 산문에 있어서 예술적 공간의 문제'에서 '예술적 공
간'은 인물들의 행위가 이루어지는 단순한 배경이 아니라, 다양한 예술적 모델들의
구축을 위한 모종의 '형식적 체계'로 나타나며, 이런 의미에서 작가의 사유를 표현하
기 위한 일종의 '추상적 언어'가 되고 있다고 주장한다. 로트만은 나아가 <예술 텍스
트의 구조>(1970)에서 '예술작품은 공간적으로 한정됨으로써 비로소 한정되지 않은
세계의 모델이 된다.'고 했다. 즉 한정된 공간으로서의 예술 작품은 묘사되는 삶의
'부분'이 아니라(부분만이 아니라), 삶 전체의 총체적 사태를 재현하며, 따라서 무제한
적 대상의 제한된 모델로서의 텍스트는 일련의 부분적 대상과 보편적 대상의 동시적
모델이 된다는 것이다.
김수환(2002), 「유리로트만 기호학에 있어서 '공간'의 문제」, 『기호학연구』 제11집,
문학과 지성사, pp.222 ~225.

A에서는 현행 교과서의 현대시 교육정전의 소재 및 주제가 자연 소재와 정서, 시대의식과 저항정신에 집중되어 있음을 확인한다. 이어서 Ⅱ의 B에서는 현대시에서의 교수·학습방법 면의 특성을 언급한다. 궁극적으로 Ⅱ장에서는 이와 같은 현행 현대시 교육정전 체계와 교수·학습방법이 학습자들의 문학작품 수용 및 창작 (생산)능력의 향상을 중요한 목표로 삼는 현행 교육과정의 방향에 적절한 것인지를 검토한다. 이는 앞으로 현행 현대시 교육정전에서 배제된 도시 소재시가 학습자들의 적극적인 수용 및 창작에 유용할 것임을 밝히는 데 하나의 근거가 될 수 있다.

Ⅲ장에서는 앞서 언급한 도시 소재시의 특성을 일상성과 비일상성을 중심으로 논의하고 그것의 교육적 의의를 살펴, 앞으로 전개할 교수·학습 설계 및 실제에 활용할 교수·학습내용을 구안하는 데에 기초를 마련한다.

그리고 Ⅳ장에서는 Ⅲ장의 도시 소재시의 특성에 대한 분석 결과를 토대로 도시 소재시의 교수·학습을 설계할 것이다. 우선, 도시 소재시의 교수·학습 원리를 일상에서 출발해 텍스트의 비일상성을 경험하고, 일상을 재인식하게 하는 회귀적이고 개방적인 것으로 한다. 그리고 이를 구체적으로 실현하기 위해 도시 소재시 수용의 교수·학습은 '경험적 공간의 재현', '텍스트 공간의 인식', '경험적 공간과 텍스트 공간의 비교'를 거쳐 학습자들의 '일상 공간에 대한 인식 확장'의 단계로 설계한다. 이는 텍스트의 의미를 학습자들이 수동적으로 이해하는 차원에 머물던 기존의 현대시 교육에서 벗어나는 것이다. 학습자의 경험과 일상에서 시작해 텍스트와 만나고, 다시 학습자로 돌아와 확장된 인식과 체험을 축적하는,

텍스트에 대한 학습자의 주체성을 보장하기 위한 방안이다. 마찬가지 원리로, 도시 소재시 창작의 교수·학습도 '경험적 공간의 재현', '경험적 공간의 문학적 형상화', '글쓰기'를 거쳐 학습자들의 '일상 공간에 대한 재인식'의 단계로 회귀하도록 설계한다.

Ⅴ장에서는 Ⅳ장의 내용을 바탕으로 도시 소재시의 교수·학습의 실제에 필요한 수업모형 및 학습지도안을 설계하고 이를 실제 현재 고등학교 1학년 학생들 280여 명을 대상으로 적용한 수업의 결과 및 효과에 대한 논의를 한다.

이러한 방법을 통해 학습자들은 보다 적극적이고 주체적으로 현대시 텍스트를 수용하고 창작할 수 있는 능력을 신장시키고 도시 소재시 이외의 다른 텍스트에도 적극적으로 참여할 수 있는 태도를 기를 수 있으리라 기대한다.

7차 교육과정과 시 교육

Ⅱ

7차 교육과정과 시 교육

　본 장에서는 현행 7차 현대시 교육과정하의 시 교육 양상에 대해 살펴볼 것이다. 우선 현재 현대시 교육정전 텍스트들의 내용, 즉, 소재·주제 측면과 교수·학습 면의 양상을 살핀다.24) 그리고 그것이 '학습자들의 창의적 국어능력 신장'이라는 현행 교육과정상의 국어 교육의 궁극적인 목표에 부합하는지 짚어본다. 이때 대상이

---

24) 본 장에서는 7학년부터 10학년까지의 국어교과서 및 교사용지도서를 자료로 정리하였다.
　　교육인적자원부(2002). 7차 중학교 1-1 국어, 교학사.
　　교육인적자원부(2002). 7차 중학교 1-2 국어, 교학사.
　　교육인적자원부(2002). 7차 중학교 2-1 국어, 교학사.
　　교육인적자원부(2002). 7차 중학교 2-2 국어, 교학사.
　　교육인적자원부(2003). 7차 중학교 3-1 국어, 교학사.
　　교육인적자원부(2003). 7차 중학교 3-2 국어, 교학사.
　　교육인적자원부(2002). 7차 고등학교 국어(상), 교학사.
　　교육인적자원부(2002). 7차 고등학교 국어(하), 교학사.
　　교육인적자원부(2002). 7차 중학교 1-1 국어·생활국어 교사용지도서, 교학사.
　　교육인적자원부(2002). 7차 중학교 1-2 국어·생활국어 교사용지도서, 교학사.
　　교육인적자원부(2002). 7차 중학교 2-1 국어·생활국어 교사용지도서, 교학사.
　　교육인적자원부(2002). 7차 중학교 2-2 국어·생활국어 교사용지도서, 교학사.
　　교육인적자원부(2003). 7차 중학교 3-1 국어·생활국어 교사용지도서, 교학사.
　　교육인적자원부(2003). 7차 중학교 3-2 국어·생활국어 교사용지도서, 교학사.
　　교육인적자원부(2002). 7차 고등학교 국어(상) 교사용지도서, 교학사
　　교육인적자원부(2002). 7차 고등학교 국어(하) 교사용지도서, 교학사

되는 현대시 교육정전 텍스트들은 현행 7차 중·고등학교 국어교과서 본문에 수록된 23편 <표 1>과 18종 문학 교과서 중 본문에 2종 이상 수록되고 본문 외 모두 5종 이상 수록된 14편 <표 2>[25]이다.

〈표 1〉 현행 7차 중·고등학교 국어교과서 본문에 수록된 현대시

중·고등학교 국어교과서 본문에 수록된 현대시			
저자	텍스트	저자	텍스트
김지하	〈새봄〉	김소월	〈가는 길〉
정지용	〈호수〉	나희덕	〈배추의 마음〉
김상옥	〈봉선화〉	신동엽	〈봄은〉
김영랑	〈돌담에 속삭이는 햇발〉	유재영	〈둑방길〉
도종환	〈어떤 마을〉	유치환	〈깃발〉
안도현	〈우리가 눈발이라면〉	이형기	〈낙화〉
정일근	〈바다가 보이는 교실〉	정호승	〈내가 사랑하는 사람〉
정현종	〈모든 순간이 꽃봉오리인 것을〉	김종길	〈성탄제〉
박목월	〈가정〉	황동규	〈즐거운 편지〉
한용운	〈나룻배와 행인〉	김소월	〈진달래꽃〉
김현승	〈지각〉	이육사	〈광야〉
		정지용	〈유리창〉

〈표 2〉 현행 18종 문학 교과서에 주로 수록된 현대시

18종 문학교과서에 주로 수록된 현대시			
저자	텍스트	저자	텍스트
신동엽	〈껍데기는 가라〉	김지하	〈타는 목마름으로〉
한용운	〈님의 침묵〉	정지용	〈향수〉
이육사	〈절정〉	이육사	〈교목〉
김상용	〈남으로 창을 내겠소〉	김수영	〈눈〉
이상화	〈빼앗긴 들에도 봄은 오는가〉	김수영	〈풀〉
김춘수	〈꽃〉	신경림	〈목계 장터〉
황지우	〈새들도 세상을 뜨는구나〉	박두진	〈어서 너는 오너라〉

---

25) <표 2>와 <표 4>, <표 11>에서 각 현대시 텍스트의 문학 교과서 수록 빈도 수 및 본문, 본문 외의 수록 양상과 수록 교과서 양상은 윤여탁(2003)에서 참고하였다. 윤여탁(2003), 「고교 교과서에 실린 시작품 총목록」, 『시인세계』 2003년 봄호, 문학 과 세계사.

A 소재 · 주제면

본 절에서는 앞의 <표 1>과 <표 2>의 텍스트의 내용 면에서 많이 나타나는 소재·주제에 대해 논하고자 한다. 따라서 위의 텍스트에서 주류를 이루는 소재·주제로 자연 소재의 현대시 교육텍스트와 시대의식·저항정신을 드러낸 현대시 교육텍스트 크게 둘로 나누어 살펴볼 것이다.

1. 자연 소재의 현대시 교육텍스트

1) 자연 소재 현대시 교육텍스트의 비중

<표 1>에서 제시한 현행 중·고등학교 국어교과서 본문에 수록된 현대시 텍스트 23편 중 자연 소재의 현대시는 15편[26]으로, 전체의 65.22%에 이른다. 그리고 <표 2>에서 제시한 18종 문학 교과서에 주로 수록된 현대시 텍스트 14편[27] 중 자연 소재의 현대시는 8편[28]으로 57.14%이다. 결국 현행 7차 교육과정에서 주로 다루는

---

26) 정일근 <바다가 보이는 교실>, 도종환 <어떤 마을>, 김지하 <새봄>, 김영랑 <돌담에 속삭이는 햇발>, 정지용 <호수>, 김상옥 <봉선화>, 안도현 <우리가 눈발이라면>, 정현종 <모든 순간이 꽃봉오리인 것을>, 유재영 <둑방길>, 나희덕 <배추의 마음>, 이형기 <낙화>, 김종길 <성탄제>, 김소월 <진달래꽃>, 이육사 <광야>, 신동엽 <봄은>

27) 현행 18종 문학 교과서 중, 최소 2종 이상에서 본문에서 다루는 작품을 대상으로 하였다.

28) 김상용 <남으로 창을 내겠소>, 정지용 <향수>, 이상화 <빼앗긴 들에도 봄은 오는가>, 이육사 <교목>, 김수영 <눈>, 김수영 <풀>, 신경림 <목계장터>, 박두진 <어서 너는 오너라>

현대시 텍스트 37편 중 자연 소재의 현대시는 23편으로 62.16%의 높은 비중을 차지하는 텍스트라 할 수 있다. 여기서 자연 소재의 현대시는 시의 제재가 자연물이나 향토적인 특성을 지닌 시를 가리킨다.

본 절에서는 자연 소재 현대시의 세부적 양상을 살펴보기 위해 이를 자연 소재의 해당 시 텍스트 전반에 걸친 영향력의 정도에 따라 다음과 같이 크게 둘로 분류하였다.

〈표 3〉 자연 소재 현대시의 두 양상

(가)	자연 소재를 통해 자연친화적·향토적 주제의식을 구현하고 있는 텍스트
(나)	자연 소재를 중심 소재로 활용해 자연친화적·향토적 주제의식 이외의 주제의식을 구현하고 있는 텍스트

(가)는 텍스트의 제재가 되는 자연(또는 자연물)이 주제의식과 밀접한 관계를 갖고, 텍스트 전반에 막강한 영향력을 지니고 있는 텍스트들을 의미한다. 즉 '자연'이라는 제재 자체가 직접적으로 자연친화적 혹은 향토적 주제 의식을 구현하는 필연성을 지녀 인공적 소재나 도시 소재로 대체하여 주제 의식을 구현하는 것이 불가능한 텍스트들이다. 반면 (나)는 자연친화적, 향토적 주제 의식 이외의 주제의식을 구현하여, (가)에 비해 상대적으로 텍스트의 제재인 자연(또는 자연물)과 주제의식이 밀착된 느낌이 직접적이지는 않다. 그러나 (나)의 제재들을 인공적 소재나 도시 소재로 대체할 경우, 제재와 텍스트의 전체적인 분위기나 정서, 주제와의 어우러짐이 불균형해보이기 쉬운 텍스트들이다.

위의 기준에 의거하여 자연 소재 현대시를 분류한 결과는 다음과 같다.[29]

저자	작품	수록		비고	소재·주제 (정서)	분류
		본문	본문 외			
김상용	〈남으로 창을 내겠소〉	디딤돌·하 상문·상	중앙·상 교학·하 상문·하 천재·상 케이스·하	7종 수록	자연소재 향토정서	(가)
정지용	〈향수〉	교학·하 디딤돌·상 문원·상 상문·상 블랙·상 케이스·상		6종 수록	자연소재 향토정서	(가)
이상화	〈빼앗긴 들에도 봄은 오는가〉	중앙·하 문원·하 블랙·하 천재·하	두산·하 디딤돌·하 민중·하	7종 수록	자연소재 시대의식	(나)
이육사	〈교목〉	상문·하 케이스·하	교학·상 두산·상 문원·상 천재·상	6종 수록	자연소재 시대의식	(나)
김수영	〈눈〉	교학·상 문원·상 블랙·상 상문·하	문원·하 민중상	6종 수록	자연소재 시대의식	(나)
김수영	〈풀〉	금성·하 민중·하 케이스·하	중앙·상 두산·상 문원·상	6종 수록	자연소재 시대의식	(나)
신경림	〈목계 장터〉	문원·하 케이스·상	디딤돌·상 민중상 상문·하	5종 수록	자연소재 시대의식	(나)
박두진	〈어서 너는 오너라〉	금성·하 디딤돌·상 케이스·하	민중·하 상문·하	5종 수록	자연소재 시대의식	(나)

저자	작품	수록	소재·주제(정서)	분류
도종환	〈어떤 마을〉	7-2	자연(향토적)소재 평화로움	(가)
유재영	〈둑방길〉	9-1	자연소재 전원의 아름다움	(가)
나희덕	〈배추의 마음〉	9-1	자연소재 배려	(가)
김영랑	〈돌담에 속삭이는 햇발〉	7-2 9-1	자연소재 동경	(가)
정지용	〈호수〉	7-1	자연소재 그리움	(나)
김상옥	〈봉선화〉	7-2	자연소재 그리움	(나)

29) <표 4>, <표 5>에서 어둡게 블록처리를 한 부분은 자연소재 현대시의 두 양상 중 (가)에 해당하는 것을 (나)와 구분하여 드러내기 위한 것이다.

저자	작품	수록	소재 · 주제(정서)	분류
안도현	〈우리가 눈발이라면〉	7-2	자연소재 위로, 희망	(나)
정일근	〈바다가 보이는 교실〉	7-2	자연소재 순수	(나)
김지하	〈새봄〉	7-1	자연소재 생명사상	(나)
정현종	〈모든 순간이 꽃봉오리인 것을〉	8-1	자연소재 후회와 성찰	(나)
이형기	〈낙화〉	9-1	자연소재 이별의 슬픔과 영혼의 성숙	(나)
신동엽	〈봄은〉	9-1	자연소재 시대의식	(나)
김종길	〈성탄제〉	9-2	자연소재 가족애	(나)
김소월	〈진달래꽃〉	국어(상)	자연소재 사랑, 이별	(나)
이육사	〈광야〉	국어(상)	자연소재 저항정신	(나)

위의 <표 4>와 <표 5>에서 볼 수 있는 것처럼, 자연 소재의 현대시 교육텍스트 총 23편 중 6편이 (가) 유형에, 나머지 17편이 (나) 유형에 속하는 텍스트이다.

2) 자연 소재 현대시 교육텍스트의 실현 양상

자연 소재의 현대시 교육텍스트 중에서 우선 (가) 유형 즉 '자연 소재를 통해 자연친화적 · 향토적 주제의식을 구현하고 있는 텍스트'가 실현된 양상을 살펴보면 다음과 같다.

〈표 6〉 현행 국어 및 문학교과서에서 자연친화적 · 향토적 주제의식을
구현하고 있는 현대시의 주요 학습 활동

텍스트	주요 학습 활동
〈돌담에 속삭이는 햇발〉	- 시어의 아름다움과 운율을 느끼면서 시를 감상하기 〈끌어주기〉 시를 낭송하기 전에 삽화를 보며 시의 내용을 짐작해보도록 한다.
〈어떤 마을〉	- 이 시의 분위기를 말해보자. - 이 시의 분위기를 살려주는 소재를 찾고, 그 소재들이 주는 느낌을 적어보자.
〈배추의 마음〉	- 배추가 자라는 모습이나 다 자란 배추의 모습을 상상해보고, 배추에 대하여 자유롭게 이야기해보자. 〈끌어주기〉 배추가 자라는 모습, 배추에 대한 느낌, 배추에 얽힌 자신의 경험이나 생각 등을 자유롭게 이야기할 수 있도록 하는 것이 좋다. - 배추를 대하는 말하는 이의 태도가 드러나는 표현을 찾아보고, 그 표현의 효과에 대해 말해보자.
〈둑방길〉	- 다음 낱말들을 읽고, 떠오르는 생각을 자유롭게 적어보자. ☞ 둑방길/여우비/메아리/꽃대궁 - 이 시의 정경을 묘사해보자. - 이 시의 분위기를 살려주는 소재를 찾고, 그 소재들이 주는 느낌을 적어보자.
〈향수〉	〈디딤돌 · 상〉 - 이 시에서 '고향'은 어떠한 이미지를 통해 드러나는가? - 이 시에 두드러지게 나타난 정서는 무엇인가? - 이 시에서 고향을 표상하기 위해 동원된 구체적 소재들을 모두 찾아보자. - 이 시에서 공감각적 심상이 제시된 부분을 찾아보자. - 이 시를 읽고 떠오르는 고향의 이미지를 5컷의 그림으로 그려 보고자 한다.
공통된 학습 활동	
- 시의 분위기 느껴보기 - 시의 분위기를 표상하는 소재(자연 소재) 찾기 - 시에서 느껴지는 정경 묘사하기 - 이미지, 표현의 특징 이해하기	

위의 텍스트를 읽고 수용하는 활동은 주로 시의 분위기를 파악하고 시가 그려내는 전체적인 정경을 그려내는 것으로 귀결된다. 이는 '둑방길', '꽃대궁', '배추' 등 중심이 되는 소재의 특성을 사전에 이해할 것을 전제한다. 나아가 학습자 스스로 이들 소재에 대해 내면화하고 있어야 주체적 수용과 창작이 가능하다. 따라서 낯선 소재에 대한 이해

를 돕기 위해 멀티미디어 자료를 활용한다 할지라도 단순히 시각적으로 간접체험만 하게 할 뿐, 소재를 통해 텍스트 전반을 섭렵하고 주도할 수 있는 체험은 충족시키기 어렵다.

또 학습자들은 교과서에서 위의 텍스트들을 주로 이미지 파악, 표현의 특징과 효과 생각해보기 등 절대론적 관점에서 감상하게 된다. 하지만 지나치게 절대론적 관점을 강조하게 되면 오히려 학습자들에게 낯선 소재의 이미지와 그 특성에서 비롯되는 표현에 집중하게 되어 학습자들이 느끼는 거리감이 강화될 수 있다.

그러면 이제 (나) 유형 즉 '자연 소재를 중심 소재로 활용해 자연친화적·향토적 주제의식 이외의 주제의식을 구현하고 있는 텍스트'가 실현된 양상을 살펴보도록 한다.

〈표 7〉 현행 국어교과서에 수록된, 자연 소재를 중심 소재로 활용해 자연친화적·향토적 주제의식 이외의 주제의식을 구현하고 있는 현대시의 주요 학습 활동

텍스트	주요 학습 활동
〈새봄〉	- 다음 두 단어에서 떠오르는 생각을 자유롭게 적어보자. 소나무/벚나무 〈끌어주기〉 앞서 언급한대로 이 시를 이해하기 위해서는 가장 먼저 소나무와 벚나무의 생김새나 특징 등에 대해 배경지식을 갖는 것이 중요하다. 이를 위해 학생들에게 소나무와 벚나무를 생각할 때에 떠오르는 생각을 모두 적어보게 하는 활동을 마련하였다. 학생들에게 1~2분의 시간을 주고 떠오르는 생각을 모두 적게 한 다음, 다음 활동으로 넘어가면 될 것이다.
〈호수〉	- 이 시에서 말하는 이는 누군가를 보고 싶어 하는 자기의 마음이 호수만하다고 하였다. 이때 '호수만하다'는 의미는 무엇일지 생각해보자. 〈끌어주기〉 '호수'하면 떠오르는 이미지를 말해보게 하고, 이 가운데 시의 의미와 관련되는 것을 지적하여 이 시에서 '호수'가 가지는 의미를 정리하도록 도와준다.
〈봉선화〉	- 이 시에 나타난 주된 정서가 무엇인지 생각해보고, 이를 뒷받침하는 소재를 찾아 적어보자
〈우리가 눈발이라면〉	- '진눈깨비'와 '함박눈'은 그 모습이나 느낌이 어떻게 다른지 비교해보고, 진눈깨비가 되지 말자고 한 이유를 생각해보자.

텍스트	주요 학습 활동
〈모든 순간이 꽃봉오리인 것을〉	– 아래 사진은 연꽃의 꽃봉오리 모습이다. 이 사진을 보고 다음 물음에 답해보자. ☞'꽃봉오리'하면 어떤 생각이 떠오르는가? ☞'꽃봉오리'에는 어떤 의미를 담을 수 있을까? – 이 시에서 '꽃봉오리'가 어떤 의미로 사용되었을까? 이 시의 마지막 부분에 유의하여 그 의미를 생각해보자. 그리고 그 의미를 '읽기 전'에 '꽃봉오리'를 보며 떠올렸던 생각과 비교해보자.
〈낙화〉	– '낙화'는 꽃이 지는 모습에 인간의 이별을 겹쳐 표현한 작품이다. 꽃이 떨어지는 것이 '무성한 녹음'과 '열매'를 위한 일이듯, 인간의 삶 속에서 흔히 겪을 수 있는 사랑과 이별의 아픈 체험은 삶을 성숙시킴을 드러내고 있다.

공통된 학습 활동

– 제재로서의 자연 소재의 특성 이해하기
– 제재로서의 자연 소재에 대한 느낌 떠올리기

위의 텍스트들은 제재에 해당하는 자연 소재의 특성을 알아야 시의 핵심적 발상을 수용할 수 있다. 그중에서도 '소나무'와 '벗나무'의 특성을 비교하는 것에서 시의 수용을 시작하는 <새봄>의 활동은 이 두 나무에 대해 평소에 눈여겨보지 않은 학습자들에게 무리일 수 있다. 이처럼 평소에 적극적으로 접할 가능성이 적은 자연 소재에서 시작된 발상으로 시를 이해하는 활동은 시에 대한 학습자들의 주체적 수용 및 창작을 저해할 만한 요소라 할 수 있다.

뿐만 아니라 중학교 국어 교과서에 자연 소재의 시가 많아 학습자들의 시 텍스트에 대한 오해를 불러일으킬 수도 있다. 즉 자연 소재는 그 자체로 아름다운 것이고, 아름다운 것이 시적이라는 인식이 그것이다. 그리고 교과서에 수록된 자연 소재를 활용한 시 텍스트들의 분위기나 정서가 그리움, 순수함, 성찰, 배려, 저항 정신과 같이 다양하지 못한 것도 문제가 된다. 시 텍스트 속의 자연 소재를 자칫 상투적으로 받아들여 수용할 가능성이 크기 때문이다.

이와 같은 중학교 국어교과서의 시 교육을 체험하고 고등학교에

입학한 학습자들은 현행 교육과정하의 현대시 교육에 대해 다음과 같은 정전 인식을 보이게 된다.

현재 인문계 고등학교 1학년에 재학 중인 학습자들 총 158명을 대상으로 설문 조사를 한 결과는 다음과 같다. <표 8>은 총 158명 중에서 학교에서 배우는 현대시에 대한 흥미 여부에 현대시의 주제나 소재에 대한 흥미 여부가 중요한 영향을 미친다고 선택한 133명의 설문 조사 결과이다.

〈표 8〉 학습자들의 현대시 교육의 정전 인식 양상 1

현대시의 흥미도에 주제 및 소재가 영향을 미친다고 생각한 학습자들의 현대시 교육정전 인식				
				총 133명
학교에서 배우는 현대시	매우 많지 않다	많지 않다	많다	매우 많다
자연친화적·향토적 소재와 정서를 다룬 현대시	0%	31.58%	63.91%	4.51%
도시적 소재와 정서를 다룬 현대시	10.53%	78.95%	10.53%	0%

위의 결과에 따르면 133명 중에서 학교에서 배우는 현대시의 주제나 소재로 자연친화적·향토적 소재와 정서를 다룬 것이 '많다' 63.91%, '매우 많다' 4.51%로, '매우 많지 않다'와 '많지 않다'를 합한 31.58%의 두 배가 넘는 수치이다. 이는 도시적 소재와 정서를 다룬 현대시가 '매우 많지 않다' 10.53%, '많지 않다' 78.95% 가 '많다' 10.53%의 9배나 된다는 사실과 매우 대조적이다.[30] 이

---

30) 자연 소재시와 도시 소재시는 내용상의 대립적 의미는 없고, 현대시 교육의 정전에 있어 선택된 것과 배제된 것으로서의 대립만 있는 것이다. 본 연구에서 자연 소재시와 도시 소재시에 대한 학습자들의 정전 인식을 비교한 이유는 현행 교육과정하의 현대시 교육텍스트의 주제 및 소재의 불균형 문제를 제기하기 위함이다.

를 통해 학습자들은 현행 현대시 교육의 정전이 다양한 소재와 주제에 걸쳐 있는 것이 아닌, 특정 소재를 치중해 선택하고 또 다른 특정 소재는 배제하고 있다고 인식하고 있음을 알 수 있다.

2. 시대의식과 저항정신의 현대시 교육텍스트

1) 시대의식과 저항정신의 현대시 교육텍스트의 비중

앞의 <표 1>에서 제시한 현행 중·고등학교 국어교과서 본문에 수록된 현대시 텍스트 23편 중 시대의식과 저항정신의 현대시는 2편[31]으로 전체의 8.7%에 불과하다. 그러나 <표 2>에서 18종 문학교과서에 많이 수록된 현대시 텍스트 14편 중 시대의식과 저항정신의 현대시는 11편[32]으로 78.57%이다. 결국 현행 7차 교육과정에서 주로 다루는 현대시 텍스트 37편 중 시대의식과 저항정신의 현대시는 13편으로 35.14%의 비중을 차지한다.

〈표 9〉 국어교과서와 문학교과서의 현대시 수록 양상 비교

	중·고등학교 국어교과서 본문에 수록된 현대시 총 23편	18종 문학 교과서에 주로 수록된 현대시 총 14편	합계 총 7편
시대의식과 저항정신의 현대시	2편(8.7%)	11편(78.57%)	13편 (35.14%)

---

31) 신동엽<봄은>, 이육사<광야>

32) 신동엽<껍데기는 가라>, 한용운<님의 침묵>, 이육사<절정>, 이상화<빼앗긴 들에도 봄은 오는가>, 황지우<새들도 세상을 뜨는구나>, 김지하<타는 목마름으로>, 이육사<교목>, 김수영<눈>, 김수영<풀>, 신경림<목계 장터>, 박두진<어서 너는 오너라>

위의 표에서 국어교과서와 문학교과서의 수록현황을 비교했을 때 시대의식과 저항정신을 드러낸 현대시는 문학 교과서에 많이 수록되어 있다. 이는 국어교과서에서의 현대시에 비해 문학 교과서에서의 현대시가 반영론적 관점으로 교수·학습되기 쉽다는 점을 짐작하게 한다.

국어교과서와 18종 문학교과서에 주로 수록된 현대시 교육텍스트 중 시대의식과 저항정신을 드러내는 텍스트들은 다음과 같다.

〈표 10〉 국어교과서 본문에 수록된 시대의식과 저항정신을 드러내는 현대시

저자	작품	수록	소재·주제(정서)
신동엽	〈봄은〉	9-1	자연소재, 시대의식
이육사	〈광야〉	10(상)	자연소재, 저항정신

〈표 11〉 18종 문학교과서에 주로 수록된 시대의식과 저항정신을 담은 현대시

수록 횟수	작가 <작품>	본문	본문 외	소재·주제 (정서)
11	신동엽 〈껍데기는 가라〉	교학·하221 금성·상146 블랙·하318 상문·하205 천재·상107 케이스·상118	중앙·상49 두산·상214 디딤돌·하334 문원·하175 민중·하194	시대의식
8	한용운 〈님의 침묵〉	교학·하188 금성·하136 두산·상86 디딤돌·상166 민중·하164 케이스·상113	문원·상44 천재·하164	관념적 시대의식
8	이육사 〈절정〉	교학·하105 금성·하237 두산·상107 디딤돌·하327 문원·하317 블랙·상213 천재·하168	중앙·상24	시대의식
7	이상화 〈빼앗긴 들에도 봄은 오는가〉	중앙·하165 문원·하172 블랙·하170 천재·하341	두산·하307 디딤돌·하265 민중·하155	자연소재 시대의식
7	황지우 〈새들도 세상을 뜨는구나〉	중앙·상151 교학·하252 디딤돌·하277 블랙·상44 천재·하231	문원·하187 케이스·상75	시대의식
7	김지하 〈타는 목마름으로〉	금성·하302 민중상250	교학·하68 디딤돌·하70 문원·하255 상문·하267 천재·상28	시대의식

수록 횟수	작가 <작품>	본문	본문 외	소재·주제 (정서)
6	이육사 〈교목〉	상문·하204 케이스·하203	교학·상188 두산·상31 문원·상105 천재·상321	자연소재 시대의식
6	김수영 〈눈〉	교학·상230 문원·상59 블랙·상185 상문·하266	문원·하18 민중·상45	자연소재 시대의식
6	김수영 〈풀〉	금성·하299 민중·하200 케이스·하276	중앙·상86 두산·상120 문원·상81	자연소재 시대의식
5	신경림 〈목계장터〉	문원·하217 케이스·상107	디딤돌·상23 민중·상71 상문·하172	자연소재 시대의식
5	박두진 〈어서 너는 오너라〉	금성·하293 디딤돌·상181 케이스·하244	민중·하191 상문·하19	자연소재 시대의식

2) 시대의식과 저항정신의 현대시 교육텍스트의 실현 양상

시대의식과 저항정신의 현대시 교육텍스트가 현행 국어와 문학
교과서에서 실현된 양상을 살펴보면 다음과 같다.[33)]

〈표 12〉 현행 국어 및 문학교과서에 수록된,
시대의식과 저항정신을 담고 있는 현대시의 주요 학습활동

텍스트	주요 학습활동
〈봄은〉	- 우리 민족이 평화적으로 통일을 이루기 위해서 내가 할 수 있는 일이 무엇인지 친 　구들과 이야기해보자. - 다음은 시 '봄은'을 감상한 글이다. 이 시를 다시 읽어보고 (　)안에 알맞은 말을 넣 　어보자. - 흔히 신동엽의 시를 참여시라고 한다. 참여시의 뜻풀이를 읽고, 다른 참여시 한 편 　(신동엽, 껍데기는 가라)을 가상해보자.
〈광야〉	- 제재의 활용 방안 　: 이육사의 광야는 웅장한 상상력과 남성적 어조가 잘 드러난 작품이라는 점에서 앞 　단원에서 읽었던 시 작품들과 차별되는 작품이다. 따라서 이 작품을 읽으면서 학습 　자들이 다른 시들과는 다른 인상을 갖게 될 것이므로, 그 점을 강조하여 의미화할 　수 있도록 한다. 그 과정에서 문학의 아름다움이란 몇몇 정리된 용어로 압축할 수 　있는 개념적 실체라기보다는 독자의 감상과 이해를 통해 구체적으로 드러나는 것임 　을 알 수 있게 한다.

---

33) 국어교과서에 수록된 <봄은>, <광야>, 그리고 <표 11>의 텍스트 중에서 수록횟수가
　가장 많은 <껍데기는 가라>의 블랙박스 교과서 학습활동을 중심으로 살펴볼 것이다.

텍스트	주요 학습활동
〈광야〉	- 이 시를 읽고 가장 인상적인 구절을 찾아 왜 인상적인지 생각해보자. - 이 시의 아름다움을 실현하고 있는 구체적 표현을 찾아 모둠별로 발표해보자. 　음악성이 잘 드러난 표현 　형상성이 잘 드러난 표현 　함축성이 잘 드러난 표현
〈껍데기는 가라〉	블랙박스 · 하 - 시어의 함축적 의미 파악하기 - 다음 글을 읽고, 아래 제시된 활동을 해보자. 　(1) 이 시를 민주사회와 통일에 대한 열망이라는 관점에서 감상하고 그 결과를 말 　　해보자. 　(2) 이 시가 어떤 면에서 한국 문학으로서의 독자성과 세계 문학으로서의 가능성을 　　지니고 있는가에 대해 토의해보자. 　(3) 이 시가 보유하고 있다고 생각하는 가치에 대해 말해보자.
공통된 학습활동	
- 당대의 사회 현실과 연관 지어 감상하기	

위의 텍스트들은 공통적으로 당대의 사회 현실과 텍스트를 연관 지어 감상하는 반영론적 관점이 실현된 교수·학습 활동들이다. 물론 <광야>는 음악성, 형상성, 함축성의 '노래의 아름다움' 측면에서 접근하기 때문에 나머지 두 텍스트에 비해 반영론적 관점이 강하게 드러나지는 않는다. 그러나 교사용 지도서에서는 <광야>의 웅장한 역사적 상상력과 남성적 어조를 강조하여 의미화할 수 있도록 제안하고 있어, 저항시로서의 <광야>의 특징을 언급하면서 반영론적 관점을 수용하여 교수·학습할 가능성을 넌지시 제시하고 있다.

<봄은>과 <껍데기는 가라>의 경우, 교과서에서의 전형적인 참여시로서의 특성을 십분 살려, 텍스트의 바탕이 되는 당대의 시대상에 관한 이해가 필수적 배경지식으로 작용한다고 할 수 있다.

앞에서 제시한 설문 조사 결과에 따르면 다음과 같다.

현대시의 흥미도에 주제 및 소재가 영향을 미친다고 생각한 학습자들의 현대시 교육정전 인식				
				총 133명
학교에서 배우는 현대시	매우 많지 않다	많지 않다	많다	매우 많다
일제강점기와 독재치하의 시대(현실)의식, 저항정신을 다룬 시	0%	5.26%	50.38%	44.36%
최근(1980년대~현재)의 평범한 일상생활을 다룬 현대시	31.58%	63.91%	3.76%	0.75%

위의 결과에 따르면 133명 중에서 학교에서 배우는 현대시의 주제나 소재로 일제강점기와 독재치하의 시대(현실)의식, 저항정신을 다룬 것이 '많다' 50.38%, '매우 많다' 44.36%로, '매우 많지 않다'와 '많지 않다'를 합한 5.26%의 19배 정도에 이르는 수치이다. 이는 최근(1980년대~현재)의 평범한 일상생활을 다룬 현대시가 '매우 많지 않다' 31.58%, '많지 않다' 63.91%가 '많다' 3.76%의 23배나 된다는 사실과 매우 대조적이다.[34] 이를 통해 학습자들은 현행 현대시 교육의 정전이 다양한 소재와 주제에 걸쳐 있는 것이 아닌, 특정 소재를 치중해 선택하고 또 다른 특정 소재는 배제하고 있다고 인식하고 있음을 알 수 있다.

---

34) 시대의식과 저항정신을 다룬 거시적 내용의 현대시와 최근(1980년대~현재)의 평범한 일상을 다룬 미시적 내용의 현대시는 내용상의 대립적 의미는 없고, 현대시 교육의 정전에 있어 선택된 것과 배제된 것으로서의 대립만 있는 것이다. 본 연구에서 시대의식과 저항정신을 다룬 현대시와 최근(1980년대~현재)의 평범한 일상을 다룬 현대시에 대한 학습자들의 정전 인식을 비교한 이유는 현행 교육과정하의 현대시 교육텍스트의 주제 및 소재의 불균형 문제를 제기하기 위함이다.

교수 · 학습면

  본 절에서는 앞의 <표 1>과 <표 2>의 텍스트의 교수·학습
면에서 많이 나타나는 특성에 대해 논하고자 한다. 따라서 위의
텍스트에서 주류를 이루는 교수·학습 면의 특성으로 지식 중심의
교수·학습을 강조하는 것과 학습자들이 교재가 의도하는 일정한
방향으로 텍스트를 수용하게 하는 것, 크게 둘로 나누어 살펴볼
것이다.

1. 지식 중심의 교수 · 학습

  학습자들이 중학교에서 배운 현대시를 총괄하면서 한국 현대 문
학사에 처음 발을 들여 놓는 단원이 9학년 1학기의 '한국 현대 문
학의 이해'이다. 이 단원에 수록된 현대시는 김소월의 <가는 길>,
유치환의 <깃발>, 신동엽의 <봄은>이다. 물론 문학사의 관점에
서 서술된 단원이므로 학습자에게 문학사적 지식을 교수·학습해
야 할 필요가 있는 것은 사실이다. 그러나 여기서는 지나치게 문
학사적 맥락의 틀에 맞춰 개개의 텍스트를 수용하는 활동을 강조
하고 있다.
  다음은 이 단원의 현대시 부분의 학습활동이다.

〈표 14〉 현행 9학년 '현대 문학의 이해'에 수록된 현대시 학습활동

		<가는 길>	<깃발>	<봄은>	공통된 주요학습활동
읽기 전		'김, 소, 월' 세 글자로 삼행시를 지어보자. 김소월에 관한 내용으로 지어보자.	다음 단어의 의미를 말해보자. 노스탤지어/순정/애수/백로	우리 민족이 평화적으로 통일을 이루기 위해서 내가 할 수 있는 일이 무엇인지 친구들과 이야기해보자.	
		① 시인에 관한 배경지식 활성화	① 시어의 의미에 관한 배경지식 확인	① 시대적 관심사에 관한 배경지식 활성화	① 배경지식 활성화
읽기 후	내용 학습	'가는 길'을 감상하고 다음 〈보기〉 중에서 이 시에 대한 적절한 설명을 골라 각 연의 내용과 표현상의 특징을 정리해보자.	'깃발'을 감상하고, 깃발을 비유적으로 표현하고 있는 구절을 찾아 써보자. 또 그 의미는 무엇인지도 간단히 써보자.	다음은 시 '봄은'을 감상한 시이다. 이 시를 다시 읽어보고 ( )안에 알맞은 말을 넣어보자.	
		② 시의 내용 이해	② 시의 내용 이해	② 시의 내용 이해	② 시의 내용 이해
	목표 학습	'가는 길'을 감상하고 김소월 시의 특징을 말해보자. 예시) 민요적	다음은 1학년 때 배운 '돌담에 속삭이는 햇발'이다. '깃발'과 비교하여 감상해보고, 1930년대의 순수시와 생명시의 두 경향에 대해 간간히 말해보자.	흔히 신동엽의 시를 참여시라고 한다. 참여시의 뜻풀이를 읽고, 다른 참여시 한 편(신동엽, 데기는 가라)을 감상해보자.	
		텍스트에서 시인의 시적 특성 찾기	③ 문학사적 관점(순수시/생명시)에서 다른 텍스트와 견주어 보기	③ 문학사적 관점(참여시)으로 다른 텍스트에 적용하기	③ 배경지식의 다른 텍스트에의 적용, 이해
	적용 학습	김소월의 '먼 후일'을 감상하고, 위에서 말한 김소월 시의 특징이 어떻게 드러나는지 알아보자.	-	-	
		③ 시인에 관한 배경지식을 다른 텍스트에 적용하기			

위의 세 텍스트는 모두 유사한 학습활동의 흐름으로 교수·학습하도록 되어 있다.

〈표 15〉 교과서에 제시된 지식 중심 현대시 학습 활동의 예

① 시 수용에 필요한 배경 지식 확인 및 활성화		
〈가는 길〉 : 표현론적 관점의 지식	〈깃발〉 : 절대론적 관점의 지식	〈봄은〉 : 반영론적 관점의 지식

⇩

② 시의 내용 이해		
〈가는 길〉 : 시의 정서, 경향, 표현 등 적절한 설명 고르기	〈깃발〉 : 비유적 표현 찾기	〈봄은〉 : 시대 상황과 관련된 감상내용의 빈칸 채우기

⇩

③ ①의 배경지식을 바탕으로 다른 텍스트에 적용해 수용하기		
〈가는 길〉 : 표현론적 관점에서 다른 텍스트에 적용해 수용하기	〈깃발〉 : 문학사적 관점에서 다른 텍스트와 견주어 적용해 수용하기	〈봄은〉 : 문학사적 관점에서 다른 텍스트에 적용해 수용하기

이와 같은 교수·학습이 문제가 되는 것은 단순히 현대시를 수용함에 있어 문학사적 지식을 강조했기 때문이 아니다. 문학사적 지식을 고정불변의 절대적 지식인양 텍스트 수용에 앞서 다룬 후에, 그 지식적 구조에 주어진 현대시 텍스트를 맞춰 수용하도록 하는 일률적인 교수·학습 방식이 문제이다.

이에 따라 이 단원에서는 세 텍스트에 대해 각각 읽기 전에 특정한 관점의 배경지식을 활성화시키거나 확인하는 데에서 출발한다. 그 후 텍스트를 읽은 후에 학습자들은 내용학습을 통해 주어진 텍스트 설명 내용을 텍스트의 각 연과 연결 짓거나, 감상 내용의 빈칸을 채우는 등 애초에 의도한 수용의 관점을 따르게 한다. 그리고 그러한 교수·학습방법은 정답과 오답의 경계를 분명히 함으로써 문학사적 지식이 절대적인 것이라는 오해를 불러일으키기 쉽도록 한다. 결정적으로 이러한 지식의 틀을 본문 이외의 다른

텍스트에 적용하여 같은 방식으로 수용하는 활동을 가장 마지막에
제시한다. 이는 본문에 제시한 텍스트 외의 다른 현대시 텍스트들
도 문학사의 어느 지점에 있는지를 파악하는 것이 그 텍스트를
'정답'에 가깝게 수용하는 것임을 암묵적으로 강요하는 격이다.

2. 수용의 수동성과 획일성

7차 국어 교육과정에서는 학습자 중심의 주체적이며 창의적인
국어 능력 향상을 가장 중요한 목표로 설정하고 있다. 그러면서도
막상 교과서에서는 학습자들로 하여금 학습활동이 암묵적으로 상
정하고 의도한 일정한 방향으로 텍스트를 수용하게 하려는 경향을
보여 준다.

〈표 16〉 학습자에게 텍스트에 대해 특정 정서를 수용하게 하는 학습활동의 예

텍스트	주요 학습활동
〈호수〉	- 읽기 전에 - 누군가를 간절히 그리워해본 적이 있는가? 이산가족들의 마음이나 아이를 잃어버린 부모의 마음, 사랑하는 이와 헤어져 만날 수 없는 사람의 마음은 어떠할지 생각해보자.
〈가정〉	- 목표학습 - '가정'에는 현실적인 어려움 속에서도 자식을 사랑하고, 책임지려는 아버지의 모습이 잘 나타나 있다. 각자 자기의 가정을 돌아보고, 부모님이나 웃어른들의 사랑을 소재로 시를 한 편 써보자.
〈성탄제〉	가족의 사랑이 담긴 소중한 물건 세 가지를 적고, 그 물건이 자신에게 소중한 이유를 말해보자.
〈유리창〉	이 시의 형식을 빌려 아끼는 물건이나 동물을 잃었을 때의 심정을 시로 표현해보자.
공통된 학습활동	
- 시적 화자의 주된 정서와 유사한 정서를 체험할 수 있는 학습자의 경험이나 다른 사람들의 경험 생각해보기 및 창작하기	

위의 학습활동들은 텍스트를 접하기 전후에 학습자에게 암묵적으로 텍스트의 주된 정서를 특정한 어떤 것으로 수용할 것을 주문하고 있다. 먼저 <호수>는 읽기 전 활동에서 텍스트를 본격적으로 읽기 전에 '그리움'이라는 정서를 미리 예상하게 하여 텍스트를 읽은 후의 학습자들의 다양한 정서 유발에 방해가 되고 획일적인 읽기 후 활동에 이르기 쉽다. 그리고 7학년 학생들이 이산가족들의 마음이나 아이를 잃어버린 부모의 마음, 사랑하는 이와 헤어져 만날 수 없는 사람의 마음을 생각한다는 것도 학습자들의 직접적이고 상세한 체험과 거리가 있다. 따라서 그저 '그리움', '간절함' 등의 피상적이고 추상적인 차원의 읽기 전 정서 활성화 정도에 머물기 쉽다.

<가정> 역시 감상의 방향성이 정해져 있다. 즉 목표학습에서 이 텍스트의 수용 및 감상 초점을 현실의 어려움보다 가족에 대한 사랑과 책임에 맞추고 있다. 가장으로서의 의무감의 버거움과 가족을 위해 세상의 빙벽들과 싸워야 하는 한 개인의 희생과 고난은 '가족에 대한 사랑'에 녹아져있다고 할 수 있다. 그래서 결국 부모님이나 웃어른의 사랑을 소재로 시를 쓰는 활동으로 나아가게 된 것이다. 뿐만 아니라 8학년 학습자의 처지에서 가장으로서의 책임과 의무, 권위를 이해하는 것도 어려워 보인다.

<성탄제>의 경우, 과거와 현재 두 시점이 전반과 후반으로 각기 양분되어 있는 텍스트이다. 과거의 기억과 현재의 느낌이 대조되어 서로를 강조하는 효과가 있다. 따라서 과거와 현재는 둘 다 충분히 유의미하게 수용되어야 한다. 그러나 위의 학습활동에서 가족의 사랑이 담긴 소중한 물건을 떠올리는 활동을 하게 하여 자연

스럽게 감상의 초점을 과거 쪽으로 기울게 한다.

이는 학습자의 현재에서 과거의 경험을 떠올려 과거와 현재를 교차시켜 두 시점을 모두 유의미하게 형상화하는 문학체험의 중요한 방법을 간과하고, 지나치게 내용 중심의 학습에 치중한 결과라 하겠다. <성탄제>가 단원명인 '창조적인 문학 체험'에 걸맞게 교수·학습되기 위해서 텍스트 안에 담겨 있는 '가족의 사랑'을 단선적으로 수용하고 이를 자신의 체험 속에 대입시키는 활동으로는 부족하다. 그리고 이와 같은 활동은 텍스트를 읽는 암묵적인 방향성을 강요함으로써 학습자들의 다양한 감상 방식이나 수용에 방해 요소가 될 수 있다.

<유리창>도 위와 같은 학습활동이 학습자들의 텍스트에 대한 수용을 전기적 비평의 방식으로 치우치게 할 소지가 크다. '부재의 심정'을 아이가 아닌 다른 것으로 전이시켜 아이를 잃은 경험의 소산으로서의 <유리창>이라는 텍스트의 이미지를 더 강화하는 역할을 할 수 있는 것이다. 이는 7차 교육과정에서 강조하는 학습자들의 주체적이고 다양한 해석 및 수용을 추구하는 것과 거리가 멀다.

이처럼 '시적 화자의 주된 정서와 유사한 정서를 체험할 수 있는 학습자의 경험이나 다른 사람들의 경험 생각해보기 및 창작하기'를 통해 학습자들의 수동적, 획일적 수용이 조장될 수 있다.

뿐만 아니라 국어 교과서에서는 비평가의 감상문 등을 이용해 학습자들에게 자신의 생각과 비평가의 생각을 비교해보는 등의 학습활동도 있다. 김현승의 <지각>이 그 대표적인 경우로, 학습활동은 다음과 같다.

〈내용학습〉
1. 각 연의 내용을 정리해보자.
2. 시의 내용에 비추어 볼 때, 시의 제목 '지각'은 무엇을 의미하는가? 부제 '행복의 얼굴'과 관련지어 이야기해보자.

〈목표 학습〉
1. 다음 표현의 의미를 생각해보고, 이 시에서 이와 비슷한 의미를 가지는 표현을 찾아보자.
2. 다음 표현의 의미를 말해보자.
3. 이 시의 표현상의 특징과 효과에 대해 말해보자.
4. 다음은 한 비평가가 '지각'을 해설한 것이다. 내가 감상한 것과 비교해보고, 어떤 점이 다른지 생각해보자. 또, 내가 미처 생각하지 못한 점이 있으면 이야기해보자.

〈끌어주기〉
　학생들이 전문가의 시평을 접하는 것은 좋은 경험이 된다. 특히 이 글은 시를 매우 쉬우면서도 상세하게 설명하고 있기 때문에 학생들의 시 감상에 도움을 줄 수 있을 것이다. 그러나 한 가지 주의할 점은 시 감상이 해설의 내용을 그대로 따라가서는 안 된다는 것이다. 그런 의도에서 이 글도 학습 활동의 마지막 부분에 제시하여 학생들의 시 감상을 제한하지 않도록 하였다. 글을 읽은 후 이 글을 학생들 스스로의 감상과 비교해보게 하고, 학생들이 잘못 생각한 것이나 미처 생각하지 못한 것, 자기 나름대로 참신하게 생각해낸 것 등을 발표하게 하여 비평가의 해설뿐만 아니라 친구들의 감상을 접하는 기회도 가지게 하면 좋을 것이다.

　　교사용 지도서의 <끌어주기>에 따르면 학생들의 시 감상을 제한하지 않기 위해 글을 읽은 후 자신의 감상과 비교하게 했다고 한다. 그렇다면 앞의 학습활동에서 학습자들의 이 텍스트에 대한 자신의 감상 내용을 주체적으로 형성하는 활동이 선행되어야 옳다.

　　그러나 앞선 학습활동은 학습자들의 이 텍스트에 대한 주체적이고 총체적인 이해와 감상을 나누는 활동이라 하기 어렵다. 내용과 표현을 이해하고 수긍하는 텍스트 이해 차원의 활동이 주를 이루기 때문이다. 따라서 학습자들은 텍스트의 내용과 표현의 특성을 앞선 학습활동에서 이해한 후, 곧바로 4번의 비평가의 해설을 읽게 되므로 실상 해설의 내용을 수동적으로 받아들이기 쉽다. 더구나 학습활동의 지시 내용에도 학습자들이 해설의 내용을 대체로 따르도록 방향을 상정하고 출발한 듯한 인상을 강하게 풍긴다.

①과 같은 진술을 학습활동의 지시 내용에 포함시킴으로써, 학습자들은 해설을 한 필자의 권위에 거슬러 스스로의 주체적인 감상내용을 밝히기에 부담을 느낄 수 있다. 또 앞서 지적한 것처럼 선행 학습 활동에서 비평가의 해설만큼의 상세한 감상을 학습자들이 하지 않았기 때문에 비평가와 대등한 입장에서 ②의 지시 내용처럼 세세하게 다른 점을 생각하기 어렵다. 결정적으로 학습활동 지시의 마지막 문장은 ③처럼 애초에 학습자들의 시 해설에 대한 권위를 비평가보다 낮게 평가하고 있으므로 학습활동의 결과가 다양하고 학습자 중심적으로 이루어지기는 어려워 보인다.

지금까지 현행 7차 교육과정에 따른 현대시 교육정전 체계와 그에 대한 학습자들의 인식, 교수·학습 면의 특성 등을 살펴보았다. 결론적으로 현행 7차 현대시 교육은 소재·주제 면에서 대체로 자연 소재의 현대시와 시대정신과 저항의지를 담은 현대시를 중심으로 이루어지고 있음을 확인했다. 그리고 무엇보다 이 같은 특정 소재·주제의 편중 현상을 학습자들 스스로 잘 인식하고 있음도 알 수 있었다.

더구나 위의 현대시 교육정전은 대체로 학습자들의 직접 경험과 거리가 멀고 익숙하지 않은 것이다. 따라서 그것의 수용과 창작에 있어 학습자들은 적극성과 주체성을 상실하기 쉽다. 여기에 지식 중심의 교수·학습과 학습자들에게 수동적이고 획일적인 수용을 암묵적으로 내포한 교수·학습 역시 한몫한다.

이러한 현대시 교육은 앞서 제기한 '학습자들의 창의적 국어능력 신장'이라는 7차 교육과정에서 표방하는 국어 교육의 궁극적인 목표에 부합하지 않는 것으로 판단된다. 따라서 본 연구에서는 이러한 7차 교육과정에서 강조한 국어교육의 궁극적인 목적에 부합하고 현대시 교육의 저변을 다양화하기 위한 새로운 현대시 교육 텍스트로서 도시 소재시를 편입시킬 것을 제안하는 바이다. 이는 학습자들에게 익숙한 소재이기 때문에 그것의 수용과 창작에 있어 학습자들은 적극성과 주체성을 지닐 수 있다. 또 도시 소재시는 지금까지 현대시 교육에 적극적으로 도입된 적이 없어 기존 교육과정들에 잔존해 있는 텍스트에 대한 지식 위주로 흐를 가능성도 낮다. 뿐만 아니라 학습자들의 경험과 공통된 부분도 많아서 특정 관점으로 의도된 정서를 이입하는 것이 어렵기 때문이다. 이에 다음 장에서 새로운 현대시 교육정전으로 제안한 도시 소재시의 특성과 교육적 의의를 살펴보기로 한다.

도시 소재시의 특성과
교육적 의의

도시 소재시의 특성과 교육적 의의

A 도시 소재시와 일상성의 시문학

일상성은 오늘날 "사회를 알기 위한 실마리"로서 재발견되고 있다. 다시 말하면 일상성을 다루는 것은 이 일상성을 생산한 사회를 이해하고 정의하는 작업이 된다.35) 그런 점에서 오늘날 일상성의 공간인 도시의 일상성을 이해하고 정의하는 것은 '도시'를 포괄하는 세계 전체를 이해, 정의하는 것이라 할 수 있다.

따라서 도시 소재시에 형상화된 일상성의 면모를 살피는 것은 '지금, 여기'의 세계 전체를 이해하는 것 뿐 아니라, 그 세계를 형상화한 양상, 즉, 세계를 대하는 자아의 반응과 태도도 이해하는 작업이 될 것이다. 이에 본 절에서는 도시 소재시에 드러난 일상성을 '탈신비주의, 세속주의'와 '보편적 도시 공간의 경험 형상화'

---

35) 김준오(1992), 앞의 책, p.24.

의 측면에서 살펴볼 것이다.

도시 소재시에 형상화된 일상인으로서의 시인, 시적 화자의 태도나, 텍스트 속에 드러난 보편적 공간 경험은 문학 교육의 장에서 활용할 수 있는 교수·학습의 요소로 유의미할 것이다. 학습자들은 문학교육의 장 안에서 수용과 창작을 하므로 전문 작가가 아닌, 일상인의 위치에 서 있고 텍스트에 형상화된 공간도 그들에게 매우 익숙하기 때문이다.

1. 탈신비주의, 세속주의의 시문학

1) 시인, 시적 화자, 인물의 일상성

도시 소재시의 일상성은 시 장르 자체가 기존의 신비주의, 권위주의, 예술 지상주의적 관점에서 탈피하고 있음을 전제로 한다. 일상성은 사회와 역사에서 이론가의 이론이 아닌 보통 사람들의 상식적 지식이 갖는 중요성을 강조하거나 일상적 실천의 의미에 주목하기에 아래로부터의 관점으로 묘사된다.[36] 그래서 시인은 남다른 체험과 관점을 지닌 신격화된 존재가 아닌 평범한 일상인의 아래로부터의 자세에서, 일상적 화자나 인물을 텍스트에 형상화한다.

시인도詩먹지않고밥먹고살아요
시인도詩입지않고옷입고살아요
시인도돈벌기위해일도하고출근도하고돈없으면라면먹어요

---

36) 안은희(2005), 앞의 논문, pp.14 – 15.

오해하고싶더라도제발오해하지말아요

　　　　　　　　　- **오규원**, 〈詩人 久甫氏의 一日(1)〉[37]

　이 시에서 '출근도 하고'라는 표현과 제목인 '詩人 久甫氏의 一
日(1)'에 도시적 삶이 스며있다. '출근'과 '퇴근'은 '일터'라는 특정
한 노동 공간으로 정해진 시간에 맞춰 나가 일한 후, 역시 정해진
시간에 마치는 근대화 이후의 도시 공간의 삶의 소산이다. 고로,
여기에 묘사된 '시인'은 다른 도시인들처럼 생활을 영위하기 위해
출근을 하는 도시의 일상적 존재인 것이다.

　또 제목은 박태원의 <소설가 구보씨의 일일>을 패러디한 것으
로, '소설가 구보'는 도시 공간을 산책(배회)하는 인물이다. '소설가
구보'는 도시 공간의 산책자로 일상 공간에 거리를 두고 관찰하고
있지만, '시인 구보'는 도시 공간의 노동자로 일상 공간에서 숨 쉬
고 생활하는 시인이다. 즉, 이 시에서는 내용 면에서 시인을 평범
한 일상인으로 평준화시켜 과거의 모더니즘 시와 달리, 반엘리트주
의, 반권위주의를 표명한다.[38]

　시와 시인에 대한 탈권위주의적, 탈신비주의적 인식을 드러내는
도시 소재시는 그러한 내용만으로 그동안 현대시 교육에서 문제시
되어 왔던 부분을 해소시킬 수 있는 열쇠가 된다.

　다음을 한 번 살펴보자.

---

37) 오규원(2002), 『오규원 시전집』, 문학과 지성사.
38) 김준오(1992), 앞의 책, p.120.

라이너 마리아 릴케는 '브리게의 수기'에서 "일생동안에 단 열 줄의 좋은 시도 쓰기 어렵다."고 말했다. 정말, 많지 않은 언어로써 인생과 자연에서 우러나는 정서와 사상을 창조적으로 표현하기란 그리 쉬운 일이 아니다.

가장 적절한 시어로써 인간 영혼의 심연을 파헤치는 작업은 어떻게 해야 하는 것일까?

우리들은 여기 실은 여러 작품을 통하여, 시인들이 언제 어떠한 환경 속에서 어떠한 심정을 어떻게 표현하였는지 알아보도록 하자.

최미숙(2005)[39]은 위의 제2차 교육과정 국어 교과서의 '시의 세계' 대단원 도입 면에 실린 글의 전문(문교부 1968, 2)을 제시하면서, 이것이 독자로 하여금 시란 일상인과는 거리가 먼 대상이라는 인식을 심어주어 학생들로부터 시를 멀어지게 한다고 비판하고 있다. 나아가 특별히 '하늘, 고궁, 오월' 등의 제목으로 고궁이나 산, 들로 나가는 식의 창작교육인 '백일장'은 학생들로 하여금 시란 어떤 특별한 것이고, 우리들의 일상생활 속에서 누릴 수 있는 표현의 장이 아니라는 인식을 더 공고히 하는 역할을 했다고 보았다.

이처럼 시에 대한 기존의 신비주의와 권위주의적 태도는 현대시 교육의 장에서 장애 요인이 되었다. 그런 점에서 앞서 제시한 것처럼 도시 소재시의 시인, 시적 화자, 인물의 일상성, 즉, 그들이 특별히 남다른 경험을 바탕으로 시를 쓸 수 있는 것이 아님은 학습자와 시, 시인 사이의 장벽을 낮추어 줄 수 있다. 학습자들에게 일상에서 시를 건져 올릴 수 있는 용기와 패기를 북돋워주기에 충분한 것이다.

그런데 도시 소재시에서는 시인뿐만 아니라, 역사적이거나 허구적인 인물도 시인처럼 일상적 존재로 격하된다.

---

39) 최미숙(2005),「현대시교육방법에 대한 고찰」,『국어교육학연구』 22, 국어교육학회, pp.358~361.

바겐세일 레코드 상점을 찾아 맨하탄으로 나갔다
지금이라면 원효도 지하철을 탔을 것이다
우리처럼 빈손이었을 것이다
(거지의 마음 그 견딜 수 없이 가벼운)
지하철을 내려 地上으로 올라와
헐렁한 주머니에 손을 찌르고
慶州 거리보다 계속 직각으로 뚫려 바람이 세찬 長安거리를
한없이 작고 가벼운 존재가 되어 걸었을 것이다.

- 황동규, 〈견딜 수 없이 가벼운 존재들〉

황동규는 뉴욕의 거대 도시 속에서 역사적 인물도 우리와 똑같이 '견딜 수 없이 가벼운 존재'로 평준화되는 것을 인식한다. 이런 인식은 종교도 일상적이고 세속적임을 시사한다.[40]

2) 일상적 언어 표현

(1) 일상어의 사용

앞서 제시한 도시 소재시의 시인, 화자, 인물의 일상성은 시 텍스트 자체를 일상적으로 보는 관점과 텍스트 내에서 형상화된 세계의 일상성을 담보한다. 따라서 텍스트 안에서 일상적 세계를 구현하기 위해 일상생활 속의 언어를 보다 적극적으로 수용하게 된다. 내용상 일상적 세계를 구현하면서 일상 언어가 아닌 다른 언어를 쓴다면 일상적 세계를 텍스트 내에서 제대로 구현해내지 못할 수도 있다. 즉 텍스트에 표현된 일상적 세계를 그다지 일상적으로 느껴지지 못하게 할 수 있는 것이다. 또 일상 언어가 아닌

---

40) 김준오(1992), 앞의 책, pp.121~122.

시인이 만들어낸 문학 언어 등의 다른 언어를 쓰게 된다면 앞서 제시한 시인, 시적 화자, 인물의 탈권위주의적 일상성도 제대로 구현되지 못한다.

그런데 여기서의 일상성이란, 근대화 이후 오늘에 이르기까지 세계를 지배하는 자본주의적 삶으로, 자본주의에서 추구하는 효율성을 극대화한 공간으로서의 도시 공간 내의 삶의 특성과 상통한다. 요컨대 본 연구에서 의도하는 도시 소재시의 일상성이란 도시적 삶이 반영된 일상성으로, 일상 언어도 도시적 삶을 반영한 일상에서 통용되는 언어를 뜻한다. 가령 앞서 언급한 오규원의 <詩人 久甫氏의 一日(1)>의 '출근' 같은 언어가 그 예라 하겠다. '출근'은 이제 농촌에서도 볼 수 있는 삶의 모습이지만 이는 자본주의화, 산업화, 도시화가 팽배하게 이루어져 삶이나 사고방식이 '도시'라는 고정된 공간을 초월해 '농촌'에까지 확대되었기 때문이다.

안은희(2005)[41]는 "아무도 모를 소리라야 시라고 간주되는 시대에 누구나 읽어서 알 수 있는 시를 쓴다는 것은 역설적으로 큰 용기를 필요로 했으며", "그것은 재래의 시에 대한 오래된 고정관념을 새로운 시를 통하여 파괴해야 하는 어려운 작업"이라는 김광규의 말을 인용해 그에게 있어 일상적 삶과 일치하지 않는 언어는 더 이상 믿을 수 없는 것이라 보았다.

> 1301호 문 앞에 오늘은
> 구두가 한 켤레 놓여 있다.
> 뒤축이 비뚜로 닳고
> 허옇게 코가 벗겨진

---

41) 안은희(2005), 앞의 논문, p.25.

저 낡은 구두는 틀림없이
그가 신던 것이다.
어쩌면 그는 젊었을 때
어렵게 농사를 지어
자식들을 키웠을지도 모른다.
늙은 아내를 잃은 뒤
그는 억지로 시골을 떠나
아들집으로 왔을 것이다.
그리하여 뉴타운 고층 아파트 구석방에서
죄진 듯 말없이 살게 되었다.
손주들은 냄새가 난다고 싫어하고
며느리는 빨래를 하기 귀찮아하고
아들은 바빠서 만날 수도 없었다.
밤마다 텔레비전을 끝날 때까지 보았다.
아침에는 뒷산에 올라가
지갑에 든 천 원짜리를 세어보고
농협 저금통장을 들여다보기도 했다.
낮에는 13층 베란다에서
우리에 갇힌 여윈 동물처럼
아래를 내려다보았다.
승강기에서 누군가 만나면
얼른 눈길을 돌리고
아무 말도 하지 않은 채 그는
이 아파트에서 열 달쯤 살았을 것이다.
한 번도 인사를 나눈 적 없지만
낯익은 그의 구두가 오늘은
1301호 문 밖에 놓여있다.

- 김광규, 〈낯익은 구두〉[42]

위의 시에 '누구나 읽어서 알 수 있는 시를 쓴다'는 김광규의
시어 사용 경향이 잘 드러나 있다. 시인은 일상적인 세계를 일상
어로 표현함으로써 시로 형상화된 상황에 대해 독자와 원활한 의

---

42) 김광규(1995), 『희미한 옛 사랑의 그림자』, 민음사.

사소통을 할 수 있는 것이다. 그리고 앞서 언급한 것처럼 이 시에서 사용된 일상 언어에도 도시적 삶이 반영되어 있는 것들이 많다. 특히 '뉴타운 고층 아파트 구석방', '베란다', '승강기' 등의 공간을 드러내는 일상 언어는 농촌에서 온 노인이 겪는 단절감을 드러내는 데 효과적인 역할을 하고 있다.

시의 언어와 일상어의 경계가 점점 흐려지는 것은 중심이 해체되어 중심과 주변 모두에 가치를 부여하고 이 둘 사이의 차이도 점점 사라지는 포스트 모던적 경향이다. 그런 점에서 일상어를 활용한 도시 소재시는 시어와 일상어, 시와 일상, 문학과 삶을 연계해서 이해하고 수용할 수 있는 단초를 제공해 준다는 점에서 의의가 있다.

(2) 산문투의 유희적 어조

도시 소재시의 언어는 이전과 달리 압축되지 않고 장황한 언어, 어조가 많다. 시의 어조와 산문투의 어조가 더 이상 구별되지 않는 것이다. 특히 도시 소재시의 어조에는 희극적이고 유희적이고 즉흥적인 것이 많다.[43]

사실 웃음은 건강한 생존을 위한 일종의 통로이자 배설의 기능을 담당한다.[44] 웃음은 배설의 기능을 담당하기 때문에 그것의 도덕적 모호성, 판단 불능, 상대성, 불경함 따위의 속성이 강조되고

---

43) 김준오(1992), 앞의 책, p.125.

44) 밀란 쿤데라는 웃음을 <세계의 도덕적 모호성을 발견케 하고 타인들에 대한 뿌리 깊은 판단불능을 발견케 하는 신선한 빛, 인간사의 상대성에 대한 도취와 확실한 것이 없다는 확신에서 오는 야릇한 쾌감>이라고 정의했다. 움베르토 에코도 웃음을 신에 도전하는 <불결스러운> 인간 고유의 본성으로 간주했다.
정끝별(1999), 『천 개의 혀를 가진 시의 언어』, 하늘연못, p.93.

있다.[45] 정끝별(1999)[46]은 이와 같은 웃음의 가장 중요한 요소는 비판정신으로 이를 근간으로 하는 대표적인 웃음이 바로 풍자인데, 이는 90년대의 물질문명을 비판하는 시들의 상당 부분에서 엿보인다고 보았다. 그리고 함성호의 <산중문답(山中問答) - 청색 감광지에 관한 요설>을 예로 들어 설명한다.

> 어제는 六·三山에 올라 내 세상이 우스운 줄 알았지 가야금 소리 명기들의 창가 소리 번잡한 홍운(紅雲)에 가린 롯데山과 석촌호수를 주지로 육림에 건설한 진시황의 아방궁을 발밑에 두고 동자가 따라 올라 쓴 소주에 가래침을 뱉아 마시며 어찌 세상을 한하지 않으리요 요·순과 공·맹의 시대가 아득하다 천하가 만리장벽으로 양단되어 지사는 칼을 쓰고 색욕과 식욕의 동시충족을 위한 장안의 호텔만이 문전성시라.

- 함성호, 〈산중문답(山中問答) - 청색 감광지에 관한 요설〉 중

이 시에서는 타락한 자본주의의 욕망을 상징하는 거대한 건축물들인 63빌딩, 롯데 빌딩, 석촌 호수의 번성을 호흡이 긴 산문 투의 풍자에 기반을 둔 유희적 어조로 그려낸다. 이런 희극적이고 유희적 태도로 도시 소재시의 시적 화자는 외부 세계와 단절하고 내면 세계에 칩거하는 과거 모더니즘 시의 엘리트 화자와는 달리 세상을 등지는 법이 없다. 그는 불경스러운 태도로 우리를 언제나 혼돈과 불안의 거리로 인도한다.[47] 위의 시에서도 시적 화자는 타락한 자본주의의 욕망이 빚어낸 세상 안에 위치하여 이러한 세상을 마음껏 비웃고 있는 것이다.

---

45) 정끝별(1999), 앞의 책, p.93.
46) 정끝별(1999), 앞의 책, pp.93~95.
47) 김준오(1992), 앞의 책, p.125.

지하철 침실에 대해 들어보셨습니까 요즘 선풍을 일으키는 침실 인테리어죠 지하철에서 내리면 눈을 붙일 수 없는 사람 멈춰 있는 방에선 뒤로 가는 꿈만 꾸는 사람 이런 증상에 시달리는 시민들을 위해 새로이 고안된 인테리어 지하철 침실 예 당신은 그런 증상이 없다고요 혹시 이곳 시민 맞아요 맞다고요 그럼 유행에 뒤진 거예요 분발하세요 자 우선 살펴볼까요 방 한쪽엔 초록색 긴 의자를 들여놓고요 천장에는 둥근 손잡이를 설치하는 거죠 달리는 듯한 효과음까지 틀어준다면 금상첨화겠죠 문을 열고 들어서는 순간 당신은 잠에 빠질 겁니다 아주 깊게 말이죠 안심하세요 잠자면서도 당신은 달리고 있을 테니까요 아침이 되면 지하철 침실이 당신을 깨워줍니다 당신은 그저 침실이 이끄는 대로 어두운 꿈속을 따라가기만 하면 돼요 이렇게 자다보면 마지막 역에서 깨어날 날이 오겠죠

— 성미정, 〈쿨월드 - 지하철 침실〉[48]

이 시에서 시적 화자는 일상적으로 듣게 되는 광고투의 어조를 희화화하여 도시적 삶을 드러낸다. 이제 현대 도시에서는 '잠자면서도 달리고 있을' 그런 침실이 필요할 정도로 엄청난 경쟁과 속도전쟁을 치러야 함을 해요체의 다정다감한 어투로 폭로하고 있다. 따라서 어투의 다감함이 오히려 현실에 대한 비아냥거림과 조롱의 태도를 부각시키고 있다.

따라서 도시 소재시는 기존의 엄숙하고 권위적이고 응축된 시의 어조와 달리, 우리가 일상에서 내뱉는 산문투의 요설, 푸념, 조롱의 성격을 지니고 있음을 확인할 수 있다. 산문 투의 장황한 조롱과 유희적 어조는 시적화자와 세계 사이의 불화를 드러내는 효과적인 형식이 되고 있다. 이는 자연소재의 향토적 현대시나 저항정신을 담고 있는 현대시에서 만나기 어려운 특성이다.

자연소재의 향토적 현대시의 시적 화자는 '자연'이나 '전원'이라

---

48) 성미정(1997), 대머리와의 사랑, 세계사.

는 세계에 대해 불화하지 않고 융합된 태도를 견지한다. 따라서 장황한 조롱과 유희적 어조보다는 세계에 대한 감탄형의 예찬적 어조를 드러내기 쉽다. 물론 저항정신을 담고 있는 현대시의 시적 화자는 그가 처한 현실을 부조리한 것으로 보기 때문에 세계와 융합된 태도를 드러내기는 어렵다. 그러나 그러한 부조리한 세계의 횡포에 맞서 저항하려 하기 때문에 그 세계 안에 머물면서 장황하게 조롱하거나 희극적, 유희적 태도를 견지하기는 힘들다. 부조리한 현실을 떠나, 또는 맞서, 한탄을 하거나 단호하게 저항 의지를 다지는 어조가 많다.

이런 점을 감안할 때 위의 두 시를 비롯한 도시 소재시의 장황한 산문투의 조롱과 유희적 어조는 부정적인 현실에 직면한 사람들이 현실에 대해 불만을 표현할 수 있는 유용한 방법이라 하겠다.49) 대부분의 사람들은 저항시에서처럼 현실을 떠나거나 현실에 정면으로 맞서기 어려울 것이기 때문이다.50)

2. 보편적 도시 공간의 경험 형상화의 시문학

현대 도시인들은 '집'과 '노동 공간'을 중심으로 반복해서 오가는 삶을 영위한다. 그리고 그 사이에 '거리'와 '교통수단 안'을 거

---

49) 조롱, 풍자 등이 세계에 일정한 거리를 유지하고 냉철한 태도를 유지한 채, 비판을 할 수 있다는 점에서 볼 때, 매우 엘리트적 표현방식이다. 그러나 본 연구에서 이러한 풍자적, 유희적 태도와 어조를 도시소재시의 '일상성'의 특징에 포함시킨 것은 이것이 정면적 '저항'보다는 일반적 사람들이 부정적 현실에 대해 취할 수 있는 태도나 표현방법으로 유용할 것이라는 판단에서이다.

50) 대부분의 사람들은 어렵고 부정적인 현실에 푸념이나 넋두리를 늘어놓기도 하고, 조롱하거나 비아냥거릴 것이다.

치고, 도시 건물들의 수많은 '문'들을 건너가는 경험을 한다. 이처럼 도시 소재시는 도시에서 살아간다면 필연적으로 머물거나 스쳐 지나야 하는 공간 체험을 바탕으로 형상화되어 있다. 따라서 여기서는 '거리', '문 밖', '노동 공간', '집', '교통수단 안'의 경험을 도시 소재시의 일상성의 요소로 보아 논의를 전개하고자 한다.

1) 열린 공간 경험의 형상화

여기서는 보편적 도시 공간의 하나인 '거리'와 대표적인 경계 공간인 '문'의 밖 공간을 형상화한 도시 소재시를 통해 해당 공간에 대한 경험의 형상화 양상 및 의미를 살펴보고자 한다. 그중 '거리' 공간은 그 특징에 따라 세 양상으로 세분화하여 제시했다.

(1) '거리' 공간 경험의 형상화
① 사회적 상호작용이 부재한 공간

'거리'는 주로 출발지와 도착지 사이를 이어주는 이동 공간의 기능을 지닌다. 따라서 '거리'는 많은 사람들이 저마다의 목적지를 향해 스쳐가는 '무목적성'의 공간으로, 그곳에서 사람들, 대상들과의 특별한 사회적 상호작용을 찾아보기 어렵다.

> 비둘기들은 상계역 전철 교각 위에 살고 있다
> 콘크리트 교각을 닮아 암회색이다
> 전동차가 쿵, 쿵, 쿵, 울리며 지나갈 때마다
> 비둘기들은 조금도 놀라지 않고
> 교각처럼 쿵, 쿵, 쿵, 자연스럽게 흔들린다
> 비둘기들은 교각 위에 나란히 앉아

자기들 집과 닮은 고층 아파트들을 바라본다
사람들이 아파트에서 거리를 내려다보듯
비둘기들도 상계역 주변 거리를 내려다본다
도로변 곳곳에 음식물 쓰레기와 물웅덩이가 있다
사람들이 노점에서 주전부리를 즐기는 동안
비둘기들도 거리에서 푸짐한 먹거리를 즐긴다
자동차들이 쉬지 않고 무서운 속도로 달려오지만
비둘기들은 가볍게 경적과 속도를 피하며
가게에서 물건을 고르듯 느긋하게 모이를 고른다
가랑이 사이로 비둘기가 활보하는 것도 모르고
사람들은 막연히 남의 구두가 지나갔겠거니 생각한다
비둘기들은 검은 먼지와 매연을 뒤집어쓰고
언제나 아스팔트를 보호색으로 입고 다녀서
상계역에 비둘기들이 사는지 아는 사람은 거의 없다

- 김기택, 〈상계동 비둘기〉[51]

이 시에서 비둘기는 도시화로 인한 환경의 변화에 잘 적응하고 있다. '전동차가 지나갈 때'에도 '조금도 놀라지 않고', '거리에서 푸짐한 먹거리를 즐기며', 자동차의 '무서운 속도'에도 '가볍게 경적과 속도를 피하며 가게에서 물건을 고르듯 느긋하게 모이를 고른다'. 그러나 사람들은 '가랑이 사이로 비둘기가 활보하는 것도 모르고' '상계역에 비둘기들이 사는지' 모른다. 자연 소재의 시에서 종종 보이던 자연과 인간의 물아일체(物我一體), 혼연일체(渾然一體)의 경이로움과 숭고함을 이 시에서는 발견할 수 없다. 비둘기는 생존을 위해 도시의 삶에 적응했을 뿐이고, 사람들도 그저 생존을 위해 바쁜 걸음을 재촉하느라 거리의 자연물에 무심하다. 모두가 아무런 사회적 상호작용을 이루지 못하고 도시의 거리를 점

---

51) 김기택(2005), 『소』, 문학과 지성사.

령한 큰 질서에 순응하며 바쁘게 오고 갈 뿐이다.

> 반쪽만 빨간 구두 한 켤레가 간다
> 점점만 빨간 구두 한 켤레가 닿는
> 점점의 길을 끊으며
> 전폭적으로 검푸른 구두 한 켤레와
> 부분적으로 검붉은 구두 한 켤레와
> 나란히 가다가 에스콰이아 앞에서
> 니나리찌 앞에서
> 비제바노 앞에서
> 브랑누아 앞에서
> 뒷굽을 들었다가 내리며 내렸다가 비틀며
> 기울며 나란하지 않게…… 그렇게

- 오규원, 〈명동4〉[52] 부분

이 시에서는 거리를 지나치는 행인들이 구두로 대치되어 나타나 있다. 이는 철저히 물화된 존재로서의 인간을 표현하고 있다. 또 행인의 존재를 표상하는 이 구두들의 '끊으며', '비틀며, 기울며 나란하지 않게' 움직이는 모습은 거리 공간을 지나는 이들의 분열적이고 해체적이며 개별화된 양태를 극대화한다. 이어진 길(거리)을 행인들이 '점점의 길을 끊으며' 가는 것은 일말의 사회적 상호작용 없이, 그 어떤 움직임과 방향의 흐름조차도 거부한 거리 공간의 단면을 형상화한 것이다.

② 자동화된 광고가 점령한 공간

한편 '거리' 공간은 앞서 지적한 것처럼 스쳐가는 '무목적성'의 공간 즉 '빈 공간'이다. 빈 공간은 아무에게도 속하지 않아 어느

---

52) 오규원(2002), 앞의 책.

누구에 의해 점령당할 수도 있다.[53] 따라서 산업사회를 기반으로 형성된 도시의 빈 공간은 현대성의 총아[54]라 할 수 있는 광고의 장으로 전락했다.

> 서울은 어디를 가도 간판이
> 많다. 4월의 개나리나 전경(全景)보다
> 더 많다. 더러는 건물이 마빡이나 심장
> 한가운데 못으로 꽝꽝 박아 놓고
> 더러는 문이란 문 모두가 간판이다.
> 밥 한 그릇 먹기 위해서도 우리는
> 간판 밑으로 머리를 숙이고 들어가야
> 한다. 소주 한 잔을 마시기 위해서도 우리는
> 간판 밑으로 또는 간판의 두 다리 사이로
> 허리를 구부리고
> 들어가서는 사전에 배치해 놓은 자리에
> 앉아야 한다. 마빡에 달린 간판을
> 보기 위해서는 두 눈을 들어
> 우러러보아야 한다. 간판이 있는 곳에는
> 무슨 일이 있다 좌와 우 앞과 뒤
> 무수한 간판이 그대를 기다리며 버젓이
> 가로로 누워서 세로로 서서 지켜보고 있다.
> 간판이 많은 길은 수상하다. 자세히
> 보라 간판이 많은 집은 수상하다.

　　　　　　　　- 오규원, 〈간판이 많은 길은 수상하다〉[55]

---

53) 게오르그 짐멜에 따르면, 빈 공간 - 적극적인 또는 소극적인 - 은 사회관계의 담지자이자 표현으로 기능한다. 옛날에는 국가나 민족의 경계가 사람이 거주하지 않으며 아무에게도 속하지 않는 중립적인 지대를 사이에 두고 설정되는 경우가 많았다. 공간이 "순수한 거리"로서, "아무런 특성도 없는 범위"로 이용되면서 방어의 기능을 하고 있는 것이다. 이와는 달리 아무에게도 속하지 않는 빈 공간이 어느 누구에 의해 점령당할 수도 있다. 개척시대의 신대륙 이주민들과 인디언들 사이의 관계가 대표적이다. 이처럼 빈 공간은 그저 우연적이고 외적인 현상이 아니라 "개인 또는 집단 사이의 전형적인 기능적 상호관계가 가시적으로 구현된 것, 즉, 공간을 통해 실현된 실례"임을 알 수 있다.
　　김덕영(2007), 『게오르그 짐멜의 모더니티 풍경 11가지』, 도서출판 길, p.146.
54) H. Lefebvre(2004), 『현대세계의 일상성』(박정자 역),기파랑(원전은 1968년에 출판), p.19.

건물과 거리 구석구석을 빼곡하게 메운 간판은 도시의 거리에서 일상적으로 마주하게 되는 대표적인 광고이다. 따라서 도시에서 이 간판을 통한 광고는 공기처럼 자연스럽게 도시인들의 삶에 녹아들어 '자동화'되어 있다 해도 과언이 아니다. 더구나 어느 순간 거리의 간판은 더러는 '건물 마빡이나 심장 한 가운데', '문에 못을 꽝꽝' 박거나, 우리를 '지켜'본다. 반면 우리는 '밥 한 그릇 먹기 위해', '소주 한 잔을 마시기 위해' 간판에 대해 '머리를 숙이고', '허리를 구부리고', '두 눈을 들어 우러러보아야 한다.' 이 시에서 표현하고 있는 것처럼 간판을 통한 광고는 소비되는 객체가 아닌 소비를 강요하는 주체의 자리에서 도시인들 위에 군림하게 되었다.

여의도에서 영등포로 건너가는 다리 위
상업광고판이 승천하고 있다

내가 본 것은 광고판을 비추고 있는 형광의 불빛이
내리는 비 때문에 기화하는 것이지만
그림판 안의 여자가 열 고운 치아를 드러내고 활짝 웃으면서
무관심한 사람에게 카펫에 대한 호기심을
세탁기에 대한 꿈을
청소기에 대한 필요성을 주입시켰으니 성공이라며
아들 데리고 승천하는 선녀처럼
광고판 타고 승천하고 있다

봄밤을

세상에, 봄밤을.

　　　　　　　　　　　　　　　　　- 강형철, 〈광고판도 승천한다〉[56]

55) 오규원(2002), 앞의 책.
56) 박명용 외(2003), 『2003 오늘의 좋은 시』, 푸른사상.

나아가 오늘날의 생산자는 소비자가 실제 생활에서 필요한 물건을 생산하는 것이 아니라 그들의 욕구와 욕망을 자극하는 물건들을 생산한다. 이처럼 소비자의 욕망을 자극하는 역할을 담당한 것이 바로 광고이다.[57] 위 시에서 '선녀'로 묘사된 광고판 속의 모델은 '열 고운 치아를 드러내고 활짝 웃으면서' 카펫과 세탁기와 청소기에 대한 호기심과 필요성을 소비자에게 주입시킨다. 그리고 '두레박' 대신 '광고판을 타고' 승천한다. 한낱 상업광고가 설화의 경지로, 그리고 상품을 광고하는 세속적인 모델이 천상적인 선녀의 경지로 격상된다. 이러한 현실에 시인은 '봄밤을//세상에, 봄밤을.' 하면서 경악한다. 광고는 이제 빈 공간인 현대 도시의 거리뿐만 아니라, 거리 위의 천상까지도 점령할 것 같은 강력한 위세를 떨치고 있는 것으로 형상화되고 있다.

　　③ '편리함'에 의해 삭제되는 공간

　　도시의 '거리' 공간에서의 편리한 이동성은 그 도시의 도시화, 현대화 정도와 비례한다. 도시화, 현대화 정도가 높은 첨단 도시일수록 출발지에서 목적지까지 빠른 시간 내에 특별한 불편함이나 노력 없이 이동할 수 있다. 이런 관점에서 거리는 축소되어야 마땅한 무의미한 공간이다.

　　　　짚신 몇 켤레 걸치고
　　　　몇 날 밤 주막신세 져야 했던 한양 천리가
　　　　축지법을 써 하룻길이었다는 전설이 있다
　　　　성큼성큼 땅을 주름잡은 귀신들의,
　　　　지금은 가속의 페달이 축지법이다

---

57) H. Lefebvre(2004), 앞의 책, p.20.

대형마트나 백화점 빌딩을 오르내릴 때
공항의 긴 이동통로를 지나갈 때
귀신 아닌 귀신들이 실제로 축지법을 쓴다
에스컬레이터를 타고 에스컬레이터를 걸어가 보아라
기어 자전거 페달을 살짝 밟아 보아라
가속의 축지법이 그대를 아래층에서 위층으로 오르막길도 숨 헐떡이지 않게
조용히, 빠른 속도에 실어 옮겨줄 것이다

나의 불안은 초연한 척
옛이야기로 되돌려 보내고 있지만
나는 그게 겁난다
남은 생의 시간이 축지법을 쓴다면 벌써
땅 끝 낭떠러지쯤에 와 있을까
우주에도 축지법이 있다 신(神)은
축지법에 능한 초능력의 감독이고 코치이다
아니, 저 무한 허공을 주름잡고 와서
육십억 인간 그 수억만 배 초목과 벌레와 금수까지
낱낱을 살피는 신은 한 마디로
신이다

─ 이운룡, 〈축지법시대〉[58]

이 시에서는 '에스컬레이터를 타고 에스컬레이터를 걸어가'거나 '기어 자전거 페달을 살짝 밟아 보는' 행위를 현대의 '축지법'이라 지칭하고 있다. 이 현대의 '축지법'은 '오르막길도 숨 헐떡이지 않게 조용히, 빠른 속도에 실어 옮겨'주는 친절함과 편리함을 겸비한 '초능력'이다. 현대의 '축지법'이 존재하는 한, 출발지와 도착지 사이의 '불편하고 무의미한' '거리'를 최소한으로 단축시킬 수 있다. 그러나 시인이 이에 '남은 생의 시간이 축지법을 쓴다면 벌써 땅 끝 낭떠러지쯤에 와 있을까' 불안해한다. 과정을 거세하고, 삶의

---

58) 박명용 외(2005), 『2005 오늘의 좋은 시』, 푸른사상.

'불편하고 무의미한' '거리'를 단축시켜 출생과 죽음만 존재하게
될 때의 두려움을 속도와 편리함에 길들여진 현대 도시의 속성과
결부하여 표현하고 있다.

> 날개 없이도 그는 항상 하늘에 떠 있고
> 새보다도 적게 땅을 밟는다.
> 엘리베이터에서 내려 아파트를 나설 때
> 잠시 땅을 밟을 기회가 있었으나
> 서너 걸음 밟기도 전에 자가용 문이 열리자
> 그는 고층에서 떨어진 공처럼 뛰어 들어간다.
> 휠체어에 탄 사람처럼 그는 다리 대신 엉덩이로 다닌다.
> 발 대신 바퀴가 땅을 밟는다.
> 그의 몸무게는 고무타이어를 통해 땅으로 전달된다.
> 몸무게는 빠르게 구르다 먼지처럼 흩어진다.
> 차에서 내려 사무실로 가기 전에
> 잠시 땅을 밟을 시간이 있었으나
> 서너 걸음 떼기도 전에 엘리베이터 문이 열리고
> 그는 새처럼 날아들어 공중으로 솟구친다.
> 그는 온종일 현기증도 없이 20층의 하늘에 떠 있다.
> 전화와 이메일로 쉴 새 없이 지저귀느라
> 한순간도 땅에 내려앉을 틈이 없다.

- 김기택, 〈그는 새보다도 적게 땅을 밟는다〉[59]

'땅'은 인간과 직접 교통하며 혼연일체(渾然一體)를 이루는 자연
의 대표적 공간이다. 그런 '땅'은 이 시에서 도시의 '거리'로 드러
나 있다. '엘리베이터에서 내려 아파트를 나설 때'와 '차에서 내려
사무실로 가기 전' 거쳐 가는 거리 공간이 '땅'이다. 이처럼 '땅'을
적게 밟는 '그'는 이 시에서 '직립원인(直立猿人)'이라는 인간적인

---

59) 김기택(1999), 『사무원』, 창비.

속성을 잃고, 새와 비교되고 있다. 결국 도시의 거닐 수 있는 '거리'를 축소시켜 접촉을 피하는 편리함을 추구함으로써 '그'는 '인간다움'도 축소시키고 있다.

결국 위의 두 시에서 볼 수 있듯이 도시의 '거리'에서 추구하는 빠름과 편리함은 그것과 비례하여 현대인의 급속도의 불안감과 인간적 특성의 상실을 동반한다.

도시의 '거리' 공간은 언제나 다양한 사람들로 북적이며 '무목적'인 곳이다. 그래서 이곳은 도시적 일상의 삶의 단면을 가장 잘 관찰할 수 있는 공간이다. '빈 공간'이라는 특수성 때문에 당대의 실세를 이루는 힘이 자연스레 침범하여 위세를 떨치기 좋기 때문이다. 사회적 상호작용이 이루어지지 않는 해체적인 인간관계[60], 자동화된 상품 광고의 점령, 편리함의 망상 때문에 감수해야 하는 불안감과 인간적 속성 등이 그것이다.

(2) '문' 밖 공간 경험의 형상화

'문'은 열고 닫을 수 있는 속성과 더불어 안과 밖을 차단하면서 연결해 주는 이중적 기능을 지닌 '경계 공간'이다. '문'을 기준으로 '문' 밖 공간은 '문' 안에 대해 상대적으로 '열린 공간'이다. 이와 같이 열려 있는 공간으로서의 문 밖 공간은 빈 공간으로, 아무에게도 속하지 않는 가능성의 공간으로 비쳐진다. 그러나 다음에 제

---

60) 거리는 도시에서의 이동 공간으로 여기서는 집단 전체가 이동을 한다. 집단 전체의 공간 이동은 탈개인화, 탈인격화를 조장하여 인물들의 평등화, 균등화를 이루는 '정신적 공산주의'라 명명된 바도 있다.
김덕영(2007), 앞의 책, p.142.

시된 시들에서 형상화된 도시의 '문' 밖 공간은 가능성의 공간이라
기보다는 불가능의 공간이다.

도시 가운데 거대한 칸막이가 있다
유리로 만들어진 거대한 칸막이가
그러나 자세히 보면 그 칸막이는
칸막이가 아니라 통행 가능한
두께 20밀리의 유리문이다

유리로 만들어진 거대한 문
이 문에는 주인이 없다 그 대신
유리로 만든 명확한
사용 규칙이 있다
누구나 사용할 수 있다는 것
그것이 유리로 만든 그 문의
헌법이었다

누구나 사용할 수 있는 문을 열고
한 사람이 들어간다 그러면
소리 없이 잽싸게 닫히는 문
그러나 열고나올 수 있는 문
정기적금통장에 입금을 시키거나
무이자 융자 의뢰서를 기입하고서
안내양의 안내를 받으며
누구나 다시 나올 수 있는
자유스러운 문

그 문 밖에 노인 하나 쭈그리고 있다
걸인이라고밖에 할 수 없는
비천한 노인이 끄덕끄덕 졸며
손바닥 같은 햇볕을 쪼이고 있다
누구나 사용할 수 있는 문을
통행 불가능한 칸막이로 착각한 거지 노인이
잘 닦여 반짝이는 두께 20밀리 유리

문 밖에서 고집스레
죽음을 맞이한다

그러면 대머리 벗겨진 은행장이
두께 20밀리 유리문 속에서
자신의 주식회사 사원에게 명령한다
불온한 사상을 가진 저 시체를 치우라고
누구나 사용할 수 있는 문을 사용하지 않은
헌법의 존엄성을 모독한 저 노인의
건방진 시체를 불태우라고
넥타이를 맨 특전 병사에게 명령한다

— **장정일**, 〈20밀리〉[61]

이 시에서 형상화한 도시의 공간인 '유리문'은 자유를 내세운다. 실상 대도시는 자유의 본거지[62]라고도 한다. 그런데 '유리문'을 '사용할 수 있는' '누구나'가 되기 위해서는 자격 요건이 필요해 보인다. 이 문은 '정기적금통장에 입금을 시키거나 무이자 융자 의뢰서를 기입'하는 '누구나' '사용할 수 있는 문'이다. '문' 안의 닫힌 공간에 소속될 수 없는 '소속' 불가능성으로 점철된 '무소속'의 '문' 밖 공간. 이는 자유를 누리기 위해 일정한 자격 요건을 갖춰야 하는 도시적 삶의 메커니즘이 집약적으로 반영된 공간이다.

---

61) 장정일(2002), 『햄버거에 대한 명상』, 민음사.

62) 봉건시대에 '자유인'은 국법의 지배를 받는 사람, 즉 가장 광범위한 사회 집단의 법에 의해서 지배를 받는 사람이었던 반면, 국법에서 배제된 채 봉건적 결사체로부터만 권리를 부여받은 사람은 자유롭지 못했다. 이와 마찬가지로 오늘날에도 좀 더 정신적이고 세련된 의미에서 대도시인은 소소한 일들과 편견에 얽매이는 소도시인들에 비해 '자유롭다.' 소도시적 삶의 영역은 주로 소도시 안에 포함되어 있거나 소도시와 더불어 이미 결정된다. 대도시에서는 도시 내부의 삶의 물결들이 도시를 넘어 보다 넓은 국가적·국제적 영역으로 뻗어나간다.
게오르그 짐멜(2005), 『짐멜의 모더니티 읽기』(김덕영, 윤미애 역), 새물결, pp.46~48.

1301호 문 앞에 오늘은
구두가 한 켤레 놓여 있다.
뒤축이 비뚜로 닳고
허옇게 코가 벗겨진
저 낡은 구두는 틀림없이
그가 신던 것이다.
어쩌면 그는 젊었을 때
어렵게 농사를 지어
자식들을 키웠을지도 모른다.
늙은 아내를 잃은 뒤
그는 억지로 시골을 떠나
아들집으로 왔을 것이다.
그리하여 뉴타운 고층 아파트 구석방에서
죄진 듯 말없이 살게 되었다.
손주들은 냄새가 난다고 싫어하고
며느리는 빨래를 하기 귀찮아하고
아들은 바빠서 만날 수도 없었다.
－중략－
낯익은 그의 구두가 오늘은
1301호 문 밖에 놓여있다.

                      － 김광규, 〈낯익은 구두〉[63] 부분

　이 시에서 구두는 그것을 신는 사람의 대유적 표현이다. 시골집
을 떠나 '그'는 '뉴타운 고층 아파트 구석방에서 죄진 듯 말없이
살게 되었다.' 이 시에서는 '뒤축이 비뚜로 닳고 허옇게 코가 벗겨
진 저 낡은 구두'같은 '그'와 '뉴타운 고층 아파트' 사이의 거리가
'1301호 문'으로 형상화되고 있다. 결국 '낯익은 그의 구두가 오늘
은 1301호 문 밖에 놓여있다'로 그가 아들과 가족들의 삶의 '문'
안에 진입하지 못했음이 드러난다. 혈연의 힘으로도 열지 못하는

---

63) 김광규(1995), 앞의 책.

시골과 도시, 늙음과 젊음, 쓸쓸함과 귀찮음의 거리를 극복하지 못하고 내몰린 시골 노인의 쓸쓸함이 '뉴타운 고층 아파트 1301호 문 밖'이라는 공간으로 표현되었다.

결국 도시 공간의 '문'은 '두드리면 열리'는 가능성의 상징이라기보다는 '자유'의 탈을 쓴 굳은 철옹성에 가깝다. 특히 '걸인이라고 할 수밖에 없는 비천한 노인'(장정일, <20밀리>)과 '뉴타운 고층 아파트 구석방에서 죄진 듯 말없이 살게' 된 '그'(김광규, <낯익은 구두>)와 같은 사회적 약자를 '문' 밖에, '대머리 벗겨진 은행장'(장정일, <20밀리>)과 '아들', '손주', '며느리'(김광규, <낯익은 구두>)같은 강자를 문 '안'에 위치시킨 점도 눈여겨볼 필요가 있다. 전자들은 주로 도시의 메커니즘에 있어 '이방인'같은 존재들로, 도시 시스템에 수용되기를 거부당한 인물들이다. 반면 후자들은 도시 메커니즘에 뿌리를 둔 '터줏대감'으로 그들만의 성을 쌓고 이방인의 침범을 철저히 배척한다. 따라서 도시의 '문' 밖 공간은 도시에서 소외된 약자들이 '문' 안으로의 진입에 실패한 좌절의 공간이라 할 수 있다.

2) 닫힌 공간 경험의 형상화

여기서는 닫힌 공간으로 크게 '노동 공간', '집', '교통수단 안' 등을 살펴볼 것이다. 이때 세 공간 각각은 그 특징에 따라 두 공간 씩 분류하여 제시했다.

(1) '노동 공간' 경험의 형상화

① 노동하는 '기계'들의 공간

1936년 영화 <모던 타임즈>에서 컨베이어 벨트로 운반되어 오는 상품의 나사를 죄는 동작을 되풀이하는 공원(채플린)은 기계 앞을 떠나도 같은 동작을 계속함으로써 자본주의로 인해 기계화된 인간, 즉 인간성 무시를 고발하고 있다. 21세기인 현재에도 1936년 영화 속과 같은 상황이 지속되고 있는데, 다음 시들은 그런 노동의 상황을 잘 표현하고 있다.

이른 아침 6시부터 밤10시까지 하루도 빠짐없이
그는 의자 고행을 했다고 한다.
제일 먼저 출근하여 제일 늦게 퇴근할 때까지
그는 자기 책상 자기 의자에만 앉아 있었으므로
사람들은 그가 서 있는 모습을 여간해서는 볼 수 없었다고 한다.
점심시간에도 의자에 단단히 붙박여
보리밥과 김치가 든 도시락으로 공양을 마쳤다고 한다.
그가 화장실에 가는 것을 처음으로 목격했다는 사람에 의하면
놀랍게도 그의 다리는 의자가 직립한 것처럼 보였다고 한다.
그는 하루 종일 損害管理臺帳經과 資金收支心經 속의 숫자를 읊으며
철저히 고행 업무 속에만 은둔하였다고 한다.
종소리 북소리 목탁 소리로 전화벨이 울리면
수화기에다 자금현황 매출원가 영업이익 재고자산 부실채권 등등을
청아하고 구성지게 염불했다고 한다.
끝없는 수행정진으로 머리는 점점 빠지고 배는 부풀고
커다란 머리와 몸집에 비해 팔다리는 턱없이 가늘어졌다.
오랜 음지의 수행으로 얼굴은 창백해졌지만
그는 매일 상사에게 굽실굽실 108배를 올렸다고 한다.
수행에 너무 지극하게 정진한 나머지
전화를 걸다가 전화가 버튼 대신 계산기를 누르기도 했으며
귀가하다가 지하철 개찰구에 승차권 대신 열쇠를 밀어 넣었다고 한다.
이미 습관이 모든 행동과 사고를 대신할 만큼

깊은 경지에 들어갔으므로
사람들은 그를 '30년간의 長座不立'이라고 불렀다 한다.
그리 부르든 말든 그는 전혀 상관치 않고 묵언으로 일관했으며
다만 혹독하다면 혹독할 이 수행을
외부압력에 의해 끝까지 마치지 못할까 두려워했다고 한다.
그나마 지금껏 매달릴 수 있다는 것을 큰 행운으로 여겼다고 한다.
그의 통장에는 매달 적은 대로 시주가 들어왔고
시주는 채워지기 무섭게 속가의 살림에 흔적 없이 스며들었으나
혹시 남는지 역시 모자라는지 한 번도 거들떠보지 않았다고 한다.
오로지 의자 고행에만 더욱 용맹 정진했다고 한다.
그의 책상 아래에는 여전히 다리가 여섯이었고
둘은 그의 다리 넷은 의자 다리였지만
어느 둘이 그의 다리였는지는 알 수 없었다고 한다.

— 김기택, 〈사무원〉[64]

이 시 속의 '그'는 사무직에 종사하는 '사무원'으로 매일 꼬박
16시간을 사무실에 앉아 반복된 노동을 한다. '그'는 '이미 습관이
모든 행동과 사고를 대신할 만큼 자연스럽게 도시의 자동화된 반
복적 노동 속에서 저절로 돌아가는 기계로 느껴진다. '그'는 '자기
책상 자기 의자에만 앉아 있었으므로 사람들은 그가 서 있는 모습
을 여간해서는 볼 수 없었고', 급기야 '둘은 그의 다리 넷은 의자
다리였지만 어느 둘이 그의 다리였는지는 알 수 없을' 정도로 '의
자'라는 노동 공간에 매어 있다. 그러면서도 '그'는 '다만 혹독하다면
혹독할 이 수행을 외부압력에 의해 끝까지 마치지 못할까 두려워'하
며, '그나마 지금껏 매달릴 수 있다는 것을 큰 행운으로 여겼다.'
    '혹독'하다 여기면서도 행여 그것을 하지 못하게 될까 두려운 현
대 도시인의 '노동'에 대한 모순적 태도는 '의자'라는 공간으로 잘

---

64) 김기택(1999), 앞의 책.

형상화되어 있다. 여기에서 '의자'는 사회적 인간이 머무는 상징적 장소를 의미한다. 그것은 사회적 관계를 매개해 주는 사물이며 때로는 사회적 지위 그 자체이다. 의자는 일상에서 벗어날 수 없는 사람들이 일생을 두고 차지하고 지켜내기 위해 애써야 하는 애물단지인[65] 것이다.

검은 옷과 검은 헬멧의 퀵서비스맨 오토바이로 차들 사이사이를 비집으며 달린다 등 뒤에서 밀봉된 박스가 덜컹거리고 엉덩이 아래 양쪽에서 주황색 비상등은 쉴 새 없이 동시에 깜박인다 비상등은 허공의 맥박이다 몸의 주술이다 시간의 다급한 구토다 퀵서비스맨 쉴 새 없이 차선을 바꾼다 납작하고 가파른 사이드 미러에 느닷없이 들이닥쳤다 나와버린다 허공의 암벽에 시선을 척척 갖다 건다 퀵서비스맨 허공의 암벽을 뚫는다 소리가 울퉁불퉁하다 파편들이 사방으로 튄다 시간이 하혈한다 퀵서비스맨 몸이 줄줄 샌다 실은 계속 질주한다 퀵서비스맨이 흘리고 가는 몸을 차들이 짓이기며 간다 몸은 잘 다져진다 길에서 살 냄새가 난다 몸이 빠져나간 바지와 점퍼가 펄럭인다 퀵서비스맨 곧 철거될 임시 천막 같다 어깨를 따라 둥글게 새겨진 성실퀵서비스가 타다 남은 뼈처럼 덜그럭거린다 낡은 오토바이의 비좁은 난간 위에 악착같이 붙어 있는 것은 두 발인가 굳은 절규인가 절망이라는 새살인가 바람이 천막의 앞가슴을 퍽퍽 퍽 치며 묻는다 텅 빈 몸 안에 바람의 근육을 달고 질주하는 퀵서비스맨 살을 내어주고 삶의 시간을 얻는 퀵서비스맨 느닷없이 급브레이크를 밟는다 허공이 쭉 찢어진다 짙은 곰팡이 냄새가 난다 브레이크 등에서 흘러내리다 멈춘 퀵서비스맨의 심장이 펄떡거린다 심장은 아직 붉다 물컹하다

– 이원, 〈퀵서비스맨〉[66]

이 시에서 '퀵서비스맨'의 몸은 산산이 시간의 허공으로 흩어진다. '허공의 암벽에 시선을 척척 갖다' 걸고, '몸이 줄줄' 새며, 그

65) 이은정·한수영(2007), 『공감 – 시로 읽는 삶의 풍경들』, 교양인, p.234.
66) 이원(2007), 『세상에서 가장 가벼운 오토바이』, 문학과 지성사.

몸을 '차들이 짓이기며' 가는 것이다. 결국 퀵서비스맨은 '곧 철거될 임시 천막 같이' '어깨를 따라 동글게 새겨진 성실퀵서비스가 타다 남은 뼈처럼 덜그럭거리'는 '의사(擬似) 죽음'의 상태로 변한다. '퀵서비스'에 '성실'한 삶을 위해 '살을 내어주고 삶의 시간을 얻는' 퀵서비스맨에게 '오토바이'는 노동의 공간이고, 그 '퀵'한 시간은 반복되는 노동의 시간이다. 그 안에서 그는 매일 질주와 멈춤, 삶과 죽음을 오가는 속도를 안고 계속 확인하며 살아간다. '심장은 아직 붉다 물컹'한가?

결국 위의 두 시는 '의자' 위에 갇혀 화석이 되거나 '오토바이' 위에서 질주하여 온몸을 해체시키거나 어쩔 수 없이 멈추지 않고 일하는 '기계'적 현대인을 형상화하고 있다. 이들은 노동 공간인 '의자'와 '오토바이' 위에서 몰인격화되어 있으며 살기 위해 사선(死線)을 넘나드는 노동[67]을 하고 있다. '의자'와 '오토바이'라는 공간은 그 특성에 있어 대조적이지만, 결국 앉으나 질주하나 일에 억눌려 아무런 감정 없이 살아가는 현대 도시의 노동 공간을 의미한다는 점에서 공통적이다.

② '먹고 사는' 풍경이 있는 노동 공간
노동은 '생계유지'와 가장 밀접한 관계를 맺고 있다. 그래서 인

---

67) 이처럼 현대 도시에서 도시인들이 치열하게 노동에 집착하는 이유는 도시가 무엇보다 경제적 분업이 최고로 발달한 장소라는 점에 기인한다. 도시의 각 개인들은 수요자를 둘러싼 경쟁을 벌이는 경우, 다른 사람에 의해 쉽게 퇴출당하지 않도록 자신의 성과를 전문화시키지 않을 수 없는 것이다. 즉 도시의 삶은 생계를 위한 투쟁을 자연과의 투쟁으로부터 사람을 둘러싼 투쟁으로 전환시킨다.
게오르그 짐멜(2005), 앞의 책, pp.48~49.

간은 끊임없이 '일하고, 먹고, 살고, 일하고……'를 반복해 급기야 어느 것이 목적이고 수단인지 구별하기 어려운 지경에 이른다. 다음 시에서는 노동과 먹고 사는 일이 한 공간에서 진행되며 일체가 되어가는 모습을 형상화하고 있다.

동그랗게 어둠을 밀어올린 가로등 불빛이 십 원일 때
차오르기 시작하는 달이 손잡이 떨어진 숟갈일 때
엠보싱 화장지가 없다고 등 돌리고 욕할 때
동전을 바꾸기 위해 껌 사는 사람을 볼 때
전화하다 잘못 뱉은 침이 가게 유리창을 타고
유성처럼 흘러내릴 때
아이가 아이스크림을 사러 와
냉장고 문을 열고 열반에 들 때
가게 문을 열고 닫을 때마다
진열대와 엄마의 경제가 흔들릴 때
가게 평상에서 사내들이 술 마시며 떠들 때
그러다 목소리가 소주 두 병일 때
물건을 찾다 엉덩이와 입이 삐죽거리며 나가는 아가씨가
술 취한 사내들을 보고 공짜로 겁먹을 때
이놈의 가게 팔아버리라고 내가 소리지를 때
아무 말 없이 엄마가
내 뒤통수를 후려칠 때

이런 때
나와 엄마는 꼭 밥 먹고 있었다

– 안주철, 〈밥 먹는 풍경〉[68]

'밥 먹는 풍경'은 먹고 사는 풍경, 노동하는 풍경이다. 이 시에서는 앞서 노동 공간을 다룬 두 시와 달리 '판매' 노동을 하는

---

68) 김명인(2004), 『2004 현장비평가가 뽑은 올해의 좋은 시』, 현대문학.

'나' 이외의 다른 인물들이 등장한다. 그들은 '가게'라는 화자의 노동 공간에서 '등 돌리고 욕'을 하거나, '침'을 뱉거나, 혹은 '술 마시고 떠들'고, '삐죽거리'는 소비 행위를 한다. 이들의 소비 행위는 실상 배설에 가깝다.

결국 이 시의 '나'는 타인들의 소비와 배설행위를 견디며 이를 근간으로 '밥 먹는' 감정노동자이다. 이는 소비자의 배설과 판매 노동자의 섭취가 한 공간에서 맞물려 돌아가는 도시 노동 공간의 특성이라 하겠다.

(2) '집' 공간 경험의 형상화
① 삭막한 일상의 연장 공간

'집'은 이제 더 이상 편안함과 안락함을 주는 '사막 한가운데의 오아시스'가 아니다. 살인적인 노동과 강박관념에 둘러싸여 삶을 영위하는 현대 도시 공간에서 '집' 역시 예외일 수 없다. 다음 시에서는 삭막한 일상의 반복과 그것의 연장선상에 있는 공간으로서의 집을 그리고 있다.

> 지하철 침실에 대해 들어보셨습니까 요즘 선풍을 일으키는 침실 인테리어죠 지하철에서 내리면 눈을 붙일 수 없는 사람 멈춰 있는 방에선 뒤로 가는 꿈만 꾸는 사람 이런 증상에 시달리는 시민들을 위해 새로이 고안된 인테리어 지하철 침실 예 당신은 그런 증상이 없다고요 혹시 이곳 시민 맞아요 맞다고요 그럼 유행에 뒤진 거예요 분발하세요
>
> — 성미정, 〈쿨월드 - 지하철 침실〉[69] 부분

---

69) 성미정(1997), 앞의 책.

지하철이라는 이동 공간에서가 아니면 눈을 붙일 수 없을 정도로 바쁘고 정신없이 살아가는 현대 도시인들의 일상이 투영되어 있는 시이다. 현대 도시인들은 가장 편안하고 안락한 공간이어야 할 침실에서조차 멈추어 있으면 오히려 '뒤로 가는 꿈만' 꾼다. 그래서 시적 화자는 특유의 희화화된 광고 투의 어조로 안심하며 잠잘 수 있는 '지하철 침실'을 제안하고 있다. 이제 현대 도시에서는 '잠자면서도 달리고 있을' 그런 침실이 필요할 정도로 편안한 집이나 침실은 허용되지 않음을 폭로하고 있는 시이다.

② 죽음이 도사리는 삶의 공간

'집'은 '광장'에서 지친 심신을 다시 소생시키는 자궁과 같은 '밀실'이다. 그러나 다음 시들에서 '집'은 오히려 죽음의 불안이 있는 공간, 공동묘지와 같은 공포의 공간으로 나타난다.

1
수족관 물고기들 뒤로 방이 보이고
그 뒤로 흐린 하늘 보이고
하늘은 느낄 수 없는 것들로
가득차 있다. 텅 비어 있다.
수족관 물고기들은
큰 강물의 흐름을 잊은 것은 아닐까?
느낌의 벽 너머로 나가
헤엄치고 싶다. 감옥을 팽창시키고 싶다.

2
뱉었던 물을
다시 마셨다가 뱉을수록
물이 흐려진다.
뱉었던 물을 다시 마시는 뿌루퉁한 얼굴,
일상이다, 잔잔하면

권태로와 몸을 비틀고
배부르면 졸립고
흔들리면 설레임에 앞서 두려워지는.

3
無로서 無門을 돌파하는
죽음,
내가 아니라 다른 것들이
숨쉬기 시작하는 죽음,
우리는 죽어 새로운 흐름 속으로 흘러든다
화장도 그렇고
매장도 그렇다

얼마나 편한지
그들에겐 새로움이 두려움이다
큰 강물의 흐름 속에 놓아도
수족관을 떠나지 않는
늙은 물고기의 고집.

4
아파트 단지들이 거품방울을 내뿜고 있다
이렇게 죽음을 기다리며 지긋지긋 더 살면 뭘하겠냐고
아파트 창 밖으로 늙은 몸을 던진
…… 자살은
구역질이 나게 한다
자살은 대부분 타살이니까

5
횟집 수족관 長魚들은
고무장갑이 움켜쥘 때마다
죽음에서 미끄러져 나가려고 꿈틀거렸다
생명은 생각보다 질겨서
토막난 채 도마 위에서 떨고 있었다
저 바다의 비린내를 일찍 긍정했어야
혼돈을 숨 쉬는 고래의 길을 탐냈을 텐데

— **최승호**, 〈수족관〉70)

이 시에는 '수족관'이라는 공간과 '아파트 단지', '늙은 물고기'와 '아파트 창밖으로' 던진 '늙은 몸'을 병치시키고 있다. 그래서 '수족관'을 일상적 삶의 공간인 '아파트 단지'로 확장시켜, 편안함과 편리한 가정생활의 상징인 '아파트'의 공간적 의미를 전복시킨다. 즉 죽을 게 너무도 분명한 물고기들의 집합소인 '수족관'과 '아파트'를 동일시하여 '아파트' 역시 죽음의 불안과 공포가 드리워진 공간이란 의미를 부여하고 있는 것이다.

> 사무실을 나서는 남자의 어깨 위로
> 늙은 개와 썩은 생선 통조림으로 가득한 죽은 나무의 거리가 피어오른다
> 남자는 가방을 든 채.
> 하수구를 향해 맹렬히 쏟아지는 썩은 생선을 바라보고 있다
> 뻥 뚫린 생선의 주둥이는 죽은 나무의 가지에 걸려 몸속의 내장을 게워내고 있다
> 남자의 신발 속으로 생선의 내장이 비릿하게 들어선다
> 남자의 가방은 썩은 생선의 대가리로 가득 찬다
> 말라 죽은 나무와 썩은 생선의 거리를 지나 남자는 검은 버스를 타고 검은 구두의 집으로 돌아간다. 집으로 돌아가는 남자를 바라보며 늙은 개는 더러운 밤을 뒤적인다
> 남자는 검은 전등을 켜고 검은 샤워를 하고 어둡고 오래된 냉장고의 식욕 속으로 걸어 들어간다. 남자의 식사가 검은 전등불 아래에서 검게 빛난다
> 남자는 검은 커튼을 치고 검은 TV를 켠 채 오래되고 익숙한 검은 날의 밤을 맞이한다
> 남자의 검은 밤이 무수히 지나간다
> 남자는 여전히 늙은 개와 썩은 생선 통조림으로 가득한 거리를 지나 검은 구두의 집으로 돌아간다
> 남자의 식탁은 어둡고 오래된 냉장고의 식욕으로 빛났지만 누구도 검은 전등불 아래에서의 식사를 본 사람은 없었다
> 남자의 검은 밤과 검은 낮이, 무수히 지나간다

---

70) 최승호(1990), 『세속도시의 즐거움』, 세계사.

남자의 검은 TV는 언제나 켜 있고
검은 구두의 현관 앞은 검은 신문으로 넘쳐흐른다
검은 신문에서 검은 활자가 쏟아졌지만 아무도 그것을 본 사람은 없었다
검은 현관이 열리는 것을 본 사람도 없었다 썩은 생선이 담긴 남자의 가
방이 검은 구두의 현관으로 들어서는 듯도 했지만 그것의 냄새를 맡은
사람 역시 없었다
검은 구두의 현관 너머에선 언제나
검은 TV의
검은 노래와
검은 코미디와
검은 쇼가
쉬지 않고 새어나왔다
검은TV와 신문이 도래한 날들이 시작되었다.

- 조동범, 〈검은 TV와 신문의 날들〉[71]

이 시에서 집은 '검은' 죽음의 이미지로 점철된 '남자'의 '무수
한 밤'을 지내게 하는 공간이다. 그곳은 '남자'의 존재감이 말소된
'검은 TV와 신문'의 공간이다. 그곳에서 남자는 주체가 되지 못하
고 '냉장고의 식욕 속으로 걸어 들어가'고, 남자의 존재와 냄새에
대한 기억은 희미하다.

다만 그곳엔 언제나 무수하게 '검은 TV의 검은 노래와 검은 코
미디와 검은 쇼가 쉬지 않고 새어나왔다.' 현대 도시의 '집'은 더
이상 개인의 사적인 공간이 아닌, 신문과 TV와 노래, 쇼와 같은
무차별적이고 획일적인 매체와 오락의 점령지가 되었다. 따라서 가
장 자유롭고 다양한 개체성이 살아 숨 쉬어야 할 '집'에 이제는 거
리나 광장에서와 같은 획일성만이 남아있다. 자유롭고 다양한 개체
로서의 인간은 이제 '집'에서조차 죽임을 당한 것이다.

---

71) 김명인(2008), 『2008 현장비평가가 뽑은 올해의 좋은 시』, 현대문학.

홀린 듯 끌린 듯이 따라갔네
그녀의 희고 아름다운 다리를
나 대낮에 꿈길인 듯 따라갔네
또박거리는 하이힐은 베짜는 소린 듯 아늑하고
천천히 좌우로 움직이는 엉덩이는
항구에 멈추어 선 두 개의 뱃고물이
물결을 안고 넘실대듯 부드럽게 흔들렸네
나 대낮에 꿈길인 듯 따라갔네
그녀의 다리에는 피곤함이나 짜증 전혀 없고
마냥 고요하고 평화로웠다
나 대낮에 꿈길인 듯 따라갔네
점심시간이 벌써 끝난 것도
사무실로 돌아갈 일도 모두 잊은 채
희고 아름다운 그녀 다리만 쫓아갔네
도시의 생지옥 같은 번화가를 헤치고
붉고 푸른 불이 날름거리는 횡단보도와
하늘로 오를 듯한 육교를 건너
나 대낮에 여우에 홀린 듯이 따라갔네
어느덧 그녀의 흰 다리는 버스를 타고 강을 건너
공동묘지 같은 변두리 아파트 단지로 들어섰네
나 대낮에 꼬리 감춘 여우가 사는 듯한
그녀의 어둑한 아파트 구멍으로 따라들어갔네
그 동네는 바로 내가 사는 동네
바로 내가 사는 아파트!
그녀는 나의 호실 맞은편에 살고 있었고
문을 열고 들어서며 경계하듯 나를 쳐다봤다
나 대낮에 꿈길인 듯 따라갔네
낯선 그녀의 희고 아름다운 다리를

- 장정일, 〈아파트 묘지〉[72]

이 시에서 시적 화자는 점심시간에 잠시 회사에서 나왔다가 종
아리가 희고 아름다운 아가씨를 발견하고 그녀의 뒤를 정신없이

[72) 장정일(2002), 앞의 책.

쫓아간다. 희고 아름다운 종아리는 성적 분위기를 자아내는 원시주의를 함축한다. 이는 무미건조한 도시 세속 문명의 삶에 생명력을 불어 넣고 있다.[73]

그러나 화자가 따라간 그곳은 자신이 살고 있는 아파트였음을 깨닫는다. 더구나 화자는 자신의 삶의 공간이었던 그곳을 '죽음'의 공간인 '공동묘지 같은 변두리 아파트 단지', '꼬리 감춘 여우가 사는 듯한 그녀의 어둑한 아파트 구멍'으로 재인식하기에 이른다.

도시 소재시에 형상화된 '집'은 삭막한 일상의 연장 공간이며, 공동묘지와 같은 적막함과 무미건조함이 있는 '죽음'을 떠올리게 하는 공간이다. 또 가장 밀접한 사회적 관계인 가족들의 존재가 등장하지 않거나, 긍정적인 가치의 유대관계를 맺는 존재로 등장하지 않는 것이 도시 소재시에 형상화된 '집'이라는 공간의 특징이라 하겠다. 그래서 오늘날의 도시 소재시 속의 '집'은 그 어떤 공간보다 더욱 삭막하고 건조한 공간으로 표현되어 있다.

(3) '교통수단' 안 공간 경험의 형상화
① 화물칸의 규범이 지배하는 공간

대중교통수단은 도시인들의 편리하고 안전한 이동을 위한 것이다. 그러나 실상 대표적인 대중교통수단인 전동차의 출퇴근 시간에는 푸시맨에 이어 커트맨[74]이 등장할 정도로 혼잡함이 편리함과

---

73) 김준오(2000), 『시론』, 삼지원, p.316.
74) 10여년 전 혼잡한 서울지하철 승강장에서 승객을 한 명이라도 더 태우려고 등장했던 '푸쉬맨'. 이들이 이제 승객들의 무리한 탑승 시도를 차단, 지하철 정시 운행과 안전 운행을 돕는 '커트맨'으로 거듭났다.
　<지하철에 '푸쉬맨' 대신 '커트맨' 등장> 2008.06.23 머니투데이
　http://news.naver.com/main/read.nhn?mode=LS2D&mid=sec&sid1=103&sid2=240&oid=

안전함을 넘어서고 있다. 다음 두 시에서는 마치 '화물칸'과 같은
도시의 '전동차 안' 공간의 모습을 형상화하고 있다.

빈틈마다 발 하나라도 더 집어넣기 위해
밀고 밀리고 비비틀고 움츠린 끝에
사람들은 모두 사각기둥이 되어 있다.
승객들을 벽돌처럼 맞추어 빈틈을 없애버린
놀라워라, 전동차의 저 완벽한 적재효율!
전동차가 급정거하자 앞쪽으로 사람들이 기운다.
사각기둥들은 일제히 흐트러지며 찌그러지고
그동안 조용하게 질서를 지키던 비명들이
찌그러진 사각기둥에서 일제히 터져나온다.

영자야엄마나여기있
어밑에아기가깔렸어
요숨막혀내핸드백내
구두나좀내리게그만
밀어어딜만져이짐승
쌍년아야귀찢어져손
가락에귀걸이걸렸어
어딜자꾸만주물러소
새끼침뭐겨개년말새

드디어 전동차 문이 폭발하듯 열리고
파편처럼 승객들이 퉁겨나간다.
승객들이 미처 다 밀려나가기도 전에
한 떼의 사람들이 또 밀려들어온다.
빈틈, 퉁겨져나간 사람들 뒤에 생긴
저 좁디좁은 빈틈을 향하여
머리와 팔다리와 구두들이 밀려온다.
아무리 튼튼해보이는 벽도 온몸으로 부딪혀 밀면
발자국 하나 디딜 공간이 나온다는 것을
노련한 승객들은 잘 알고 있다.

008&aid=0002000047

차곡차곡 구겨넣어진 사람들을 한 번 더 누르며
전동차 문이 있는 힘을 다해 닫힌다.
전동차가 출발한 다음에도 비명과 신음이
찌그러진 사각기둥마다 새어나오지만
사람들은 빠르게 정사각기둥을 되찾아가고
몸 비틀 때마다 벌어지던 빈틈도 모조리 메워버린다.
빠르고 정확하다, 우리나라 승객들의
자동화된 저 순발력!
비명과 짜증이 제자리로 돌아가자
찌그러졌던 사각기둥들은 어느새 반듯하게 펴지고
사람들은 다시 질서정연하고 고요해진다.

- 김기택, 〈우리나라 전동차의 놀라운 적재효율〉[75]

빠르고 편리한 이동을 위한 수단인 전동차 안의 풍경을 '놀라워라, 전동차의 저 완벽한 적재효율!'과 같은 다소 희화화되고 과장된 어조로 서술하고 있는 시이다.

사람들은 전동차 안에서의 '규범'대로 모두 '사각기둥'이 되어 '벽돌처럼 맞추어'져 있고 '파편'처럼 튕겨 나가는 일을 반복하며 질서와 무질서를 오고간다. 시인은 이들 승객들의 모습을 화물칸의 적재효율의 관점에서 바라보면서 애초의 편리하고 안전한 이동을 위한다는 목적에서 멀어진 전동차 내부 공간의 질서에 냉소를 머금고 있다.

이 시에서 물화된 적재효율의 대상이었음에도 나름대로 그들끼리 평등한 관계를 유지했던 승객들을 그린 반면, 다음 제시된 시에서는 승객들 간의 관계가 평등해보이지는 않는다.

---

75) 김기택(1999), 앞의 책.

옆구리에서 아까부터
무언가가 꼼지락거리고 있었다.
내려다보니 작은 할머니였다.
만원 전동차에서 내리려고
혼자 헛되이 허우적거리고 있었다.
승객들은 빈틈없이 할머니를 에워싸고
높고 튼튼한 벽이 되어 있었다.
할머니가 아무리 중얼거리며 떠밀어도
벽은 꿈쩍도 하지 않았다.
할머니는 있는 힘을 다하였으나
태아의 발가락처럼 꿈틀거릴 뿐이었다.
전동차가 멈추고 문이 열리고 닫혔지만
벽은 조금도 흔들림이 없었다.
할머니가 필사적으로 꿈틀거리는 동안
꿈틀거릴수록 점점 작아지는 동안
승객들은 빈틈을 더 세게 조이며
더욱 견고한 벽이 되고 있었다.

- 김기택, 〈벽〉[76]

전동차 내부에는 <우리나라 전동차의 놀라운 적재효율>에서처
럼 질서와 무질서를 오가며 전체 승객들의 평등하고 합의된 규범
만 존재하는 것은 아닌 듯하다. 위의 시에서는 다수 승객의 암묵
적 편의와 질서, 균형이 만들어낸 '견고한 벽'이 약자, 소수자인
할머니를 희생시키는 장면을 묘사하고 있다. 이 균형은 '할머니가
필사적으로 꿈틀거리는 동안 꿈틀거릴수록 점점 작아지는 동안'
더욱 '견고'해진다.

이제 전동차 내부의 공간은 승객이 물화되는 '효율성'의 공간에
서 나아가 집단의 '견고한' 질서에 '꿈틀대며' 저항하는 개인을 억

---

76) 김기택(2005), 앞의 책.

압하는 공간으로서의 의미도 획득한다. 전동차는 계속 달려가고, 그 안의 승객들은 개개인의 사정과 관계없이 다수가 하차하는 정류장에 멈출 수밖에 없다. 이 시에서는 특히 이 개인을 '할머니'로 설정해 전동차 내부의 질서와 규율, 도시 공간의 메커니즘과 규범에 미숙한 태아와 같은 도시인으로 묘사한다.

앞의 두 시에서 볼 수 있듯이, 도시인들은 대중교통수단 내부에서도 스스로의 인격과 효율을 맞바꾸게 된다.

② 불편한 만남의 공간

교통수단 내부의 공간에서는 자연스럽게 교통수단 안팎의 존재들과 만남이 이루어지기 쉽다. 다음 시 세 편에서는 교통수단 내부에서 그 안팎의 존재와 마주하는 순간을 포착하고 있다.

> 버스 앞바퀴가 구르는
> 굽 높은 빈자리 옆에 앉아 있으려니
> 한 중년 여인이
> 서슴없이 백발 앞에 다가와
> 얼마간 주춤대고 서 있더니
> 불쑥 내뱉는다는 소리가
> ― 나 허리가 안 좋아서
> 하며 은근슬쩍 내 자리를 양보하란다
> 순간 나는
> ― 난 심사가 안 좋아서
> 못 내놓겠다는 듯이
> 잠자코 버티고 있으려니
> 다짜고짜 내 무르팍을 가로타고
> 냉큼 바퀴 위 자리에 앉아버린다
> 진작 그럴 것이면

쉬 들어갈 수 있도록 비켜줬을 텐데
오오라 피차간 안 좋은 데가 있군 그래

- 김광림, 〈심통 부리기〉[77]

불특정 다수와 마주하는 교통수단 내부 공간에서 그들과 대화를 나누게 되는 일은 흔치 않다. 간혹 그런 경우에는 말을 먼저 거는 쪽의 긴박한 필요성 때문인 경우가 많다. 이 시에서도 '한 중년 여인'은 '나 허리가 안 좋아서' 하며 말을 건넨다. 이에 대해 오해가 생기고 피차간 '심통 부리기'로 귀결되는 것이 시적 상황이다. 이러한 오해는 도시 공간에서 불특정 다수 사이의 대화가 서먹서먹하고 원활한 의사소통이 이루어지지 않기 때문이다. 이에 대해 게오르그 짐멜(2007)은 대도시인들의 '속내 감추기'라는 심리적 태도로 설명하기도 한다.[78] 서툰 의사소통 방식으로 본인의 필요에 의해 대화를 진행하기 때문에 교통수단 안과 같은 불특정 다수가 함께 머무는 공간에서의 대화는 유쾌하지 않은 기억을 남기기 쉽다.

> 그 중년의 사내가 웃으며 내게 말을 붙여왔을 때, 처음엔 그의 말을 잘 알아듣지 못해 그냥 웃어주었다. 그 사내가 개의치 않고 계속 웃으며 말을 붙여왔으므로 나도 좀 더 집중하여 귀를 기울여주었다. 지하철 안은 혼잡하고 시끄러웠지만 그래도 그의 웃음을 받아 웃으며 고개도 주억거

---

77) 박명용 외(2005), 앞의 책.

78) 대도시인들은 외적으로 속내 감추기라는 사회적 태도를 취함으로써 자기 자신을 보존한다. 만약 무수한 사람들과 쉴 새 없는 만남에 대해 매번 내적인 반응을 보여야 한다면 사람들은 내적으로 완전히 해체되어 상상하기 어려운 정신적 상태에 빠지게 될 것이다. 혹은 이러한 심리학적 사정 때문에 혹은 대도시 삶에서 스쳐지나가는 요소들에 대해 당연히 갖게 되는 불신 때문에, 우리는 그처럼 속내 감추기의 태도를 취하지 않을 수 없다. 그 결과 우리는 여러 해 동안 이웃들의 얼굴조차 알지 못하고 지낼 수 있으며, 또한 소도시 주민들이 보기에 차갑고 감정도 없는 사람으로 보일 수 있는 것이다.
게오르그 짐멜(2007), 앞의 책, pp.156~157.

리며 한참 동안 열심히 그의 말을 듣다가, 잠시 후

나는 그 사내가 입고 있는 멋진 옷에 놀랐다. 마디마디와 무릎과 엉덩이
에 구김이 없다는 것은 그가 평소에 얼마나 점잖고 품위 있게 행동했는지
보여 주는 증거다. 머리는 세련되게 빗겨져 있었으며 얼굴은 맑고 깨끗했
으며 표정엔 여유가 있었다. 부드럽고 조용한 목소리에는 그 누구라도 호
감이 갈 만한 친밀성이 배어 있었다. 그런 신사가 미친 사람이었다니!

내가 어렸을 때 거리에는 "예수! 천당!"을 외치는 미친 거지와 찢어진 옷
을 휘날리며 맨발로 뛰어다니던 미친 여자가 있었다. 이상하게도 요즈음
의 거지들은 미치지 않는다. 미친 사람은 보통 사람과 잘 구별되지 않는
다. 어떤 사람이 미쳤다는 것을 이해하려면 시간이 좀 필요하다. 나도 그
사람이 미쳤다는 걸 믿지 않는 나를 차분하고 끈기 있게 설득해야 했다.

중년의 사내는 목적지에 이르자 하던 말을 급히 맺고 공손하게 인사한
후 지하철에서 내렸다. 멀쩡하게 잘 살고 있는 생사람을 갑자기 미쳤다고
판단하는 것은 함부로 할 일이 아니다. 김일성이 뿔 난 사람이 아니듯 미
친 사람도 별난 사람은 아니다. 그 사내도 나를 보고 미친 사람이 너무
멀쩡해보이는구나 생각하며 방금 지하철에서 내렸을지도 모를 일이다.

- 김기택, 〈멋진 옷을 보고 놀라다〉[79]

그러나 이 시에서 이루어지는 대화는 앞의 <심통부리기>의 '심
통'과 '안 좋은 데' 대신 '웃음'과 '맑고 깨끗'한 얼굴, '여유'있는
'표정', '부드럽고 조용한 목소리'로 '친밀감'을 느끼게 한다. 그런
데 이처럼 혼잡하고 시끄러운 지하철에 근사한 옷을 입고 웃으며
말을 거는 사람이 '미친 사람'이라는 것은 다소 역설적이기도 하
다. 혼잡하고 삭막하게 스쳐가는 만남 일색인 지하철 안에서 근사
하고 부드러운 웃음을 타인에게 보여줄 수 있는 것은 '미치지' 않
고는 불가능한 것이 아닐까하는 시인의 냉소가 담겨있다.

---

79) 김기택(2005), 앞의 책.

비 젖은 길을 달려가니
갈색의 새 한 마리 바닥에서 필사적으로 기는데,
그러나 다친 너의 '필사적'은
자동차의 속도와는 너무 달라
아, 어쩌면 좋니
내 차는 벌써 5미터는 미끄러져 갔고
네 여린 날갯짓이 차 바닥을 치는 희미한 소리

미안해, 아가
미안해, 아가

벌써 차는 100미터는 지나갔겠네
뭉개진 작은 동물들의 시체가
차 옆, 차 앞, 길가에 즐비한데
한 마디 애도할 틈도 없이
차는 시속 60킬로미터로, 80킬로미터로, 110킬로미터로 달리네

이 별에서는 왜 이렇게 바쁠까
분주히 정신없이 달려도
그저 밥이나 먹을 뿐인데
모두들 저 예쁘고 가련한 것들을 짓이기며

야, 이 별은 왜 이렇게 바쁜 건지
잔인한 건지
본의가 아니었다고 중얼거려도 때는 늦었네
우리는 킬링머신을 모는 킬러들

　　　　　　　　　　　- 양애경, 〈킬링 머신을 타고〉[80]

　'본의 아니'게 다른 생명체의 생명을 빼앗으며 '그저 밥이나 먹
을 뿐'인 삶이 현대 도시인들의 삶이다. 승용차 운전자인 화자는
스스로도 제어할 수 없는 속도로 내달려, 스스로 본의 아니게 가

---

80) 박명용 외(2008), 『2008 오늘의 좋은 시』, 푸른사상.

해자가 되는 킬러다. 그래서 '로드킬'을 다루는 도시 소재시에서 승용차 안은 '죽이는 자'의 공간, 승용차 바깥은 '죽임을 당하는 자(세계)'의 공간으로 서로 단절되어 있다. 그런데 그 단절은 운전자 스스로 형성한 것이 아닌, 일단 승용차를 운전하며 도로의 일정한 주행속도를 따르며 형성되는 '외적 질서'에 의한 것이다. 이런 외적 질서가 결국 교통수단 안의 존재와 밖의 존재를 가해자와 피해자의 관계로 규정짓게 하는 것이다.

이처럼 교통수단 내부의 공간에서의 만남은 '심통부리기'나 '가해자 – 피해자'의 극단적 경우까지 매우 불편한 관계를 형성하게 한다. 오히려 불편하지 않은 관계를 맺는 사람이 '미친'사람이 되는 것이 현실이다. 그래서 도시 소재시에서 교통수단 내부의 공간은 많은 사람들이 가까운 거리에 위치하며 공유하는 곳이지만, 심리적 거리를 좁히기는 어려운 공간으로 형상화되어 있다.

B 도시 소재시와 비일상성의 시문학

앞 절에서 살펴본 것처럼 도시 소재시는 현대사회의 일상성을 그 주된 내용으로 하고 있다. 먼저 시 장르가 이제까지 지니고 있었던 신비주의적이고 초월적인 특성에서 탈피해 시인, 화자, 인물의 일상성과 언어의 산문적 표현으로 인한 일상성을 획득하고 있음을 짚어보았다. 그리고 구체적인 내용 면에서 도시적 삶이 형상화되어 있는 공간으로서 거리, 노동 공간, 집, 교통수단 등에서 실현되는 보편적인 체험의 양상도 정리했다.

이러한 일상적이고 보편적인 내용을 시의 주된 내용으로 삼고 있어, 자칫 도시 소재시는 시적 긴장을 잃기 쉽다. 그래서 도시 소재시에서는 평범한 일상을 '비일상'적인 것으로 인식하도록 하는 표현 방식을 많이 활용한다. 일상에서 출발한 보편적 경험의 내용을 비일상적으로 보게 하여 다시금 일상을 재인식하고 이를 비판적으로 바라보게 하는 시적 긴장을 불러일으키는 것이다.

따라서 이 절에서는 도시 소재시의 일상적 경험을 비일상적으로 느껴지게 하는 표현상의 특징에 대해 살펴보고자 한다.

1. 관찰과 드러내기[81]

1) 이름과 기능의 감추기와 드러내기

일상적인 것을 비일상적으로 인식하게 하는 것은 어떤 대상에 대한 관습적인 시각에서 이탈하여 그것을 새롭게 보는 것이다.[82] 이를 위해 우선, 대상의 이름(명칭)을 모르는 체하면서 그 이름을 구성하고 있는 내부 인자들의 특징을 해체하는 방법이 있다. 가령,

---

81) 도시 소재시에서 일상적 경험을 '비일상적'으로 보이게 하는 표현 방식으로 제시한 '관찰과 드러내기'는 쉬끌롭스키의 <기법으로서의 예술>에 제시된 '낯설게 하기' 수법을 참고하였다. 그러나 본 연구에서는 본격적인 러시아 형식주의로서의 '낯설게 하기'를 염두에 두고 있지 않다. 문학 교육의 차원에서 학습자들의 일상적 경험을 다시 새롭게 인식하게 하는 범박한 차원의 '문학적 형상화' 방법으로서의 이름 감추기, 기능 감추기, 물화시키기라 할 수 있다.

82) 함영준(1998), 「'낯설게 하기' 기법의 낯설게 하기」, 『노어노문학』 제10권 제2호, p.633.

'밝고 흰 줄기와 가지를 지닌 키가 크고 구부정한 나무'라는 표현으로 '자작나무'를 재인식하게 할 수 있다.[83]

이름을 감추고 그 대상을 구성하는 인자들의 특징을 제시하여 대상을 비일상적으로 제시하는 경우는 김기택의 <멋진 옷을 보고 놀라다>를 들 수 있다.

> **(가)** 나는 그 사내가 입고 있는 멋진 옷에 놀랐다. 마디마디와 무릎과 엉덩이에 구김이 없다는 것은 그가 평소에 얼마나 점잖고 품위 있게 행동했는지 보여 주는 증거다. 머리는 세련되게 빗겨져 있었으며 얼굴은 맑고 깨끗했으며 표정엔 여유가 있었다. 부드럽고 조용한 목소리에는 그 누구라도 호감이 갈 만한 친밀성이 배어 있었다.
> **(나)** 그런 신사가 미친 사람이었다니!

– 김기택, 〈멋진 옷을 보고 놀라다〉[84] 부분

제시된 부분 중 (가)에서는 지하철에서 마주친 '그 사내'의 외양과 언행의 멋지고 세련됨을 묘사하고 있다. 그래서 독자가 '그 사내'를 긍정적으로 인식하게끔 유도한다. 그러나 (나)에 와서 '그 사내'의 정체(명칭)을 밝힘으로써 우리가 평소에 지하철에서 종종 보아오던 '미친 사람'의 존재와 '미친 사람'이라 규정하고 있는 기준에 대해 재인식하게 한다. 불특정 다수와 끊임없이 마주하는 대중교통수단 안에서 '여유 있고 부드럽게' 대화를 건네는 사람을 '미친 사람'이라고 낙인을 붙일 정도로 도시 공간에는 삭막한 공기만 가득한 것은 아닌가? 어쩌면 '미친 사람'과 '미치지 않은 사람'의

---

83) 함영준(1998), 앞의 글, p.634.
84) 김기택(2005), 앞의 책.
  기호, 괄호·밑줄은 필자가 편의상 첨가했음을 밝힌다.

구분도 상대적이고 모호한 것이 아닌가? 나아가 '그 사내'가 정상이고 그를 제외한 대다수의 승객이 '미친 사람'인 것은 아닐까?

이처럼 이름을 감추고 대상의 특성을 상세하게 드러내는 기법은 대상과 그를 둘러싼 세계를 재인식하게 하여 세계에 대한 폭로적, 비평적 기능을 하도록 유도한다. 이는 감추는 요소가 '이름'이 아닌 '기능'일 경우도 마찬가지로 적용된다.[85]

그 사물이나 대상의 본래 쓰임이나 기능을 감추고 다른 특성들을 부각시키거나 다른 기능으로 바꾸어 비일상성을 드러내는 도시 소재시에는 다음 시들과 같은 것이 있다.

> 차곡차곡 구겨 넣어진 사람들을 한 번 더 누르며
> 전동차 문이 있는 힘을 다해 닫힌다.
> 전동차가 출발한 다음에도 비명과 신음이
> 찌그러진 사각기둥마다 새어나오지만
> 사람들은 빠르게 정사각기둥을 되찾아가고
> 몸 비틀 때마다 벌어지던 빈틈도 모조리 메워버린다.
> 빠르고 정확하다, 우리나라 승객들의
> 자동화된 저 순발력!

> ─ 김기택, 〈우리나라 전동차의 놀라운 적재효율〉[86] 부분

위의 시에서는 승객들을 빠르고 편리하고 안전하게 목적지까지 이동시켜 준다는 '전동차' 본래의 기능이 감춰져 있다. 좁은 공간

---

85) 톨스토이는 〈부끄럽다!〉에서 '법을 어긴 사람들의 옷을 벗기고 쳐서 마루에 넘어뜨리고 눕히고 엉덩이를 회초리로 때리는 것'으로써 '태형'이라는 대상을 낯설게 한다. 태형의 본래 기능인 벌주는 것에 대해서는 짐짓 무심한 척한다. 이로써 그는 이러한 태형의 불합리한 점을 폭로한다.
함영준(1998), 앞의 글, pp.636~637.
86) 김기택(1999), 앞의 책.

의 빈틈 하나 놓치지 않고 차곡차곡 '모조리 메워버'리는 전동차 안의 풍경을 묘사하는데 초점을 둔다. 그래서 오히려 전동차의 기능이 감춰지고 '좁은 공간에 효율적인 적재'를 위한 것인가 의심하게 한다. 나아가 전동차가 본래의 기능을 수행하기에 현실적으로 적절한가에 대해 재인식하게 하고 비판적으로 바라보게 한다. 마찬가지 관점으로 다음 시에서도 편리한 이동을 위한 승용차의 본래 기능이 감춰져 있다.

> 비 젖은 길을 달려가니
> 갈색의 새 한 마리 바닥에서 필사적으로 기는데,
> 그러나 다친 너의 '필사적'은
> 자동차의 속도와는 너무 달라
> 아, 어쩌면 좋니
> 내 차는 벌써 5미터는 미끄러져 갔고
> 네 여린 날갯짓이 차 바닥을 치는 희미한 소리
> ─중략─
> 야, 이 별은 왜 이렇게 바쁜 건지
> 잔인한 건지
> 본의가 아니었다고 중얼거려도 때는 늦었네
> 우리는 킬링머신을 모는 킬러들

─ 양애경, 〈킬링 머신을 타고〉[87] 부분

이 시에서는 제목에서부터 승용차의 본래 기능을 숨기고 '킬링 머신'이라는 다른 기능으로 바꿔치기하고 있다. 그래서 독자는 승용차의 편리함과 안락함 이면의 폭력성과 공포를 인식하고 일상의 승용차라는 공간에 대해 재인식하게 된다. 즉 편리함보다는 조심해야 하거나 누구나 '킬러'가 될 수 있는 현상을 깨닫고 '승용차'라

---

87) 박명용 외(2008), 앞의 책.

는 대상 및 공간에 대해 비판적으로 접근하는 안목을 지니게 된다.

> 이른 아침 6시부터 밤10시까지 하루도 빠짐없이
> 그는 의자 고행을 했다고 한다.
> 제일 먼저 출근하여 제일 늦게 퇴근할 때까지
> 그는 자기 책상 자기 의자에만 앉아 있었으므로
> 사람들은 그가 서 있는 모습을 여간해서는 볼 수 없었다고 한다.
> 점심시간에도 의자에 단단히 붙박여
> 보리밥과 김치가 든 도시락으로 공양을 마쳤다고 한다.
> - 중략 -
> 끝없는 수행정진으로 머리는 점점 빠지고 배는 부풀고
> 커다란 머리와 몸집에 비해 팔다리는 턱없이 가늘어졌다.
> 오랜 음지의 수행으로 얼굴은 창백해졌지만
> 그는 매일 상사에게 굽실굽실 108배를 올렸다고 한다.

- 김기택, 〈사무원〉[88] 부분

 이 시에서는 문서 관련 일을 하러 출근을 하는 사무원의 본래
기능이 숨겨져 있다. 대신 문서 관련 일을 하기 위한 행동인 '의자
고행'을 사무원의 기능으로 바꿔놓았다. '의자'에 붙박여 있는 그
의 모습을 과장하여 '사람들은 그가 서 있는 모습을 여간해서는
볼 수 없었다'고 형상화한다. 또 '고행'에 불교적 의미를 부여해
그의 일거수일투족을 고행을 하는 승려의 모습으로 표현한다.

 이처럼 사무원의 본래 기능을 숨기고 그 일을 수행하는 모습에
초점을 둔 기능으로 바꾸어 '사무원이 고행을 하러 출근한다'는 비
일상적 진술을 도출한다. 이에 대해 독자는 사무원의 일의 능률성
이나 성취감 등에 초점을 두기보다 고행이라 할 정도로 오랜 시간

---

88) 김기택(1999), 앞의 책.

앉아 일에 파묻힌 현실을 재인식하고 이러한 비인간적 노동 현장을 비판적으로 바라볼 수 있게 된다.

2) 물화시키기

도시 소재시에서는 그 급박하고 기계적인 메커니즘 안에서 숨 쉬는 인간들의 삶을 형상화하기 위해 종종 인간을 물화시켜 표현한다. 인간을 물화시켜 비일상적으로 인식하게 함으로써 비인간적 삶을 사는 오늘의 도시 공간의 삶을 비판적으로 인식하게 하는 것이다.

갇힌 자, 길들여진 자의 타율적 존재인 도시인은 비디오나 컴퓨터의 기계에 비유된다.

> 나의 사유는 16비트 컴퓨터의 스위치를 올리는 순간부터 작동된다.
> 모니터의 녹색 화면에 불이 켜지고
> 뇌하수체의 분비물이 허용치를 넘어 적신호가 올릴 때까지
> 키보드를 두드리는 나의 손은 검다
> 부화되지 못한 욕망과 도덕적 관점에서 비난받아 마땅할
> 내 개인적 삶의 흔적은
> 컴퓨터 파일 <삭제>키를 누르기만 하면 사라진다
> 나의 하루는 컴퓨터 스위치를 올리는 것
> 그리고 끊임없이 기록하고 기억을 저장시키는 것
> 세계는, 손 안에 있다
> 나는 컴퓨터 단말기를 통하여 지상의 모든 도시와
> 땅 밑에 태양 그리고 미래의 태아들까지 연결된다
> 나의 두 눈은 환한 불을 켜고 있는 TV
> 나의 심장은 거대하게 돌아가고 있는 공장의 발전실
> 모든 것은 개인용 컴퓨터의 스위치를 올려야만 움직이기 시작한다
> 전기를 공급하는 것은 그러나 그대의 의지
> 나는, 내 몸 속으로 힘을 공급해 주는 누군가에 의해 사육된다
>
> — 하재봉, 〈비디오/퍼스널 컴퓨터〉

김준오(1992)[89]는 인간의 노동으로부터의 해방과 자유를 위해 기획되었던 도시화, 기계화가 오히려 인간을 기계로 물화시켰다고 밝혔다. 그래서 기계로 물화된 인간은 무서운 기능을 발휘하지만, '누군가에 의해 사육되고' 길들여지는 기능인으로 전락했다고 덧붙인다. 인간의 이런 물화된 비일상적 이미지로 이 시에서는 도시 공간의 비인간적 삶을 비판적으로 다시 인식하게 한다.

> 서너 걸음 밟기도 전에 자가용 문이 열리자
> 그는 고층에서 떨어진 공처럼 튀어 들어간다.
> 휠체어에 탄 사람처럼 그는 다리 대신 엉덩이로 다닌다.
> 발 대신 바퀴가 땅을 밟는다.
> 그의 몸무게는 고무타이어를 통해 땅으로 전달된다.
> - 중략 -
> 서너 걸음 떼기도 전에 엘리베이터 문이 열리고
> 그는 새처럼 날아들어 공중으로 솟구친다.
> 그는 온종일 현기증도 없이 20층의 하늘에 떠 있다.
> 전화와 이메일로 쉴 새 없이 지저귀느라
> 한순간도 땅에 내려앉을 틈이 없다.

- 김기택, 〈그는 새보다도 적게 땅을 밟는다〉[90] 부분

위의 시에서 도시 문명의 이기를 누리는 '그'는 인간의 모습이 아니다. '그'는 '고층에서 떨어진 공', '바퀴', '새'의 모습으로 온종일 '한순간도 땅에 내려앉을 틈이 없'이 산다. 이처럼 '그'를 비인간적 존재에 비유해 물화시킴으로써 땅을 밟을 겨를 없이 인간적인 모습을 잃어가며 문명에 의탁해 살아가는 도시 생활을 낯설게 재인식하게 한다.

---

89) 김준오(1992), 앞의 책, p.135.
90) 김기택(1999), 앞의 책.

지금까지 도시 소재시에서 익숙한 일상에서 한 걸음 떨어져 관찰한 결과를 드러내는 방법으로, 이름과 기능의 감추기와 드러내기, 물화시키기를 살펴보았다. 이런 방법들이 도시 소재시에서 의미 있는 이유는 도시가 '효율적 조직화'의 산물이기 때문이다. 즉 도시의 일상이 기능과 효율이라는 기치로 점철되다보니 기능과 효율이 궁극적으로 추구하는 목적을 상실하게 된 것이다. 그 결과 사물이나 사람의 본래 이름과 기능은 실종되고 그들이 철저히 기능과 효율에 복종하게 되는 현상이 벌어졌다. 이런 현상을 시적 화자나 시인은 거리를 두고 관찰하여 도시 공간 안의 사물이나 사람의 본래의 이름과 기능을 감춘 채, 관찰 결과만을 드러내어 독자에게 낯설고 비일상적인 인상을 준다. 그래서 독자는 도시 공간이 애초에 강조했던 기능과 효율의 궁극적 목적과 지향에 대해 다시금 생각하게 되는 것이다.

2. 병치와 아이러니

1) 병치와 관계의 새로운 설정

병치는 서로 다른 사물들이 당돌하게 배치됨으로써 빚어지는 '새로운 결합'의 형태이다.[91] 다른 사물들의 이미지를 결합함으로써 비일상적인 느낌을 주기에 효과적인 방법이다.

---

91) 김준오(2000), 앞의 책, p.183.

(가) 자기들 집과 닮은 고층 아파트들을 바라본다
(나) 사람들이 아파트에서 거리를 내려다보듯
(가) 비둘기들도 상계역 주변 거리를 내려다본다
　　　도로변 곳곳에 음식물 쓰레기와 물웅덩이가 있다
(나) 사람들이 노점에서 주전부리를 즐기는 동안
(가) 비둘기들도 거리에서 푸짐한 먹거리를 즐긴다
　- 중략 -
비둘기들은 검은 먼지와 매연을 뒤집어쓰고
언제나 아스팔트를 보호색으로 입고 다녀서
상계역에 비둘기들이 사는지 아는 사람은 거의 없다

　　　　　　　- 김기택, 〈상계동 비둘기〉[92] 부분

　김광섭의 <성북동 비둘기>에서 도시에 적응 못하던 비둘기와
달리 이 시의 비둘기는 도시의 메커니즘에 젖어서 그들의 생태까
지 바꿔가며 도시의 일원으로 살아가고 있다. 시적 화자는 (가)에
서 비둘기의 시선에 밀착시켜 도시를 바라본다. 또 비둘기의 시선
과 행위에 해당하는 (가)와 인간의 시선과 행위에 해당하는 (나)를
병치함으로써 도시인과 다를 바 없는 삶을 살게 된 비둘기의 모습
을 드러낸다. 그런데 마지막에 '상계역에 비둘기들이 사는지 아는
사람은 거의 없다'는 진술은 도시인과 유사하게 된 비둘기의 존재
를 모르고 살아가듯 도시인들을 서로의 존재 아니, 그들 스스로의
존재감을 잃고 살아가는 존재로 비쳐지게 하여 비극성이 극대화된
다. 비둘기와 인간을 나란히 병치시켜 둘 사이의 경계를 사라지게
함으로써 비둘기를 통해 도시를 살아가는 인간의 삶을 돌아보게
하는 '비일상성'의 효과가 느껴지는 시이다.

---

92) 김기택(2005), 앞의 책.
　　기호는 필자가 편의상 첨가한 것임을 밝힌다.

얼마나 편한지
그들에겐 새로움이 두려움이다
큰 강물의 흐름 속에 놓아도
수족관을 떠나지 않는
늙은 물고기의 고집.

아파트 단지들이 거품방울을 내뿜고 있다
이렇게 죽음을 기다리며 지긋지긋 더 살면 뭘하겠냐고
아파트 창 밖으로 늙은 몸을 던진
········ 자살은
구역질이 나게 한다
자살은 대부분 타살이니까

- **최승호, 〈수족관〉**[93] **부분**

이 시에는 '수족관'이라는 공간과 '아파트 단지', '늙은 물고기'
와 '아파트 창밖으로' 던진 '늙은 몸'을 병치시킨다. 그래서 물고기
들이 죽음을 기다리는 '수족관'을 일상적 삶의 공간인 '아파트 단
지'로 확장시켜 편안함과 편리한 가정생활의 상징인 '아파트'의 공
간적 의미를 정반대인 죽음의 공간으로 재인식하게 한다.

2) 아이러니와 역설

아이러니와 역설은 진술의 배반과 이중적 목소리를 통해 일상에
바탕을 둔 도시 소재시의 시적 긴장을 높여주고 일상을 비일상적
으로 재인식하여 비판적으로 바라보게 하는 역할을 하게 하는 중
요한 방법이다.

---

93) 최승호(1990), 앞의 책.

모두가 모르는 사람들이다
그러나 이상하게도 낯익은 얼굴들이다
내가 모르는 낯익은 사람들이 너무 많구나
우리가 처음 만난 곳은 어디였던가
병아리떼 모이를 쪼으던 유치원 마당이었던가
솜사탕을 사먹던 시골 장터였던가
아카시아꽃 한참 핀 교정의 벤치였던가
불볕 아래 앉아 버티던 봉제 공장 옥상이었던가
눈물 흘리며 짐승처럼 쫓기던 봄날의 광장이었던가
술내기 바둑을 두던 숙직실 골방이었던가
간첩을 뒤쫓으며 헐떡이던 산마루였던가
친구를 기다리던 새벽의 구치소 앞이었던가
두부 장수가 지나가던 골목길 여관방이었던가
줄담배를 피우던 산부인과 복도였던가
마늘을 심고 도부치던 아파트촌이었던가
부가가치세 신고를 하던 세무서였던가
민방위 교육을 받던 변두리 극장이었던가
흰 봉투를 건네주던 다방의 구속 자리였던가
비행기를 갈아타던 어느 공항 대합실이었던가
고인을 추모하며 밤새우던 초상집이었던가……
아니다
그렇지 않다
모두가 거짓된 기억 헛된 착각이다
우리는 부딪쳤을 뿐 한 번도 만나 본 적이 없다
모두가 낯익은 얼굴들 모르는 사람들이다
내가 아는 낯선 사람들이 너무 적구나

- 김광규, 〈만나고 싶은〉⁹⁴⁾

위 시에서는 '모두가 모르는 사람들이'지만 '이상하게도 낯익은
얼굴들이'라서 그 사람들과 어디에서 '처음 만'났었는지 그 장소를
되짚어보고 있다. 그리고 마지막에 '모두가 낯익은 얼굴들'이지만

94) 김광규(1995), 앞의 책.

'모르는 사람들이'라고 분명히 진술한다. 낯익은데 모른다는 진술 속에서 다시 한 번 아이러니가 발생한다. 그리고 이는 '내가 아는 낯선 사람들'이 '적다'라는 비꼬인 진술 속에서 아이러니는 확장된 다.[95] 이처럼 이 시에서는 전반부에서 일상 속 공간과 평범한 인간 군상을 나열하는 일상성의 영역에 머물다가 후반부에 아이러니를 통해 낯설게 함으로써 일상을 재인식하게 하고 '부딪쳤을 뿐 한 번도 만나 본 적이 없다'는 현대 도시 공간의 아이러니한 인간관계의 양태를 꼬집고 있다.

> 도시 가운데 거대한 칸막이가 있다
> 유리로 만들어진 거대한 칸막이가
> 그러나 자세히 보면 그 칸막이는
> 칸막이가 아니라 통행 가능한
> 두께 20밀리의 유리문이다
>
> 유리로 만들어진 거대한 문
> 이 문에는 주인이 없다 그 대신
> 유리로 만든 명확한
> 사용 규칙이 있다
> 누구나 사용할 수 있다는 것
> 그것이 유리로 만든 그 문의
> 헌법이었다
>
> 누구나 사용할 수 있는 문을 열고
> 한 사람이 들어간다 그러면
> 소리 없이 잽싸게 닫히는 문
> 그러나 열고나올 수 있는 문
> 정기적금통장에 입금을 시키거나
> 무이자 융자 의뢰서를 기입하고서
> 안내양의 안내를 받으며

---

95) 안은희(2005), 앞의 논문, p.44.

누구나 다시 나올 수 있는
자유스러운 문

- 장정일, 〈20밀리〉⁹⁶⁾ 부분

'누구나 사용할 수 있는 문'이라는 표현은 이 시 전반에 걸쳐 4번
반복된다. 그러나 '누구나'를 강조할수록 오히려 그것의 반어적 의미
에 더욱 집중하게 만드는 것이 이 시의 묘미이다. 또 잘 닦여진 유리
의 투명함과 열고 닫을 수 있는 개방성, '헌법'이라는 공정성을 담보
한 시어들이 반어의 효과를 더욱 배가시킨다. 나아가 '20밀리'라는
제목조차도 '20밀리' 이상의 사회적 칸막이로 작용하는 이 문의 반
어라 하겠다. 이 시에서 형상화한 '유리문'이라는 공정하고 투명해
보이는 일상적 도시의 공간은 아이러니를 통해 비일상적으로 재인식
되며, 세상의 그 어떤 문보다 불투명하고 두텁게 느껴지도록 한다.

2
뱉었던 물을
다시 마셨다가 뱉을수록
물이 흐려진다.
뱉었던 물을 다시 마시는 뿌루퉁한 얼굴,
일상이다, 잔잔하면
권태로와 몸을 비틀고
배 부르면 졸립고
흔들리면 설레임에 앞서 두려워지는.

3
無로서 無門을 돌파하는
죽음,
내가 아니라 다른 것들이

---

96) 장정일(2002), 앞의 책.

숨쉬기 시작하는 죽음,
우리는 죽어 새로운 흐름 속으로 흘러든다
화장도 그렇고
매장도 그렇다

얼마나 편한지
그들에겐 새로움이 두려움이다
큰 강물의 흐름 속에 놓아도
수족관을 떠나지 않는
늙은 물고기의 고집.

4
아파트 단지들이 거품방울을 내뿜고 있다
이렇게 죽음을 기다리며 지긋지긋 더 살면 뭘하겠냐고
아파트 창 밖으로 늙은 몸을 던진
········ 자살은
구역질이 나게 한다
자살은 대부분 타살이니까

- 최승호, 〈수족관〉[97] 부분

위 시에는 일상의 역설적인 면모가 잘 드러나 있다. 일상의 '잔
잔'함에 '권태'롭다가도, '새로움이 두려움'이라는 생각까지 양 극
한의 모순된 관점이 모두 나타나 있다. 이와 같은 역설은 '뱉었던
물을/다시 마셨다가 뱉을수록'이라는 물고기의 소소한 호흡에서부
터 '내가 아니라 다른 것들이/숨쉬기 시작하는 죽음,' '자살은 대부
분 타살이니까'라는 삶과 죽음 전반을 관통하는 깨달음까지 점층
적으로 확대된다. 양 극단의 진술을 시종일관 팽팽하게 마주 세워
'수족관'이나 '아파트' 같은 평범한 일상적 소재와 공간에 새로운
의미를 부여하고 재인식하게 한다.

---

97) 최승호(1990), 앞의 책.

지금까지 도시 소재시에서 일상을 낯설게 비일상적으로 바라볼 수 있도록 하는 방법으로 병치와 아이러니를 살펴보았다. 이런 방법들 역시 앞서 언급한 관찰과 드러내기로써의 기능, 이름의 감추기와 드러내기, 물화시키기와 마찬가지로 도시 소재시에서 의미 있는 이유는 도시 공간의 특성에서 기인한다. 즉 도시의 일상을 기능과 효율이 지배하게 된 결과 도시 안의 사람과 '비둘기', '수족관'과 집이 같은 범주에서 결합될 여지가 생긴 것이다. 뿐만 아니라 최고로 효율적인 삶을 영위하기 위해 '낯익은' 듯하면서도 궁극적으로는 '모르는' 사람들로 가득하며, '누구나 사용할 수 있는 문'이 결국 아무나 사용 못하는 문이기도 한 아이러니한 삶을 살고 있기도 하다. 이런 일상을 시인은 병치와 아이러니, 역설 등의 방법을 사용해서 독자에게 낯설고 비일상적으로 인식하게 한다. 그래서 독자는 도시 공간을 지배하는 질서의 이면을 재해석하게 되는 것이다.

C 도시 소재시의 교육적 의의

1. 학습자 중심의 현대시 교육

1) 익숙한 도시적 서정·소재, 낯선 향토적 서정·소재

도시 소재시는 현재 81% 도시화가 이루어진 현실에 가장 밀착된 현대시 텍스트이다. 더구나 처음부터 도시에 뿌리를 두고 살아

온 학습자들에게는 '거리', '버스 안', '아파트' 등의 도시 공간은
전원이나 자연보다 훨씬 익숙한 일상의 공간이다. 따라서 학습자들
은 향토적 서정시나 자연친화적 서정시에 비해 앞서 제시한 도시
의 일상 공간의 삶을 다룬 도시 소재시에 더 공감하기 쉽다.

〈표 17〉 도시 소재시에 대한 학습자들의 공감도

질 문	선 택	
	A	B
위의 두 시 중, 어느 쪽이 여러분 자신의 직접 체험과 유사한가?	6.96	93.04
위의 두 시 중, 어느 쪽이 더 공감이 가나?	17.09	82.91
위의 두 시 중, 어느 쪽이 더 흥미롭게 느껴지나?	20.89	79.11

* 다음 두 편의 현대시를 읽고 질문에 답하세요.
(A: 이상화,〈빼앗긴 들에도 봄은 오는가〉, B: 조말선, 〈싹튼 양파들〉[98])

158명 대상
단위: %

위의 설문 조사 결과에서처럼 향토적·자연친화적 정서의 A보
다는 '소통 단절'의 현대 도시의 정서에 기반한 B에 학습자들은
더 밀착된 정서를 느끼고 있음을 알 수 있다.[99] 이는 무엇보다 위

98) 전화를 걸었다 아무도 받지 않았다 전화를 걸었다 통화 중 신호음을 들었다 나는 한
번 시도한 일은 멈출 줄 몰랐다 나는 한 번 들어선 길은 돌아갈 줄 몰랐다 전화를 걸
었다 뚜, 뚜, 뚜 듣지 못한 응답이 나에게로 돌아와 꽂혔다 차창 밖으로 발개진 꽃잎
들의 통화가 소란스러졌다 세상은 모두 통화 중이었다 나는 나에게로 전화를 걸었다
수화기 안에 통화 중 신호음이 가득 차올랐다 귓바퀴가 수백 다발의 코일을 빨아들
였다 나는 나의 고백을 듣고 있었다 도대체 나는 어디 간 거야 나는 나의 응답을 찾
지 않았다 나는 고독해졌다 나는 팽창했다 귓속에서 입이 찢어졌다 백년은 늙은 내
입 속에서 푸르른 말들이 나를 겨냥했다. - 조말선, <싹튼 양파들>
김명인(2003), 『2003 현장비평가가 뽑은 올해의 좋은 시』, 현대문학.
99) 물론, <싹튼 양파들>은 '도시'라는 공간성이 표면화된 도시 소재시의 대표격은 아니
다. 그러나 도시에서의 소외되고 소통이 부재된 삶, 개인의 감정에 젖어드는 미시적
시선, 자연보다는 '전화기'라는 소통의 도구가 부각되는 도시적 삶의 일상적 단면이
잘 드러나 있다. 따라서 농촌 공동체의식과 역사의 거시적 흐름, 자연을 소통의 대상
으로 하는 자연친화적 정서를 기반으로 한 <빼앗긴 들에도 봄은 오는가>와 비교된

의 두 번째 설문 문항에서처럼 직접 체험 여부에 의해 좌우되는 것으로 생각된다. 도시화가 현재 81%에서 앞으로도 더 진행된다고 한다면, 학습자들이 향토적 소재를 접하고 그것에서 비롯되는 정서를 느끼기는 더 어려울 것으로 보인다. 따라서 학습자로 하여금 주체적으로 시 텍스트를 수용하고 공감하게 하기 위해서는 도시 소재시를 교육의 장에서 보다 적극적으로 활용할 필요가 있다.

뿐만 아니라 일상적 직접 경험을 바탕으로 한 문학 수용 교육만이 계속 문제시되고 있는 지식 중심 교육에서 탈피하도록 이끌 수 있고 학습자들의 수동적이고 획일적 수용도 차단해 줄 수 있다.[100]

2) 가까운 미시적 일상성, 멀기만 한 거시적 역사성

앞의 설문 조사 결과에서 활용한 이상화의 <빼앗긴 들에도 봄은 오는가>와 조말선의 <싹튼 양파들>에는 정서와 소재의 공간적 특성 차이만 있는 것이 아니다. 잘 알려진 바대로, 이상화의 <빼앗긴 들에도 봄은 오는가>는 일제강점기의 시대 현실에 대해 개탄한 대표적인 텍스트이다. 이에 반해 조말선의 <싹튼 양파들>은

다는 점에서 본 연구의 초점에 부합한다고 할 수 있다.

100) 최홍원(2007)은 문학교육에서 경험 교육이 제대로 이루어지지 못한 것은 우선, 경험의 주요 변인에 해당하는 텍스트와 독자의 가변성과 다양성에서 그 이유를 찾을 수 있다고 보았다. 즉 경험이 텍스트와 독자의 상호 작용에 의해 구성된다고 할 때, 이 두 요소의 교직이 만들어내는 내용의 불확실성은 '기획성'이라는 교육의 본질과 충돌하기 때문이라는 것이다. 그러나 독자들의 삶에서 유사한 체험에 바탕을 둔 텍스트라면, 독자와 텍스트의 상호작용에 있어서의 불확실성의 정도가 완전히 예상 불가능한 발산적인 성격으로 일관되지 않을 수 있고, 공감을 느낄 정도의 공유 지점이 있을 가능성이 많다. 이처럼 독자들의 삶에서 유사한 체험에 바탕을 두고 출발할 수 있다는 점에서 도시 소재시의 경험 교육에서의 교육적 의의는 눈여겨 볼만하다.
최홍원(2007), 「문학교육에서 경험의 재개념화와 교육적 실천을 위한 연구」, 『국어교육학연구』 29, 국어교육학회, p.312.

특정한 시대성이 드러나지 않고 단지 타인과 소통할 수 없어 자신에게 전화를 거는 한 개인만 있을 뿐이다.

현대를 살아가는 일상적 개인 그것도 10대의 청소년이라면 거시적 역사의식과 시대정신보다는 미시적 일상성, 소소한 개인사에 치중하고 있을 것이다. 따라서 현대시 교육에서 지나치게 거시적 역사의식을 토로한 텍스트가 많은 비중을 차지하고 있는 것은 학습자들의 흥미와 관심에 부합하지 않을 것이라 판단된다.

그런 점에서 일상성에 기반을 두고 있으면서도, 그 소소한 삶을 지배하는 세계의 질서와 규범을 인식하고 있는 도시 소재시는 적절한 해결점을 찾아준다. 지나치게 거시적 역사성을 따라가는 시는 학습자들에게 지나치게 교조적으로 다가오기 쉽고 역시 지나치게 미시적 일상성만 좇는 시는 '세계를 인식'하게 하는 문학의 본령에서 멀어지기 쉽다. 그러므로 앞서 살펴보았던 '버스 안'이나 '사무실 안', '광고판이 즐비한 거리' 등 작은 일상적 장면 안에 세계를 움직이는 보편적인 큰 질서를 담아 이를 비판적으로 바라보게 하는 도시 소재시는 교육적으로 의미 있는 텍스트라 할 수 있다.

3) 소통의 언어, 단절의 언어

문학은 소통과 대화성을 기반으로 보다 의미 있는 삶의 요소가 된다. 물론 소통과 대화가 원활하기 위해서는 다양한 대화를 가능하게 하는 주제의 힘이 중요하다. 그러나 그에 앞서, 근본적으로 주제에 대해 다양하게 소통하기 위해서는 대화의 통로로서의 언어나 표현 등이 이해하기 용이해야 한다.

<표 18> 학습자들의 도시 소재시 수용을 위한 배경지식의 필요성 인식 양상

* 다음 두 편의 현대시를 읽고 질문에 답하세요.
(A: 이상화,〈빼앗긴 들에도 봄은 오는가〉, B: 조말선, 〈싹튼 양파들〉)

158명 대상, 단위: %

질 문	선 택	
	A	B
위의 두 시 중, 어느 쪽이 뜻(사전적 의미)을 모르는 시어가 더 많은가?	93.04	6.96
위의 두 시 중, 어느 쪽이 시를 이해하는 데에 시대상황에 대한 지식이 더 많이 필요하다고 느껴지는가?	88.61	11.39
위의 두 시 중, 시를 이해하기 위해서는 어느 쪽이 더 시인의 의도를 파악할 필요가 있다고 느껴지는가?	62.03	37.97
위의 두 시 중, 시를 이해하기 위해서는 어느 쪽이 더 시어의 함축적 의미와 수사법을 파악할 필요가 있다고 느껴지는가?	82.91	17.09
위의 두 시 중, 어느 쪽이 더 시어의 함축적 의미와 수사법을 파악하는 것이 어려운가?	65.82	34.18
위의 두 시 중, 어느 쪽이 더 쉽게 느껴지나?	27.22	72.78

위의 설문 조사 결과에서 볼 수 있듯이 향토적 정서와 시대정신을 담고 있는 A는 B에 비해 텍스트를 이해하는 데에 있어 많은 배경지식을 요한다. 텍스트가 기본적으로 지니고 있는 소통의 단절성이나 텍스트 외적 지식의 필요성이 클수록 학습자들은 주체적으로 그것을 수용하기 어렵다. 자신이 알지 못하는 지식의 권위 앞에서 학습자들의 민주적 주체적 문학 소통이 어려워지는 것이다.

따라서 앞서 살펴본 도시 소재시의 탈신비주의, 탈권위주의적 면모와 일상적 언어 표현은 학습자를 문학 활동에서 주체적인 대화자로 나서게 할 여건을 제공한다.

2. 다양성과 보편성의 현대시 교육

1) 문학의 다양성, 자아의 세계에 대한 시선

도시 소재시의 시적 화자는 앞서 살펴본 예들에서 보이듯이, 대체로 일상과 세계, 공간과 인물에 대한 관찰자로, 표면적으로 감정을 잘 드러내지 않는다. 따라서 도시 소재시는 주로 화자 내면의 풍경보다는 외부의 장면을 형상화하고 있는 경우가 많다. 이는 독자에게 표면화되지 않은 시적 화자 및 시인의 정서와 의도를 상상하게 한다.

따라서 학습자들은 도시 소재시에서 표면화되지 않은 부분을 다른 관점이나 형식으로 바꾸어 시적 상황을 재구성할 수 있다. 뿐만 아니라, 이를 통해 같은 장면에 다양한 관점이 존재함을 깨닫고 이를 표현할 수 있는 다양한 방식을 수용할 수도 있다. 이때 도시 소재시에 형상화된 일상 공간은 실상 하나의 '세계'이다. 그러므로 학습자들은 공간에 대한 다양한 시선을 통해 세계에 대한 다양한 시선과 태도를 경험할 수 있는 것이다.

2) 문학의 보편성, 자아와 세계의 관계

학습자들은 도시 소재시의 공간과 인물의 관계를 세계와 자아의 관계로 확장할 수 있다. 문학은 자아와 세계가 어떤 식으로 관계 맺고 작용하는가에 따라 분류될 정도로, 문학에서 자아와 세계의 관계는 중요하다. 도시 소재시에는 인물과 공간이 다른 시에 비해

비교적 선명하게 드러난다. 따라서 도시 소재시를 통해 학습자들은
자아와 세계의 관계 양상과 필연성을 통해 문학의 보편적 질서를
인식할 수 있을 것이다.

3. 창작의 구체적, 보편적 모델 제시

도시 소재시는 일상적 소재를 바탕으로 이를 재인식해서 문학적
형상화를 이루어내는 특성이 선명한 텍스트이다. 따라서 일상의 경
험에서 앞서 살펴본 낯설게 하기, 병치, 아이러니 등을 통한 문학적
형상화를 통한 문학 창작에 이르는 모형의 제안이 가능하다. 일단
이런 창작의 모형은 일상의 경험으로부터 시작하므로 학생들의 창
작에 대한 부담도 덜 수 있다는 이점이 있고, 일상과 창작을 동일선
상에 놓을 수 있다는 점에서 문학 창작 생활화에 기여할 수 있다.

뿐만 아니라 단순히 글제만 제시하고 문예 작품 한 편을 완성할
것을 요구하는 이전의 창작활동보다 '공간 - 인물'을 설정하고 장
면을 구현해보도록 하는 구체적인 상황을 제안하는 모형을 제시할
수도 있다. 이는 학습자들이 보다 구체적으로 장면화된 현실에 섬
세하게 밀착해서 창작을 할 수 있도록 도와준다.

도시 소재시의 교수 · 학습 방안

IV

도시 소재시의 교수·학습 방안

A 교수·학습 원리

　도시 소재시의 교수·학습을 위한 방안을 구안하기 위해 앞의
Ⅲ장에서는 도시 소재시의 특성을 일상성과 비일상성의 측면에서
살펴보았다. 이를 바탕으로 본 장에서는 도시 소재시의 교수·학
습을 위한 방안을 구안하기에 앞서 그것의 방향이 되는 원리를 설
정할 필요가 있다. 따라서 본 연구에서는 도시 소재시의 수용과
창작 교육을 위한 교수·학습의 원리로 일상에서 출발해 텍스트의
비일상성을 경험하고 일상을 재인식하게 하는 회귀적이고 개방적
인 문학 교수·학습 원리를 제안한다.

이와 같은 교수·학습의 원리는 도시 소재시를 문학 교육의 장으로 편입시키기를 제안했던 애초의 배경인, 학습자 중심 문학 교육을 염두에 둔 것이다. 즉 시(문학) 텍스트는 그것 자체로서의 의미도 중요하지만 그것을 통해 학습자들이 세계를 다시 인식하는 것이 더 유의미하다는 관점이다. 왜냐하면 텍스트는 완결된 것이 아니라 독자와 세계와 다른 텍스트에 의해서 끊임없이 재생산되기 쉽기 때문이다. 세계를 향한 개방성이 강한 텍스트일수록 수용과 비평, 창작활동이 활발하게 이루어지기 쉽다.

B 도시 소재시의 수용 교수·학습 방안

본 연구에서 제안하는 도시 소재시 수용을 위한 교수·학습은 다음과 같은 단계로 이루어진다.

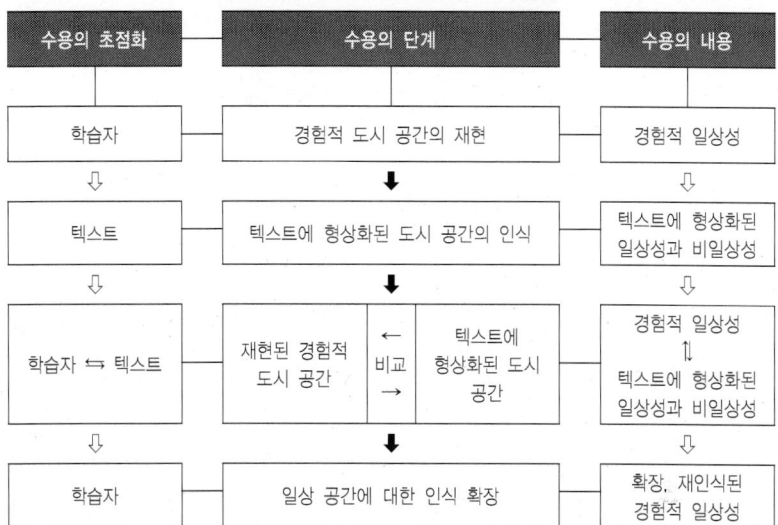

〈그림 1〉 도시 소재시 수용의 교수·학습 단계

도시 소재시의 수용은 학습자의 일상적 경험의 공간으로서의 도시 공간을 재현하는 데에서 시작하여 학습자의 일상적 경험의 공간에 대한 인식을 새롭게 다시 하고 확장하는 것으로 귀결된다. 이를 위해 학습자는 도시 소재시에 형상화된 도시 공간의 일상성과 비일상성을 인식하고 그 둘의 의미와 관계 양상을 수용해야 한다. 그 후, 학습자는 텍스트에 형상화된 공간의 일상성, 비일상성을 자신의 경험적 공간의 일상성과 비교하여 일상 공간에 대한 확장된 인식에 이를 수 있다.

본 절에서는 경험적 도시 공간으로 '지하철'을, '지하철'이 형상화된 도시 소재시로 김기택의 <벽>을 예로 들어 논의를 전개하고자 한다.

1. 경험적 도시 공간의 재현 단계

본 단계는 학습자들이 지속적으로 경험하는 도시 공간 중 특정 공간을 선택하여 그 일상성을 구체화하는 단계이다. 이를 위해 학습자들은 공간의 일상적 특성과 느낌을 떠올려 보고 그 공간에 어울리는 일상적 인물을 설정해보는 활동을 한다. 그리고 그 공간과 인물이 어우러진 장면의 분위기와 정서를 일상적 차원에서 상상하도록 한다. 이 단계의 교수·학습 활동을 통해 학습자들은 일상 속에 자연스럽게 스쳐가는 도시 공간의 경험을 구체적으로 인식하게 될 것이다.

1) 경험적 도시 공간의 특성(일상성) 인식하기

(1) 일상적 도시 공간 선택하기

경험적 도시 공간의 특성(일상성)을 인식하기 위해서 학습자들이 직접 경험하는 도시 공간을 선택하는 활동이 선행되어야 한다. 교수자는 학습자들이 특별한 목적으로 일회적 경험을 하는 공간을 선택하는 것은 되도록 지양하고 지속적으로 경험하는 일상의 공간을 선택하도록 유도해야 한다.

이를 위해 다음과 같이 사전에 자신의 하루를 기록하는 학습지[101]를 작성하게 할 수 있다.

---

101) 부록: 사전 학습지 <나의 하루 기록하기>

〈예시 1〉 〈사전 학습지〉 '나의 하루' 기록하기

〈예시〉 2008년 00월 00일 0요일 '나의 하루'			
시간	공간	내가 한 일	느낌, 생각
am 6:00	집, 내방	알람 소리에 깨어 일어남	어제 끝내지 못한 숙제에 대한 걱정
am 6:50~7:20	지하철	도착역까지 가방 들고 서 있음	가방이 무거운데 앉을 자리가 없네……
· · ·	· · ·	· · ·	· · ·
pm 12:00	집, 내방	숙제하다가 잠듦	내일 일찍 일어나서 숙제 해야지……
☞ 공간에 머문 시간도 계산해보자.			

사전 학습지를 미리 작성하도록 하면, 본 단계뿐 아니라 이후의 모든 교수·학습 단계에서 학습자들이 유용하게 활용할 수 있다.

(2) 도시 공간의 일상적 의미, 본래적 기능 떠올리기

적절한 도시 공간을 선택한 후에는 선택한 공간의 일상적 의미나 본래적 기능을 떠올려 보도록 한다. 이때 학습자들에게 사전을 활용하게 하면 선택한 도시 공간의 일상적, 본래적 의미나 기능을 보다 명확히 인식하게 할 수 있다.

가령 선택한 도시 공간이 '지하철'이라면, 다음의 사전적 정의[102]를 활용할 수 있다.

---

102) http://www.korean.go.kr/08_new/index.jsp

지하철 명
「1」 지하 철도 위를 달리는 전동차. 늑지하 전동차.
「2」 대도시에서 교통의 혼잡을 완화하고, 빠른 속도로 운행하기 위하여 땅속에 터널을 파고 부
   설한 철도.

(3) 도시 공간에 대한 일상적 느낌 떠올리기

선택한 도시 공간의 일상적, 본래적 기능과 의미를 바탕으로 그 공간에 대한 일상적 느낌을 떠올려 보도록 한다. 이때 교수자는 학습자들에게 그 공간에 대해 환상적 요소나 비일상적 느낌을 개입시켜 비약하거나, 왜곡된 느낌을 떠올리지 않도록 주지시킨다. 어디까지나 앞 단계의 일상적 기능과 의미 차원에서 일반적이고 자동화된 느낌을 떠올려 보도록 한다.

〈예시 3〉 '도시 공간에 대한 일상적 느낌 떠올리기'의 예

'지하철'에 대한 일상적 느낌
☞ 편리하다, 빠르다, 복잡하다, 안전하다……

2) 경험적 도시 공간 안의 인물(대상) 설정하기

(1) 일상적 도시 공간 안의 일상적 인물(대상) 설정하기

도시 공간의 특성을 인식하게 한 후에는, 학습자들에게 그 공간에 적절한 일상적 인물이나 대상을 설정하도록 한다. 이때 인물이나 대상은 그 공간의 특성에 부합하도록 설정하게 한다.

〈예시 4〉 '일상적 도시 공간 안의 일상적 인물 설정하기'의 예

'지하철' 안의 일상적 인물 설정하기
☞ 손잡이를 잡고 서서 이리 저리 흔들리는 할머니
　 앉아 있는 젊은이들

앞의 III장의 A에서 논의한 것처럼 보편적 도시 공간으로서의 '교
통수단' 안은 그것의 효율성이 개개의 인격과 소통에 우선하는 공
간이다. 따라서 타자에 대한 인간적 느낌이나 배려가 실종된 공간
으로 전락한다. <예시 4>에서도 '할머니'는 지하철의 효율적 운행
의 속도에 휘둘려 '이리 저리 흔들린다.' 또, '젊은이들'은 대도시에
서 교통의 혼잡을 피하고, 빠른 속도로 이동하기 위한 목적으로 탑
승한 지하철 안에서 그 본연의 목적 중심적인 행동으로 일관한다.

(2) 인물의 특성 부여하기

본 교수·학습 활동은 앞서 설정한 인물의 특성을 모습과 행위,
기능과 목적, 생각 등의 요소로 구현해내는 단계이다. 이때 교수자
는 학습자들이 인물의 특성을 반드시 공간과 인물의 관계가 드러
나는 요소로 구현하도록 유도하고, 인물의 개별적이고 독립적인 특
성을 상상하여 부여하는 것을 지양하도록 주지시켜야 한다.

① 도시 공간 안에서 인물의 모습과 행위

앞서 선택한 특정 도시 공간 안에서 그 인물이 두드러지게 보여
주는 모습이나 행위를 공간의 특성과 결부하여 설정해보는 활동이
다. 이때 교수자는 학습자들이 설정한 인물의 행위나 모습을 선택
한 특정 도시 공간 안이기 때문에 가능한, 즉 다른 공간에서는 하

기 힘든 것으로 설정하도록 유도한다.

〈예시 5〉 '일상적 도시 공간 안에서 인물의 모습과 행위 설정하기'의 예

'지하철' 안의 인물의 모습과 행위
☞ 노약자석에 앉지 못한 채, 손잡이를 잡고 서서 이리 저리 흔들리며 노약자석의 젊은이들을 흘
  겨보는(못마땅해 하는) 할머니
  노약자석에 앉아 눈을 감고 있는 젊은이들

<예시 5>에서처럼 '지하철 안'이기 때문에 '할머니'는 앉아있
는 젊은이들을 '흘겨보는' 행동을 할 수 있고, '노약자석'의 젊은이
들은 '눈을 감고' 이동하는 맥락이 가능하다. 가까이 마주하고 있
으나 결국 일회적인 만남으로 점철된 도시 공간, 그것도 제한된
좌석을 점유하느냐의 여부에 의해 안락함의 정도가 다른 공간의
암묵적 질서가 존재하는 것이다.

② 도시 공간 안에서 인물의 기능과 목적

앞서 설정한 인물의 모습과 행위는 인물의 도시 공간 안에서의
목적과 기능에 의해 드러나는 것이다. 이는 도시 공간과 인물의
관계를 염두에 두고 생각해보는 것이 중요하다. 이때 그 공간 안
에서 인물을 따로 지칭하는 명칭이 있다면, 학습자들에게 사전을
활용하게 하여 인물의 공간 안에서의 일상적, 본래적 의미나 기능
을 보다 명확히 인식하게 할 수 있다.

가령, 선택한 인물이 '승객'이라면 다음의 사전적 정의[103]를 활
용할 수 있다.

---

103) http://www.korean.go.kr/08_new/index.jsp

승객톙
차, 배, 비행기 따위의 탈것을 타는 손님.
¶ 비행기 승객/열차 승객/승객을 태우다/버스는 마침내 멈추고 우리는 십여 명도 안 되는 다른
승객들과 함께 차에서 내렸다.≪최일남, 서울 사람들≫/이따금 승객이 듬성한 시내버스가 빈
거리를 달렸다.≪김원일, 도요새에 관한 명상≫

위의 예에서처럼 '승객'이라는 명칭 자체가 애초에 '차, 배, 비행
기 따위의 탈 것'이라는 공간성과 '타는'이라는 목적성을 포함한
다. 이처럼 '승객'은 보다 편리하고 안락한 이동을 위하여 '손님'의
자격으로 '지하철'이라는 공간과 관계를 맺는다. 따라서 앞의 교
수·학습 활동의 예시처럼 '노약자석의 젊은이들을 흘겨보는(못마
땅해 하는)' 것이나 '노약자석에 앉아 눈을 감고 있는' 것은 지하
철 안에서 편안하게 앉아 이동하고 싶어 하는, '손님'이 할 수 있
는 행위이다.

③ 도시 공간 안에서 인물의 생각

본 교수·학습 활동은 도시 공간 안에서의 인물의 행위와 모습,
기능과 목적을 바탕으로, 그 공간 안에서 인물이 갖는 생각을 유
추해보는 것이다. 가령, 앞서 예를 들었던 '지하철'의 '승객'의 경
우, 다음과 같은 생각을 하고 있지 않을까 예상해볼 수 있다.

〈예시 7〉 '도시 공간 안에서 인물의 생각 유추하기'의 예

* 노약자석에 앉지 못한 채, 손잡이를 잡고 서서 이리 저리 흔들리며 노약자석의 젊은이들을 흘
겨보는(못마땅해 하는) 할머니의 생각
☞ 예의 없는 것들…… 저 자리는 엄연히 내 자리가 맞는데……

* 노약자석에 앉아 눈을 감고 있는 젊은이들
☞ 저도 힘들어요, '노약자', 저도 '약자'니까 여긴 제 자리 맞는 것 같은데……

이와 같은 교수·학습 활동을 통해 '지하철'이라는 도시 공간과 그 안의 '승객'의 관계에서 비롯되는 '승객'의 반응을 유추할 수 있다. 즉 엄연한 '손님'으로 편리하고 안락한 이동을 위해 '지하철'에 타지만, 행여 '안락함'을 누리지 못할까 전전긍긍하는 '승객'의 생각이 그것이다. 이를 통해 학습자들은 '지하철'과 '승객'의 관계는 '편리함과 안락함을 보장하는 이동 공간'과 '편리함과 안락함을 보장 받고자 하는 손님'의 관계지만, '안락함'과는 거리가 먼 정서적 반응이 발생함을 확인하게 된다.

3) 경험적 도시 공간의 분위기, 정서 상상하기

본 교수·학습 활동은 도시 소재시 수용의 첫 번째 단계인 '경험적 공간의 재현'의 가장 마지막 활동이다. 지금까지 설정하고 유추한 일상적 차원의 도시 공간과 그 안의 인물을 통해 그 공간에 대해 일상적이고 일반적인 차원에서 느껴지는 정서와 분위기를 상상하는 것이 본 활동의 목표이다.

가령, 앞의 교수·학습 활동을 바탕으로 '지하철'이라는 공간의 분위기와 정서를 상상해보면 다음과 같다.

〈예시 8〉 '경험적 도시 공간의 분위기, 정서 상상하기'의 예

지하철'의 일상적 분위기와 정서
☞ 편안하지 않다. 경쟁적이다……

---

2. 텍스트에 형상화된 도시 공간의 인식 단계

본 단계는 도시 소재시에 형상화된 도시 공간의 일상성과 비일
상성을 구체적으로 인식하는 단계이다. 이를 위해 학습자들은 텍스
트에 형상화된 공간의 특성과 그에 대한 느낌을 떠올려 보고, 그
공간 안에 형상화된 인물을 인식하는 활동을 한다. 그리고 그 공
간과 인물이 어우러져 형상화된 텍스트 장면의 분위기와 정서를
인식하도록 한다. 이 단계의 교수·학습 활동을 통해 학습자들은
도시 소재시에 형상화된 도시 공간의 경험을 구체적으로 인식하게
될 것이다.

본 단계에서는 앞서 제시한대로, '지하철'이 형상화된 도시 소재
시인 김기택의 <벽>을 예로 들어 논의를 전개할 것이다. 김기택
의 <벽> 전문은 다음과 같다.

> 옆구리에서 아까부터
> 무언가가 꼼지락거리고 있었다.
> 내려다보니 작은 할머니였다.
> 만원 전동차에서 내리려고
> 혼자 헛되이 허우적거리고 있었다.
> 승객들은 빈틈없이 할머니를 에워싸고
> 높고 튼튼한 벽이 되어 있었다.
> 할머니가 아무리 중얼거리며 떠밀어도
> 벽은 꿈쩍도 하지 않았다.
> 할머니는 있는 힘을 다하였으나
> 태아의 발가락처럼 꿈틀거릴 뿐이었다.
> 전동차가 멈추고 문이 열리고 닫혔지만
> 벽은 조금도 흔들림이 없었다.
> 할머니가 필사적으로 꿈틀거리는 동안

꿈틀거릴수록 점점 작아지는 동안
승객들은 빈틈을 더 세게 조이며
더욱 견고한 벽이 되고 있었다.

- 김기택, 〈벽〉104)

1) 텍스트에 형상화된 도시 공간의 특성 인식하기

(1) 도시 공간의 의미, 기능 파악하기

본 교수·학습 활동은 학습자들이 도시 소재시에 형상화된 도시 공간을 파악하고 형상화된 공간의 의미와 기능을 파악하도록 하는 것이다. 이때 교수자는 학습자들이 텍스트에 형상화된 공간의 의미를 왜곡해서 인식하지 않도록, 텍스트에 기반해 공간의 의미를 인식할 수 있도록 지도해야 한다.

김기택의 <벽>에 형상화된 도시 공간은 전동차 안이다. 그런데 이 시에 형상화된 전동차 안은 '승객들은 빈틈없이 할머니를 에워싸고/높고 튼튼한 벽이 되어' '견고한' 만원 전동차 안이다. 이 '견고'함은 '전동차가 멈추고 문이 열리고 닫혔지만/ 벽은 조금도 흔들림이 없'을 정도로 강하다. 승객이 원하는 곳에 내릴 수 있도록 기다려주는 여유와 배려가 거세된 공간인 것이다.

(2) 도시 공간에 대한 느낌 떠올리기

본 교수·학습 활동은 앞서 파악한 도시 소재시에 형상화된 도시 공간의 의미와 기능에서 비롯된 느낌을 떠올려 보는 것이다. 이 활동은 앞 단계인 '경험적 공간의 재현 단계'에서 공간에 대한

---

104) 김기택(2005), 앞의 책.

일상적 느낌을 떠올린 것과 다르다. 교수자는 학습자에게 이 활동이 도시 공간에 대한 일상적 느낌이 아닌, 도시 소재시에 형상화된 모습의 공간에 대한 느낌을 떠올리는 것임을 주지시킬 필요가 있다.

가령, 학습자들은 김기택의 <벽>에 형상화된 전동차 안에 대해 다음과 같은 느낌을 떠올릴 수 있을 것이다.

〈예시 9〉 '텍스트에 형상화된 도시 공간에 대한 느낌 떠올리기'의 예

텍스트에 형상화된 공간 및 의미

☞ '승객들은 빈틈없이 할머니를 에워싸고/높고 튼튼한 벽이 되어' '견고한' 만원 전동차
'전동차가 멈추고 문이 열리고 닫혔지만/ 벽은 조금도 흔들림이 없'을 정도로 기다려주는 여유와 배려가 거세된 공간

텍스트에 형상화된 공간에 대한 느낌

☞ 삭막함, 딱딱함, 경직됨, 융통성 없음, 비인간적, 비정성, 차가움……

---

2) 텍스트에 형상화된 도시 공간 안의 인물(대상) 인식하기

(1) 도시 공간과 인물들의 관계 파악하기

본 교수·학습 활동은 도시 소재시에 형상화된 도시 공간과 다양한 인물(대상)들의 상호 관계를 규명하는 것이다. 이는 다음으로 전개될 '텍스트에 형상화된 인물 특성 파악하기'의 전제가 되는 교수·학습 활동이라 할 수 있다. 그런데 이때 유의할 점은 텍스트 내에 둘 이상의 인물(대상)이 공존하는 경우, 인물(대상)들 사이의 관계나 각기 인물(대상)이 공간에 대해 맺는 관계의 양상이 다를 수 있다는 점이다.

가령 김기택의 <벽>에 등장하는 주요 인물인 '작은 할머니'와

'빈틈없이 할머니를 에워싸고 높고 튼튼한 벽이 되어 있'는 '승객들'의 관계 양상을 생각해볼 수 있다. 이 둘의 관계는 '전동차가 멈추고 문이 열리고 닫혔지만 벽은 조금도 흔들림이 없었다.'에서 드러나듯이, 자동적으로 빠르게 정류장에 머물다 가는 전동차의 공간적 질서에 대한 적응 양상의 차이에 의해 규정된다. '작은 할머니'는 전동차의 빠른 속도에 적응하지 못해 목적을 이루는 데 실패하고 다른 승객들은 적응에 성공하여 전동차가 빠르게 지나쳐 갈 수 있게 '작은 할머니'를 억압할 수 있는 힘을 지닐 수 있게 된 것이다.

(2) 인물의 특성 파악하기

본 교수·학습 활동은 앞서 인식한 도시 소재시에 형상화된 도시 공간과 인물들의 관계를 바탕으로 인물들의 특성을 그 모습과 행위, 기능과 목적, 지니고 있는 생각 등의 요소로 파악하는 단계이다. 이때 교수자는 학습자들이 일상적 공간 속의 인물 특성이 아닌, 반드시 도시 소재시에 형상화된 인물의 특성을 파악할 것을 강조해야 한다. 뿐만 아니라, 인물의 특성이 공간과의 관계가 드러나는 요소로 구현되도록 유도하고, 인물의 개별적이고 독립적인 특성을 상상하여 부여하는 것을 지양하도록 주지시켜야 한다.

① 도시 공간 안에서 인물의 모습과 행위

본 교수·학습 활동은 도시 소재시에서 형상화된 도시 공간 안에서 그 인물이 두드러지게 보여 주는 모습이나 행위를 공간의 특성과 결부하여 인식하는 활동이다. 이때 대상 텍스트에서 형상화하고 있는 인물(대상)이 둘 이상인 경우, 이들 사이의 관계도 고려하여 그 모습과 행동을 파악할 수 있도록 해야 한다.

가령, 김기택의 <벽>에서는 '작은 할머니'와 '승객들'의 모습과 행위가 매우 대조적이다. '작은 할머니'는 '꼼지락거리'고, '꿈틀거리'며, '중얼거리'고 '전동차에서 내리려'하고 있다. 반면, 나머지 승객들은 '꿈쩍도 하지 않'는 '높고 튼튼한' '견고한' 벽처럼 서 있어 '작은 할머니'가 '내리려'는 행동과 상충한다. 이는 정해진 길을 흔들림 없이 매일 움직이면서도 본인이 내려야 할 곳에서 민첩하게 행동해야 하는 전동차라는 공간의 특성과 결부되어 있다. '작은 할머니'의 모습은 느리고 미숙하게 그려져 있고, 다른 승객들의 모습은 흔들림 없는 견고성, 정확성을 연상하게끔 한다.

② 도시 공간 안에서 인물의 기능과 목적

앞서 살펴본 도시 소재시 속 인물의 모습과 행위는 인물의 도시 공간 안에서의 목적과 기능에 의해 드러나는 것이다. 도시 소재시에 형상화된 인물들은 특정한 목표의식을 가지고 공간에 편입되어 있다. 따라서 당연히 자신의 목표를 달성하기 위해 그 공간의 질서를 따르게 된다.

김기택의 <벽>에서 '작은 할머니'는 목표로 하는 정류장에서 '전동차에서 내리'려 하지만, 다른 승객들은 '작은 할머니'의 꿈틀거림으로 견고하고 완결된 자신들의 대형을 흐트러뜨리려 하지 않는다. 이처럼 이 시에서는 같은 공간에서 각기 상이한 목적을 가진 인물들이 상충되고 있다.

③ 도시 공간 안에서 인물의 생각

본 교수·학습 활동은 도시 소재시에 형상화된 공간 안에서의 인물의 행위와 모습, 기능과 목적을 바탕으로, 그 공간 안에서 인물이 갖는 생각을 유추해보는 것이다.

김기택의 <벽>에서 '작은 할머니'는 자신의 목표를 이루지 못한 데에 대한 '짜증스러움', 다른 승객들에 대한 '원망', 자기 자신에 대한 '자책감', 세상의 규범과 속도에 미숙한 데에서 오는 '두려움'등을 느낄 수 있을 것이다. 반면, 다른 승객들은 계속 꿈틀대며 하차하려하는 '작은 할머니'에 대해 '짜증스러움', 자신들이 완결해 놓은 견고한 대형을 흐트러뜨릴 수 없다는 집념을 느낄 수 있다.

3) 텍스트에 형상화된 도시 공간의 분위기, 정서 인식하기

본 교수·학습 활동은 도시 소재시 수용의 두 번째 단계인 '텍스트에 형상화된 공간의 인식 단계'의 가장 마지막 활동이다. 지금까지 인식한 도시 소재시에 형상화된 도시 공간과 그 안의 인물을 통해 그 공간에 대해 형상화된 텍스트 내의 공간에 대한 관점에서 느껴지는 정서와 분위기를 상상하는 것이 본 활동의 목표이다.

김기택의 <벽>에서 느껴지는 정서는 미약하고 느리고 미숙한 '작은 할머니'와 딱딱하고 크고 힘센 '승객들' 다수를 대조시켜, '작은 할머니'의 목표를 좌절하게 만들기 때문에 비정성, 삭막함 등의 정서가 느껴진다.

3. 경험적 재현의 도시 공간과 텍스트에 형상화된
도시 공간 비교 단계

본 단계는 경험적으로 재현된 도시 공간과 도시 소재시에 형상화된 도시 공간을 비교해보는 단계이다. 이는 학습자의 경험적 차원으로서의 경험적 일상성과 텍스트에 형상화된 차원으로서의 텍스트 내의 일상성과 비일상성 사이의 소통을 의도한 단계이다.

이를 위해 학습자들은 경험적 재현의 내용과 텍스트에 형상화된 내용을 비교하는 활동을 해야 한다. 먼저 둘 사이의 공통되는 내용을 바탕으로, 도시 소재시에 반영된 현실로서의 일상성을 도출해 이를 수용하는 교수·학습 활동을 하게 한다. 마찬가지로 둘 사이의 상이한 점도 내용 및 표현에서 찾아, 도시 소재시의 비일상성을 도출해 이를 수용하는 교수·학습 활동을 진행하도록 한다.

1) 경험적 재현의 내용과 텍스트에 형상화된 내용 비교하기

본 교수·학습 활동은 학습자들이 경험적 재현의 내용과 텍스트에 형상화된 내용을 비교하는 것으로, 이는 도시 소재시의 일상성과 비일상성을 도출해내기 위한 선행 활동이다. 이때 경험적 재현의 내용과 텍스트에 형상화된 내용을 공간 차원, 인물 차원, 분위기 및 정서 차원에서 비교하도록 한다.[105]

---

105) 앞선 단계들에서 활동한 것처럼, 공간 차원에서는 공간의 의미 및 기능, 인물 차원에서는 인물의 모습 및 행위, 기능 및 목적, 생각 등을 중심으로 비교하도록 한다.

2) 텍스트에 형상화된 도시 공간에서 경험적 재현의 내용 찾기

본 교수·학습 활동은 앞에서 경험적 재현의 내용과 텍스트에 형상화된 내용을 비교한 결과 도출된 둘 사이의 공통되는 내용을 바탕으로 한다. 이때 도출된 둘 사이의 공통되는 내용은 도시 소재시에 반영된 경험적 현실로서의 일상성이라 할 수 있다.

가령, 경험적 재현의 공간으로서의 '지하철'과 김기택의 <벽>에 형상화된 공간인 '전동차'의 공통되는 내용을 살펴보면 다음과 같다.

〈예시 10〉 '텍스트에 형상화된 도시 공간에서 경험적 재현의 요소 찾기'의 예

		경험적 공간의 재현으로서의 '지하철'	공통된 내용 (일상성)	김기택 <벽>
공간차원	공간의 의미 및 기능	빠른 속도로 편리하게 이동하기 위한 대중 교통수단 ☞ 편리하게 이동하기 위한 사람들이 모인 공간	속도와 편리함을 추구하는 공간	빈틈없이 붐비는 만원 전동차 ☞ 만원 전동차 안의 승객들은 '빈틈없이 할머니를 에워싸고/ 높고 튼튼한 벽이 되어' '전동차가 멈추고 문이 열리고 닫혔지만/ 벽은 조금도 흔들림이 없'을 정도로 강하다. 속도와 편리함 때문에 '할머니' 같은 승객이 원하는 곳에 내릴 수 있도록 기다려주는 여유와 배려가 거세된 공간이다
인물차원	인물의 행위 및 모습	* 노약자석에 앉지 못한 채, 손잡이를 잡고 서서 이리저리 흔들리며 노약자석의 젊은이들을 흘겨보는(못마땅해 하는) 할머니	불편함, 부당함에 소극적으로 의사 표현을 하는 할머니	* '꼼지락거리'고, '꿈틀거리'며, '중얼거리'면서 '전동차에서 내리려'하고 있는 '작은 할머니'의 모습은 미숙하고 약한 '태아'와 같다.
		* 노약자석에 앉아 눈을 감고 있는 젊은이들	안락함과 편리함을 위해 행동하는 사람들	* 나머지 승객들은 '꿈쩍도 하지 않'는 '높고 튼튼한' '견고한' 벽처럼 서 있어 '작은 할머니'가 '내리려'는 행동과 상충한다.
	인물의 목적	'승객'은 보다 편리하고 안락한 이동을 위하여 '손님'의 자격으로 '지하철'이라는 공간과 관계를 맺는다. 따라	모두 편안하고 안락하게 지하철로 목적지까지 이동하는 것이	김기택의 <벽>에서 '작은 할머니'는 목표로 하는 정류장에서 '전동차에서 내리'려 하지만, 다른 승객들은 '작은 할머니'의 '꿈

		경험적 공간의 재현으로서의 '지하철'	공통된 내용 (일상성)	김기택 <벽>
인물 차원	인물의 목적	서 '노약자석에 앉아 눈을 감고 있는' 것과 '노약자석의 젊은이들을 흘겨보는' 것은 지하철 안에서 편안하게 앉아 이동하고 싶어 하는, '손님'이 할 수 있는 행위이다.	목적이다.	틀거림'으로 견고하고 완결된 자신들의 대형을 흐트러뜨리려 하지 않는다. 이처럼 이 시에서는 같은 공간에서 각자가 편리하게 있고 싶은 목적을 가진 인물들이 상충되고 있다.
정서 차원	정서, 분위기	편안하지 않다. 삭막하다 ……	삭막하다	삭막하다. 기계적이다 ……

위의 표에서 볼 수 있듯이 경험적 공간의 재현으로서의 '지하철'과 '전동차(지하철)'를 형상화한 김기택의 <벽> 사이에는 공통된 내용이 있다. 이는 '지하철'이라는 일상적 공간 경험이 문학 텍스트에 반영되고 영향을 끼침을 말해 주고 있는 것이다.

이처럼 도시 공간에서 쉽게 체험할 수 있는 일상이 도시 소재시에 형상화되어 있어, 공감할 수 있는 여지가 많다. 즉 '지하철'을 타 본 사람이라면, 쉽게 승객 누구나 편안하게 탑승하고자 하는 까닭에 노약자석을 두고 벌어지는 신경전을 떠올릴 수 있다.

3) 경험적 재현을 넘어선, 텍스트에 형상화된 내용·표현 찾기

본 교수·학습 활동은 앞에서 경험적 재현의 내용과 텍스트에 형상화된 내용을 비교한 결과 도출된 둘 사이의 상이한 내용 및 표현을 바탕으로 한다. 이때 도출된 둘 사이의 상이한 내용 및 표현은 현실과 경험에 기반한 일상성 너머의 비일상성의 요소와 맞닿아 있다. 도시 소재시에 반영된 경험적 현실로서의 일상을 낯설게 표현하여 익숙한 일상을 재인식하게 하는 것이 도시 소재시의 가장 특징적인 면이다.

가령, 경험적 재현의 공간으로서의 '지하철'과 김기택의 <벽>에 형상화된 공간인 '전동차'의 상이한 내용 및 표현을 살펴보면 다음과 같다.

〈예시 11〉 '경험적 재현을 넘어선, 텍스트에 형상화된 내용·표현 찾기'의 예

		경험적 공간의 재현으로서의 '지하철'	경험적 공간과 상이한 <벽>의 내용 및 표현 (비일상성)	김기택 <벽>
공간 차원	공간의 의미 및 기능	빠른 속도로 편리하게 이동하기 위한 대중 교통수단 ☞ 편리하게 이동하기 위한 사람들이 모인 공간	붐비는 만원 전동차 안: 승객들을 '흔들림 없이 에워싸'고 있는 '벽'의 기능을 하는 것으로 승객의 기능을 바꾸었다.	빈틈없이 붐비는 만원 전동차 ☞ 만원 전동차 안의 승객들은 '빈틈없이 할머니를 에워싸고/높고 튼튼한 벽이 되어' '전동차가 멈추고 문이 열리고 닫혔지만/ 벽은 조금도 흔들림이 없'을 정도로 강하다. 속도와 편리함 때문에 '할머니' 같은 승객이 원하는 곳에 내릴 수 있도록 기다려주는 여유와 배려가 거세된 공간이다.
인물 차원	인물의 행위 및 모습	* 노약자석에 앉지 못한 채, 손잡이를 잡고 서서 이리 저리 흔들리며 노약자석의 젊은이들을 흘겨 보는 할머니	'작은 할머니'의 내리려는 모습을 '태아'에 어울리는 표현으로 형상화	* '꼼지락거리'고, '꿈틀거리'며, '중얼거리'면서 '전동차에서 내리려'하고 있는 '작은 할머니'의 모습은 미숙하고 약한 '태아'와 같다.
		* 노약자석에 앉아 눈을 감고 있는 젊은이들	승객들의 기능을 '벽'의 기능으로 대체하여 할머니와 대립적 이미지를 부각시킴	* 나머지 승객들은 '꿈쩍도 하지 않'는 '높고 튼튼한' '견고한' 벽처럼 서 있어 '작은 할머니'가 '내리려'는 행동과 상충한다.
	인물의 목적	'승객'은 보다 편리하고 안락한 이동을 위하여 '손님'의 자격으로 '지하철'이라는 공간과 관계를 맺는다. 따라서 '노약자석에 앉아 눈을 감고 있는' 것과 '노약자석의 젊은이들을 흘겨보는' 것은 지하철 안에서 편안하게 앉아 이동하고 싶어	할머니가 '내려야' 하는 '극적인 상황과 나머지 승객들의 효율성이 극단적 대조를 이룸.	김기택의 <벽>에서 '작은 할머니'는 목표로 하는 정류장에서 '전동차에서 내리'려 하지만, 다른 승객들은 '작은 할머니'의 '꿈틀거림'으로 견고하고 완결된 자신들의 대형을 흐트러뜨리려 하지 않는다. 이처럼 이 시에서는 같은 공간에서 각자가 편리하게 있고 싶은 목적을 가진 인물들

		경험적 공간의 재현으로서의 '지하철'	경험적 공간과 상이한 <벽>의 내용 및 표현 (비일상성)	김기택 <벽>
인물 차원	인물의 목적	하는, '손님'이 할 수 있는 행위이다.		이 상충되고 있다.
정서 차원	정서, 분위기	편안하지 않다, 삭막하다 ………	삭막함이 '벽'이라는 고체적인 이미지로 더욱 부각	삭막하다, 기계적이다……

위의 표에서 볼 수 있듯이 경험적 공간의 재현으로서의 '지하철' 과 '전동차(지하철)'를 형상화한 김기택의 <벽> 사이에는 상이한 내용과 표현이 있다. 상이한 내용과 표현 중 가장 두드러진 것이 바로 승객들을 '벽'으로 표현하는 '물화'와 승객들의 본래 기능과 목적을 '벽'의 기능으로 바꾸는 문학적 형상화이다. 이와 같은 비일상성을 통해 공간의 질서에 따르는 인물들의 일상을 재인식하게 하고 비판적으로 바라보게 하는 것이다.

4. 일상 공간에 대한 인식 확장 단계

본 단계는 도시 소재시의 수용을 위한 교수·학습의 마지막으로 다시 학습자 차원으로 되돌아오는 단계이다. 학습자들은 수용의 마지막 단계에서 일상 공간에 대한 인식의 확장을 경험하게 된다. 따라서 이를 위해 앞 단계에서 감상한 도시 소재시와 다른 공간에서 유사 경험 떠올리기 같은 공간에서 다른 경험 떠올리기 등의 교수·학습 활동을 할 수 있다.

1) 다른 공간에서 유사 경험 떠올리기

본 교수·학습 활동은 앞 단계에서 감상한 도시 소재시와 다른 공간에서 유사한 경험을 떠올려 일상 공간에 대한 인식을 확장하는 데에 중점을 둔 것이다.

우선 다른 공간에서 앞서 감상한 도시 소재시와 유사한 공간과 인물의 관계가 드러난 경우를 떠올려 볼 수 있다. 이 활동을 통해 학습자들은 공간이 달라도, 공간을 지배하는 질서나 그 안의 인물들의 모습이 유사할 수 있음을 인식할 수 있다. 이는 나아가 '도시'라는 큰 범주의 공간적 특성이 그 안의 개별적 공간 곳곳의 공간과 인물의 관계에까지 반영되어 있음을 이해하는 과정이기도 하다. 따라서 도시 소재시 한 편에 형상화된 개별적인 공간의 질서, 그 공간과 인물의 관계를 이해하는 것은 다른 도시 공간에 대한 이해 및 인식의 확장을 가져오는 유의미한 활동임도 확인할 수 있다.

가령, 김기택의 <벽>을 이 교수·학습 활동에 적용해보면 다음과 같다.

〈예시 12〉 '다른 공간에서 유사한 공간 내의 질서가 드러난 경우'의 예

	김기택 <벽>	유사한 경험
공간	전동차 안	출근 시간 대기업 인근 지하철 역
공간 내의 질서	다수의 편리함과 효율성에 희생할 수밖에 없는 나약한 소수	출구로 나가는 대다수의 사람들 때문에 지하철역으로 지하철을 타러 진입하는 것이 어려웠던 경험

또, 다른 공간에서 앞서 감상한 도시 소재시와 유사한 정서와 분위기가 드러난 경우를 떠올려 볼 수 있다. 이 활동을 통해 학습

자들은 공간이 달라도, 다른 공간에서 느껴지는 정서와 분위기가 유사할 수 있음을 인식할 수 있다. 이는 나아가 '도시' 전체가 주는 느낌으로 확장해서 생각해볼 수 있는 여지도 남겨준다. 따라서 도시 소재시 한 편에 형상화된 개별적인 공간에서의 정서와 분위기를 느끼는 것은 도시에서 살아가는 현대인들의 일반적인 정서를 이해할 수 있는 단초를 제공해 줄 수 있다. 이는 도시를 소재로 한 서정적인 텍스트를 수용하고 창작하는 데에 바탕이 될 수 있다는 점에서 충분히 의미가 있다.

가령 김기택의 <벽>을 이 교수·학습 활동에 적용해보면 다음과 같다.

〈예시 13〉 '다른 공간에서 유사한 공간 내의 정서, 분위기가 드러난 경우'의 예

	김기택 <벽>	유사한 경험
공간	전동차 안	화려한 도심 거리
공간 내의 질서	다수의 편리함과 효율성에 희생할 수밖에 없는 나약한 소수	사람들 사이에 홀로 서 있는 구세군
공간 내의 정서, 분위기	삭막함, 비정함, 기계적	삭막함, 비정함, 기계적

2) 같은 공간에서 다른 경험 떠올리기

본 교수·학습 활동은 앞 단계에서 감상한 도시 소재시와 같은 공간에서 다른 경험을 떠올려 일상 공간에 대한 인식을 확장하는 데에 중점을 둔 것이다.

우선, 앞서 감상한 도시 소재시와 같은 공간에서 다른 공간과 인물의 관계나 공간 내의 질서가 드러난 경우를 떠올려 볼 수 있

다. 이 활동을 통해 학습자들은 공간이 같아도 시간, 시점, 공간을 활용하는 목적 등에 따라 공간과 인물의 관계나 공간 내의 질서가 다를 수 있음을 인식할 수 있다. 이는 나아가 누구나 경험하는 익숙한 일상의 공간이라도 이를 바라보는 개개인의 시선이나 위치, 시간 등의 여건에 따라 그것이 다양한 의미를 내포할 수 있음을 이해하는 과정이기도 하다. 따라서 도시 소재시 한 편에 형상화된 개별적인 공간의 질서 그 공간과 인물의 관계를 이해하는 것은 다양한 관점으로 문학을 수용하고 창작할 수 있는 시작점이 된다는 점에서 유의미하다.

가령 김기택의 <벽>을 이 교수·학습 활동에 적용해보면 다음과 같다.

〈예시 14〉 '같은 공간에서 다른 공간 내의 질서가 드러난 경우'의 예

	김기택 <벽>	다른 경험
공간	전동차 안	전동차 안
공간 내의 질서	다수의 편리함과 효율성에 희생할 수밖에 없는 나약한 소수	다양한 사람들의 옷차림을 통해 최근의 패션 경향을 가늠해보는 경험

또 앞서 감상한 도시 소재시와 같은 공간에서 다른 정서와 분위기가 드러난 경우를 떠올려 볼 수 있다. 이 활동을 통해 학습자들은 공간이 같아도 시간, 시점, 공간을 활용하는 목적 등에 따라 느껴지는 정서와 분위기가 다를 수 있음을 인식할 수 있다. 이는 나아가 누구나 경험하는 익숙한 일상의 공간이라도 이를 바라보는 개개인의 시선이나 위치, 시간 등의 여건에 따라 그것이 다양한 정서와 분위기를 내포할 수 있음을 이해하는 과정이기도 하다. 따

라서 도시 소재시 한 편에 형상화된 개별적인 공간의 질서 그 공간과 인물의 관계를 이해하는 것은 다양한 정서와 분위기로 문학을 수용하고 창작할 수 있는 시작점이 된다는 점에서 유의미하다.

　가령, 김기택의 <벽>을 이 교수·학습 활동에 적용해보면 다음과 같다.

〈예시 15〉 '같은 공간에서 다른 정서, 분위기가 드러난 경우'의 예

	김기택 <벽>	다른 경험
공간	전동차 안	전동차 안
공간 내의 질서	다수의 편리함과 효율성에 희생할 수밖에 없는 나약한 소수	할머니께 자리를 양보함
공간 내의 정서, 분위기	삭막함, 비정함, 기계적	따뜻함, 인정 있음, 인간미

C 도시 소재시의 창작 교수·학습 방안

　본 연구에서 제안하는 도시 소재시 창작을 위한 교수·학습은 다음과 같은 단계로 이루어진다.

창작의 초점화	창작의 단계		창작의 내용
현 실	경험적 일상의 공간 재현		경험적 일상성
⇩	⬇		⇩
현 실 ↓ 문학적 형상화된 현실	경험적 공간의 문학적 형상화		경험적 일상성 ↓ 경험적 일상성과 비일상성의 결합
⇩	⬇		⇩
문학적 형상화된 현실	글쓰기		문학적 형상화된 일상성과 비일상성
⇩			⇩
현실 ⇕ 문학적 형상화된 현실	경험적 일상의 공간	← 비교 → 텍스트에 형상화된 공간	경험적 일상성 ⇕ 문학적 형상화된 일상성과 비일상성

　　도시 소재시의 창작은 학습자의 일상적 경험의 공간으로서의 도시 공간을 재현하는 데에서 시작하여 학습자들이 창작한 텍스트와 스스로의 일상적 공간 경험을 비교해 현실과 문학적 형상화가 이루어진 현실에 대한 인식을 하는 것으로 귀결된다. 이를 위해 학습자는 경험적 일상성과 비일상성을 결합하여 '경험적 공간의 문학적 형상화'를 바탕으로 한 글쓰기(창작)를 하게 된다.

　　본 절에서는 경험적 도시 공간으로 '노동 공간'인 '사무실'이 형상화된 도시 소재시인 김기택의 <사무원>의 창작과정을 유추하여 교수·학습의 단계와 활동을 제시하고자 한다.106)

---

106) 여기서는 김기택의 <사무원>을 바탕으로 창작의 과정을 유추하여 창작 교수·학습의 단계와 활동을 제안하는 것이므로 창작 교수·학습 단계, 활동의 요소에 중점을 둔다. 즉 김기택의 <사무원>에서 표현하고 있는 사무실의 사무직 인물이 학습

1. 경험적 도시 공간의 재현 단계

본 단계는 학습자들이 지속적으로 경험하는 도시 공간 중 특정 공간을 선택하여 그 일상성을 구체화하는 단계이다. 이를 위해 학습자들은 공간의 일상적 특성과 느낌을 떠올려 보고 그 공간에 어울리는 일상적 인물을 설정해보는 활동을 한다. 그리고 그 공간과 인물이 어우러진 장면의 분위기와 정서를 일상적 차원에서 상상하도록 한다. 이 단계의 교수·학습 활동을 통해 학습자들은 일상 속에 자연스럽게 스쳐가는 도시 공간의 경험을 구체적으로 인식하게 될 것이다.

1) 경험적 도시 공간의 특성(일상성) 인식하기

(1) 일상적 도시 공간 선택하기

본 교수·학습 활동에서 학습자들은 직접 체험하는 경험적 도시 공간을 선택해야 한다. 교수자는 학습자들이 특별한 목적으로 일회적 경험을 하는 공간을 선택하는 것은 되도록 지양하고 지속적으로 경험하는 일상의 공간을 선택하도록 유도해야 한다. 지속적 경험이 축적된 공간을 선택하는 것이 일상을 비일상적으로 표현하여 일상을 재인식하고 비판할 수 있도록 하는 도시 소재시의 특성을 실현하기에 적절하기 때문이다.

이를 위해 앞 절의 '수용하기'에서 제시한 것과 같이 사전에 자

자들의 직접 경험과 거리감이 있다는 점을 감안한 논의임을 밝히는 바이다. 또한 이미 텍스트화된 시의 창작 과정을 유추하는 것이므로, 앞서 언급했던 도시 소재시의 다양한 교수·학습 요소가 골고루 언급되지 못할 수 있다.

신의 하루를 기록하는 학습지[107])를 작성해 활용할 수 있다. 다만 '수용하기'와 비교해 '창작하기'는 학습자들에게 보다 다양함을 경험하게 할 필요가 있다. 학습자들이 다양한 요소들을 창작의 초기 단계에 접하는 것이 보다 풍부한 상상력을 자극하는 역할을 할 수 있기 때문이다. 따라서 단순히 자신의 하루를 기록하여 반복되는 일상의 공간을 선택하는 데에서 나아가 다른 학습자들과 하루에 대한 기록을 공유하는 것이 좋다.

가령, 거의 유사한 시공간에서 일상생활을 한다 해도, 그 안에서의 행위나 느낌, 생각은 사람마다 다를 수 있다. 도시 소재시의 수용과 창작을 하고자 할 경우, 이렇게 서로 유사하거나 다른 부분을 발표나 모둠활동 등을 통해 공유할 수 있다. 따라서 학습자들은 '일상적 도시 공간 선택하기'인 본 단계에서 많은 학습자들의 지속적으로 경험하는 공간, 자신만이 지속적으로 경험하는 공간, 같은 공간에서의 상이한 정서나 유사한 정서, 다른 공간에서의 상이한 정서나 유사한 정서가 무엇인지 인지할 수 있다. 이와 같은 인지를 바탕으로 학습자들은 자신이 더 자신감 있게 창작할 수 있는 일상적 공간이 어디인지 선택할 수 있다. 이는 그 동안 문학 창작 교육이 지극히 개인적이고, 단순히 백지를 채워 작품을 완성하는 식으로 이루어지던 것을 극복하게 하는 초석이 된다. 창작의 초기 단계에 학습자들의 다양한 생각과 경험을 공유하게 함으로써 더 다양한 창작의 재료를 확보하고, 나아가 타인을 통해 자신을 더 잘 이해할 수 있도록 할 수 있다.

---

107) <부록 1>: 사전 학습지 <나의 하루 기록하기>

(2) 도시 공간의 일상적 의미, 본래적 기능 떠올리기

적절한 도시 공간을 선택한 후에는 선택한 공간의 일상적 의미나 본래적 기능을 떠올려 보도록 한다. 이때 학습자들에게 사전을 활용하게 하면 선택한 도시 공간의 일상적, 본래적 의미나 기능을 보다 명확히 인식하게 할 수 있다.

가령, 선택한 도시 공간이 '사무실'이라면, 다음의 사전적 정의[108]를 활용할 수 있다. '사전적 정의'를 활용하는 방법은 학생들의 의미 상상이 사전적 정의를 바탕으로 이루어짐으로써 상상력에 제한을 줄 수도 있다. 그러나 한편으로는 현실(실제)세계의 의미를 다시 한 번 인식하게 하여, 자아와 관계를 맺는 세계의 모습을 다시금 생각할 수 있는 기회를 제공해 줄 수 있는 장점이 있다. 현실의 모습을 일상적, 본래적으로 인식하는 것은 문학이 현실을 바탕으로 이루어짐을 생각해볼 때, 창작을 위한 가장 기본적인 전제가 된다고 하겠다.

〈예시 16〉 '도시 공간의 일상적 의미, 본래적 기능 떠올리기'를 위한 사전활용의 예

```
사무실 명 사무를 보는 방
사무 명 자신이 맡은 직책에 관련된 여러 가지 일을 처리하는 일.
      주로 책상에서 문서 따위를 다루는 일을 이른다.
```

위와 같이 사전을 활용하여 이루어진, 창작을 위한 첫 번째 단계인 '경험적 공간의 특성(일상성) 인식하기'의 구체적 교수·학습 활동 - '일상적 도시 공간 선택하기', '도시 공간의 일상적 의미, 본래적 기능 떠올리기' - 의 예는 다음과 같다.

---

108) http://www.korean.go.kr/08_new/index.jsp

		① 일상
		ⓐ 정의/ 기능
공간	사무실	사무 관련 일을 하기 위해 가는 곳

2) 경험적 도시 공간 안의 인물(대상) 설정하기

⑴ 일상적 도시 공간 안의 일상적 인물(대상) 설정하기

선택한 도시 공간의 특성(일상성)을 인식하게 한 후에는, 학습자들에게 그 공간에 적절한 일상적 인물이나 대상을 설정하도록 한다. 이때 인물이나 대상은 그 공간의 특성에 부합하도록 설정하게 한다.

가령, 앞서 제시한 '사무실'이라는 공간에 적절한 인물을 다양하게 설정해보면 다음과 같다.

〈예시 18〉 일상적 도시 공간 안의 일상적 인물(대상) 설정하기의 예

*'사무실' 안의 일상적 인물
☞ 사무원, 사장, 임시 고용 사무원, 사무실 청소 담당자 ……

위의 예에서 제시한 '사무실' 안의 일상적 인물들은 '사무실'이라는 공간 안의 역할을 인지할 수 있는 명칭으로 제시되어 있다. 이들은 '사무실'이라는 특정 공간의 질서와 기능, 목적에 따라 특정 명칭으로 불린다. 이것은 이들은 특정 개인으로서의 모습보다 '사무실'의 기능과 목적, 효율성을 수행하기 위한 '사무실'의 분할된 기능으로서의 특성을 지닌 존재임을 드러낸 것이다.

(2) 인물의 특성 부여하기

본 단계에서는 앞서 설정한 인물의 특성을 그 모습과 행위, 기능과 목적, 생각 등의 요소로 구현해내도록 한다. 이때 교수자는 학습자들이 인물의 특성을 반드시 공간과 인물의 관계가 드러나는 요소로 구현하도록 유도하고, 인물의 개별적이고 독립적인 특성을 상상하여 부여하는 것을 지양하도록 주지시켜야 한다.

① 도시 공간 안에서 인물의 모습과 행위

앞서 선택한 특정 도시 공간 안에서 그 인물이 두드러지게 보여주는 모습이나 행위를 공간의 특성과 결부하여 설정해보는 활동이다. 이때 교수자는 학습자들이 설정한 인물의 행위나 모습을 선택한 특정 도시 공간 안이기 때문에 가능한, 즉 다른 공간에서는 하기 힘든 것으로 설정하도록 유도한다.

가령 '사무실'에서의 '사무원'의 행동은 다음과 같을 것이다.

〈예시 19〉 '도시 공간 안에서 인물의 모습과 행위 떠올리기' 활동의 예

'사무실' 안의 '사무원'의 모습, 행위
☞ 하루 종일 앉아만 있다. 쉴 틈 없이 일만 한다. 당당하지 못해 보인다. 힘들어 보인다. 건강하지 못한 모습이다 ……

② 도시 공간 안에서 인물의 기능과 목적

인물의 모습과 행위는 인물의 도시 공간 안에서의 목적과 기능에 의해 드러나는 것이다. 이는 도시 공간과 인물의 관계를 염두에 두고 생각해보는 것이 중요하다. 이때 그 공간 안에서 인물을 따로 지칭하는 명칭이 있다면 학습자들에게 사전을 활용하게 하여

인물의 공간 안에서의 일상적, 본래적 의미나 기능을 보다 명확히 인식하게 할 수 있다.

가령 앞에서 설정한 '사무원', '사장', '임시 사무직원', '사무실 청소 담당자' 중에서 선택한 인물이 '사무원'이라면, 다음의 사전적 정의[109]를 활용할 수 있다.

〈예시 20〉 '도시 공간 안에서 인물의 기능과 목적 떠올리기'를 위한 사전활용의 예

사무원 명 = 사무직원
사무직원 명 일반 사무를 맡아보는 직원
사무 명 자신이 맡은 직책에 관련된 여러 가지 일을 처리하는 일.
　　　 주로 책상에서 문서 따위를 다루는 일을 이른다.
사무 – 적(一的) [사 : – –]
관 「1」 사무에 관한. 또는 그런 것.
　　¶ 그 회사는 사정이 어려워지자 퇴직하신 아버지를 다시 모셔 사무적 지원을 받았다.
　　‖ 그녀는 사장으로부터 사무적인 능력을 인정받았다.
　　「2」 행동이나 태도가 진심이나 성의가 없고 기계적이거나 형식적인. 또는 그런 것.
　　¶ 친절하고 예의 바른 그 사람이 공적인 자리에서 나를 그렇게 사무적 태도로 대해 매우
　　　 당황했다.
　　‖ 사무적인 말투는 듣는 사람을 늘 불편하게 만든다.

③ 도시 공간 안에서 인물의 생각

본 교수·학습 활동은 도시 공간 안에서의 인물의 행위와 모습, 기능과 목적을 바탕으로 그 공간 안에서 인물이 갖는 생각을 유추해보는 것이다. 이를 통해 도시 공간과 그 안의 인물의 관계에서 비롯되는 인물의 반응을 상상할 수 있다. 가령, '사무실'의 '사무원'의 경우는 다음과 같은 생각을 지닐 수 있을 것이다.

---

109) http://www.korean.go.kr/08_new/index.jsp

〈예시 21〉 '도시 공간 안에서 인물의 생각'을 상상하는 활동의 예

'사무실' 안에서 '사무원'의 생각
☞ '할 일이 너무 많아 숨 쉴 틈도 없는 것 같다. 가끔 도시락으로 허겁지겁 끼니를 해결하며 일
을 할 때, 내가 꼭 이렇게까지 하며 살아가야 하나…… 이런 생각이 든다. 그러나 상사에게
굽실굽실 거리며, 하루하루 직장에서 버틸 수 있는 것도 다행스러울 때가 많다. 내가 여기서
나가면 할 수 있는 일이 뭐가 있을까? 그러니, 매일 기계같이 앉아서 일할 수밖에…… 난 앉
아서 일만 하는 기계다.'

도시 공간 안의 일상적 인물 설정하기 및 그 인물의 특성 부여
하기를 바탕으로 한 창작을 위한 두 번째 단계인 '경험적 도시 공
간 안의 인물(대상) 설정하기'의 구체적 교수·학습 활동110)의 예는
다음과 같다.

〈예시 22〉 '경험적 도시 공간 안의 인물(대상) 설정하기'의 예

		① 일상
		ⓐ 정의/ 기능
인물	사무원	온종일 앉아 돈벌이를 위해 문서 관련 일을 하는 사람 (인물의 생각: '일하는 것이 힘들지만, 직장에 남아있기 위해 기계같이 일 해야 한다.')

사실, '경험적 도시 공간 안의 인물(대상) 설정하기'는 창작의 초
기단계에 해당하므로, 앞서 언급했듯이 보다 다양한 활동이 이루어
지는 것이 바람직하다. 그래서 학습자들이 설정한 경험적 도시 공간
안의 인물(대상)의 다양한 면모를 서로 공유하게 하는 것이 좋다.

그러나 이때 단순히 책상에 멍하니 앉아 공간 안의 인물을 떠올
리기 보다는 적극적으로 여러 자료를 찾아보는 것이 좋다. 활용할

---

110) 일상적 공간 안의 일상적 인물(대상) 설정하기 및 인물의 특성 부여하기(공간 안에서
인물의 모습과 행위, 기능과 목적, 생각).

수 있는 자료로 본 연구에서는 앞서 '사전'을 활용한 예만 제시하였다. 그러나 인터넷이나 신문, 서적 등등 다양한 자료를 찾아 학습자들끼리 공유한다면 최종적으로 더 만족스런 결과물이 나올 수 있다. 실제로 기성 작가들의 경우도 충분한 자료 조사와 취재를 하여 창작에 임한다. 고로, 기존에 이뤄진 창작 교육처럼 교실에 앉아 텅 빈 종이 위에 창작을 하게 하는 데에서 벗어나 스스로 자료를 찾게 함으로써 학습자들이 창작에 대해 갖는 '막연함'을 해소할 수 있다.

가령, '사무실'의 '사무원'이라는 인물(대상)을 설정함에 있어 다음[111]과 같은 자료를 활용할 수도 있다.

---

111) <예시자료 1>: EBN 2007.06.14 신문기사
http://imagesearch.naver.com/search.naver?where=idetail&rev=4&query=%C1%F7%C0%
E5%C0%CE&from=image&ac=- -=0&merge=0&spq=1&start=1&a=pho_l&f=nx&r=
1&u=http%3A%2F%2Fnews.naver.com%2Fmain%2Fread.nhn%3Fmode%3DLSD%26m
id%3Dsec%26sid1%3D103%26oid%3D022%26aid%3D0000239189
<예시자료 2>: 인터넷에서 검색
http://imagesearch.naver.com/search.naver?where=idetail&rev=4&query=%C1%F7%C0
%E5%C0%CE&from=image&ac=- 1&sort=0&res_fr=0&res_to=0&merge=0&spq=1
start=1&a=pho_l&f=nx&r=1&u=http%3A%2F%2Fnews.naver.com%2Fmain%2Fread.
nhn%3Fmode%3DLSD%26mid%3Dsec%26sid1%3D103%26oid%3D022%26aid%3D0
000239189
<예시자료 3>: 인터넷에서 검색-'회사가기시러쏭'의 가사. 동영상도 웹상에 많이 있음.
http://blog.naver.com/yerim61?Redirect=Log&logNo=110021988947

〈예시 23〉 '경험적 도시 공간 안의 인물(대상) 설정하기'를 위해 활용 가능한 자료의 예

〈예시자료 1〉

직장인 65.8%, "스트레스로 질병 경험 있다"

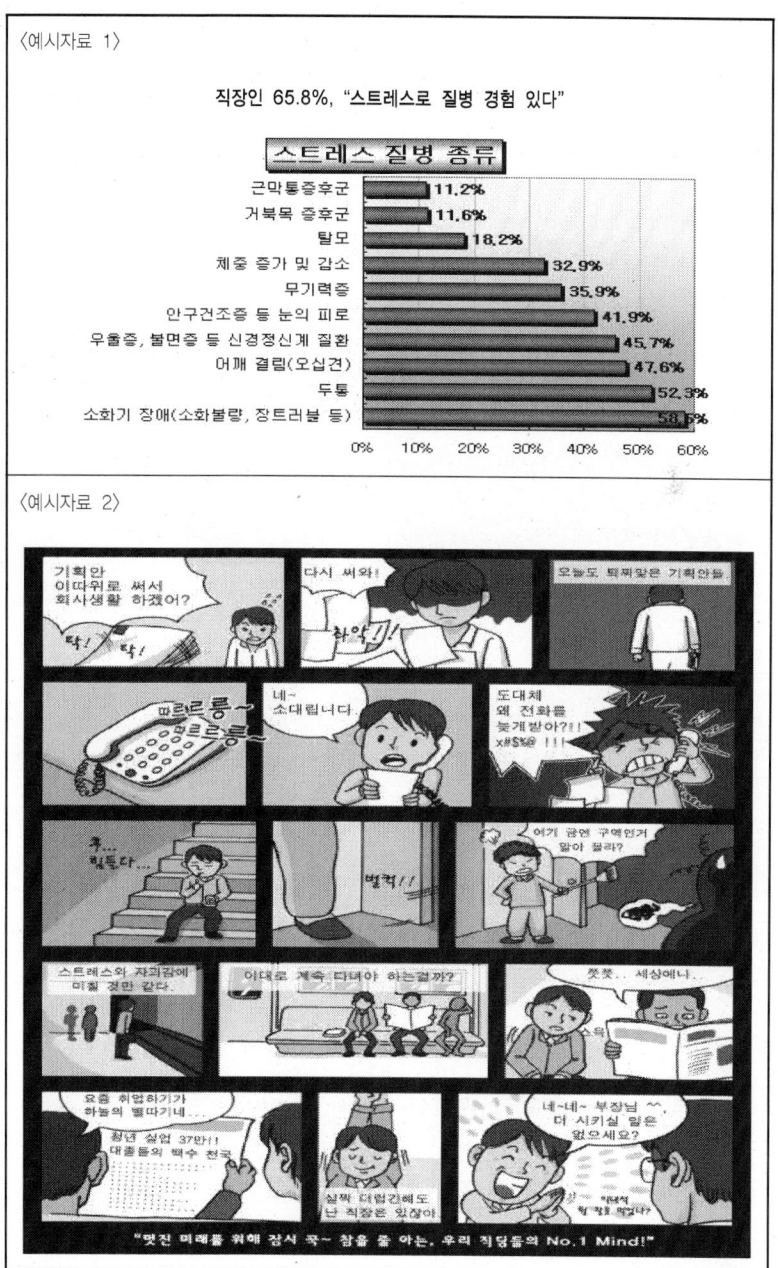

〈예시자료 2〉

<예시자료 3>

이용신 - 회사가기시러쏭 ♪

회사가기 시러 (시러 시러)
회사가기 시러 (어우 시러)
회사가기 시러
회사 회사 가기 시러라

백수 때는 몰랐었지 (뭐 안되겠니)
모든 것이 부럽기만 했었지
(아 부러워)
나를 알아주지 못하는 사회 원망하며

잠든 날도 많았지
누군가는 눈물 나게
가고 싶은 회사란걸 (맨날 가고파)
올챙이 시절을 까맣게

잊어버렸던 거야
근데 이젠 회사가기 시러
(시러 시러)
회사가기 시러 (어우 시러)

회사가기 시러

회사 회사 가기 시러라
짜증맨 부장님의 호통 소리
(야 야 야)

비수처럼 때리곤 뒤끝 없다 (에구)
혼자만 뒤끝 없는 사람들이
세상에서 제일 무서워 워 워
잡일로 하루종일 시달리고

딴지 태클
내 꿈은 멀어지고 출근 전쟁에다
퇴근 눈치 항상 고민되는 것
점심 메뉴

회사가기 시러 (시러 시러)
회사가기 시러 (어우 시러)
회사가기 시러 (싫다구)
회사 회사 가기 시러라
(싫다니깐)
회사 회사 가기 시러라
(어우 시러)

위의 <예시자료 1>을 통해서 사무실 안의 사무원들의 행위, 모습, 그리고 기능 등에 대해 생각해볼 수 있다. 또 <예시자료 2>와 <예시자료 3>에서는 사무원들의 일상과 거기서의 느낌, 정서를 함께 느낄 수 있다. 이런 자료수집의 활동을 통해 보다 다양하고 풍부한 창작의 기반을 다질 수 있다.

3) 경험적 도시 공간의 분위기, 정서 상상하기

본 교수·학습 활동은 도시 소재시 창작에서 '경험적 공간의 재현'의 가장 마지막 활동이다. 지금까지 설정하고 유추한 일상적 차원의 도시 공간과 그 안의 인물을 통해 그 공간에 대해 자유롭게 상상하는 것이 본 활동의 목표이다. 이를 위해서 학습자들로 하여금 설정한 인물과 공간에 대한 자유로운 느낌을 열거한 후, 가장 공감이 가는 느낌 한두 가지를 선택하도록 한다. 자유로운 느낌을 학습자들이 모둠활동 등을 통해 공유하는 것도 좋다.

가령, 앞의 교수·학습 활동을 바탕으로 '사무실'이라는 공간의 분위기와 정서를 상상해보면 다음과 같다.

⟨예시 24⟩ '경험적 도시 공간의 분위기, 정서 상상하기'의 예

		① 일상	
		ⓐ 정의/ 기능	ⓑ 느낌
공간	사무실	사무 관련 일을 하기 위해 가는 곳	반복적이다 **참아야 한다: 선택** **엄격하다: 선택** 규칙적이다 살벌하다
인물	사무원	온종일 앉아 돈벌이를 위해 문서 관련 일을 하는 사람 (인물의 생각: '일하는 것이 힘들지만, 직장에 남아있기 위해 기계같이 일해야 한다.')	안정감 **갑갑함: 선택** **바쁨: 선택** ……

2. 경험적 공간의 문학적 형상화 단계[112]

본 단계는 앞 단계에서 구체화한 일상적 도시 공간을 문학적으

---

112) 여기서는 김기택의 <사무원>을 바탕으로 유추한 것으로, 앞서 제시한 도시 소재시의 비일상성으로서의 문학적 형상화 방법들 중, '이름과 기능의 감추기와 드러내기'를 바탕으로 구성하였다. 물론, 본 연구에서는 V장에서도 Ⅳ장의 논의에 따라 이름이나 기능의 감추기, 드러내기 등의 기법을 바탕으로 논의할 것이다. 그러나 도시 소재시의 비일상성으로서의 문학적 형상화 방법이었던 '물화시키기', '병치'와 '아이러니' 기법도 충분히 창작 교육에서 활용 가능한 기법적 측면임을 밝혀두는 바이다. 가령, 사무실의 사무원을 소재로 글을 쓸 때 사무원을 의자, 책상, 컴퓨터 등으로 물

로 형상화하는 단계이다. 이는 경험의 재현과 글쓰기를 잇는 단계로 경험적 일상성을 경험적 비일상성과 결합하여 문학적 형상화를 이루어내는 것을 중점으로 하는 단계이다.

1) 경험적 도시 공간에서 다른 공간 연상하기

본 교수·학습 활동은 앞서의 경험적 도시 공간의 일상성에서 나아가 이를 다른 공간의 특성과 연결 짓는 활동이다. 이때 경험적 도시 공간과 다른 공간의 매개는 앞서 학습자들이 떠올린 경험적 도시 공간에 대한 정서와 분위기이다. 즉 공통된 정서와 분위기를 기반으로 두 공간을 가로질러, 경험적 도시 공간의 일상성에 비일상적 요소를 결합시키는 것이다.

가령, 앞서 예로 들었던 '사무실'이라는 공간에서 느껴지는 주된 정서를 바탕으로 본 활동을 해보면 다음과 같다.

〈예시 25〉 '경험적 도시 공간에서 다른 공간 연상하기'의 예

		① 일상		② 비일상	
		ⓐ 정의/ 기능	ⓑ 느낌	ⓒ 문학적 형상화	
공간	사무실	사무 관련 일을 하기 위해 가는 곳	반복적이다 **참아야 한다: 선택** **엄격하다: 선택** 규칙적이다 살벌하다	엄격하지만 참아야 하는 공간	절 (사찰)
	∟	→ → →	→ 공통된 정서, 분위기 →		↗

화시키거나, 사무실 안의 여러 인물이나 사물들을 병치시키는 방법도 창작에 활용할 수 있다. 또 사무실에 머물기 싫어하는 상황이나 정서와 직장에 남고 싶은 마음을 결합하여 아이러니와 역설의 기법으로 텍스트를 생산할 수 있다.

'사무실'에서 '엄격함'과 '참아야' 함을 느낀 학습자들은 '엄격함'과 '참아야' 함이 가장 두드러진 다른 공간을 연상해야 한다. 연상한 다른 공간이 '절(사찰)'이라면, 다음 교수·학습 활동에서 '절(사찰)' 안의 새로운 인물과 상황을 설정하도록 한다.

2) 다른 공간의 일상적인 새로운 인물, 상황 설정하기

여기서는 앞선 교수·학습 활동에서 경험적 도시 공간과 연결시킨 다른 공간 안의 새로운 인물과 상황을 설정해보는 활동을 시행한다. 이때 역시 그 다른 공간과의 관계하에 있으면서 그 공간 안에서 쉽게 떠올릴 수 있는 인물과 상황을 설정하는 것이 중요하다. 그리고 새로운 인물, 상황과 원래 경험적 도시 공간 안의 인물, 상황을 '공간'의 경우와 같이 연계시키도록 한다.

앞에서 예로 들었던 '사무실'과 '절'을 연결 지은 경우를 다시 살펴보자.

〈예시 26〉 '다른 공간의 일상적인 새로운 인물, 상황 설정하기'의 예

		① 일상		② 비일상	
		ⓐ 정의/ 기능	ⓑ 느낌/특성	ⓒ 문학적 형상화	
공간	사무실	사무 관련 일을 하기 위해 가는 곳	반복적이다 **참아야 한다: 선택** **엄격하다: 선택** 규칙적이다 살벌하다	엄격하지만 참아야 하는 공간	절 (사찰)
인물	사무원	온종일 앉아 돈벌이를 위해 문서 관련 일을 하는 사람	안정감 바쁨 **갑갑함: 선택** **오래 앉아있음: 선택**	갑갑하게 오래 앉아 있어야 하는 사람	스님 (수도승)

위에서 볼 수 있듯이, '사무실'과 '절'이라는 공간 사이의 관계뿐만 아니라, 그 공간 내의 가장 일상적 인물이라 할 수 있는 '사무원'과 '스님(수도승)'도 자연스럽게 정서를 매개로 연계되어 있다.

3) 경험적 도시 공간에 새로운 인물과 상황 결합하기

본 교수·학습 활동은 '경험적 공간의 문학적 형상화'의 최종 단계로 경험적 공간과 인물을 새로운 공간, 인물과 결합시켜 도시 소재시의 특성인 일상의 비일상화를 시도하는 것이 중점이다. 이때 경험적 공간과 인물에 새로운 공간과 인물의 특성을 침투시켜, 경험적 장면을 낯설게 인식하도록 해야 한다. 이를 통해 익숙한 일상은 낯설어지고 그럼으로써 독자는 일상을 재인식하고 그 안의 질서를 폭로하고 비판할 수 있게 되는 것이다.

'사무실의 사무원'을 '사찰의 수도승'과 결합한 예는 다음과 같다.

〈예시 27〉 '경험적 도시 공간에 새로운 인물과 상황 결합하기'의 예

		① 일상		② 비일상
		ⓐ 정의/기능	ⓑ 느낌	ⓒ 문학적 형상화
공간	사무실	사무 관련 일을 하기 위해 가는 곳	반복적이다 **참아야 한다**: 선택 **엄격하다**: 선택 규칙적이다 살벌하다	ⓐ 사무원은 <u>일</u>을 하러 회사에 간다. ⓑ 사무원은 <u>고행</u>을 하러 회사에 간다. ⓐ 점심시간에도 의자에 단단히 붙박여 보리밥과 김치가 든 도시락으로 <u>점심 식사</u>를 마쳤다고 한다.
인물	사무원	문서 관련 일을 하는 사람	안정감 바쁨 **갑갑함**: 선택 **오래 앉아있음**: 선택 ……	ⓑ 점심시간에도 의자에 단단히 붙박여 보리밥과 김치가 든 도시락으로 <u>공양</u>을 마쳤다고 한다. ⓐ 그는 매일 상사에게 굽실굽실 <u>결재서류</u>를 올렸다고 한다. ⓑ 그는 매일 상사에게 굽실굽실 <u>108배</u>를 올렸다고 한다.

ⓐ가 '사무실의 사무원'의 일상에 대한 일반적 진술이라면, ⓑ는
앞서 연계시킨 '사찰의 수도승'의 특성이 드러나는 어휘를 '사무실
의 사무원'에 침투시킨 표현이다. 그래서 ⓑ는 ⓐ에 비해 낯설게
느껴지고, 사무실에 앉아 일하는 사무원의 처지를 사찰의 승려만큼
고행과 인내가 필요한 일임을 더욱 강조한다. 그럼으로써 ⓐ와 같
이 '도를 닦듯' 견뎌내야 겨우 삶을 유지할 수 있는 일상을 재인식
하고 이런 일상이 팽배해진 현실세계의 질서를 비판적으로 바라보
게 되는 것이다.

3. 글쓰기 단계

경험적 공간의 재현과 문학적 형상화를 거쳐, 본 단계에서는 학
습자들에게 한 편의 글을 쓰도록 한다. 이때 교수자는 학습자들에
게 앞의 두 단계를 반영하여 창작을 하도록 주지시킬 필요가 있다.
가장 일반적인 창작의 장르는 '시'이다. '도시 소재시'를 수용한
후에 하는 창작활동이므로 같은 장르인 도시 소재시를 쓰는 것이
자연스럽기 때문이다. 가령 사무실의 사무원을 소재로 위와 같은
단계를 거친 후, 한 편의 시[113]를 쓸 수 있다.

---

113) 김기택의 <사무원>의 일부를 활용한다.

@ 이른 아침 6시부터 밤10시까지 하루도 빠짐없이
   그는 의자 고행을 했다고 한다.
   제일 먼저 출근하여 제일 늦게 퇴근할 때까지
   그는 자기 책상 자기 의자에만 앉아 있었으므로
   사람들은 그가 서 있는 모습을 여간해서는 볼 수 없었다고 한다.

ⓑ 점심시간에도 의자에 단단히 붙박여
   보리밥과 김치가 든 도시락으로 공양을 마쳤다고 한다.

ⓒ 그가 화장실에 가는 것을 처음으로 목격했다는 사람에 의하면
   놀랍게도 그의 다리는 의자가 직립한 것처럼 보였다고 한다.

위의 예에서는 사무원이 하루 종일 앉아서 사무에만 몰두하는 일상을 시로 표현한 것이다. 그런데 아침부터 저녁까지의 행적을 일일이 다 나열한다면 그것은 '시'가 아니다. 시는 어느 순간에 초점을 맞추고 그것을 극대화한다.[114] 위에서 알 수 있듯이 @를 가장 극명하게 드러나는 시적 순간은 ⓑ와 ⓒ이다. 앉아 있지 않아도 되는 인간의 가장 기본적인 생물학적 욕구가 발현되는 순간조차 앉아있는 모습인 ⓑ와 ⓒ를 통해, 다른 순간은 더 볼 것도 없는 것으로 만들어 버렸다.

또 언뜻 보기에 산문적인 형태인 듯하지만 '~다고 한다'는 종결 어미를 통일되게 유지함으로써 운율을 형성한다. 이와 같은 일관된 평서형의 종결 어미를 시종일관 유지함으로써 '사무원'의 일상이 시종일관 지속적으로 반복되는 것임을 보다 효과적으로 드러내준다. 나아가, '~다고~'라는 간접인용의 어미를 통해 시적 화자가 누군가에게서 사무원의 일상을 전해 들었다는 느낌을 준다. 시적

---

114) 김정우(2006), 「시 이해를 위한 시 창작교육의 방향과 내용」, 『문학교육학』19, 역락, p.224.

화자가 직접 관찰한 것이 아닌, 다른 누군가에 의해 관찰된 사실을 중계하는 말투는 시적대상인 '사무원'과 시적 화자의 거리감을 조성한다. 그래서 시적화자는 시적대상에 대해 감정을 직접적으로 드러내지 않고 시적대상이 처한 상황을 더 신랄하게 고발하는 역할을 한다. 즉 형식적 특성과 글쓴이의 의도 및 주제의식이 한데 어우러져 하나의 시 텍스트를 탄생시키는 것이다.

하지만 시 쓰기에 부담을 느끼는 학습자들은 기존의 텍스트에 도시 소재시의 공간과 특성을 반영하여 고쳐 쓰는 활동을 할 수도 있다. 우선, 노래가사를 바꿔보는 활동이 대표적이다. 노래 가사는 시적 성격을 포함하고 있는 경우가 많으므로, 어느 정도 시적 언어화가 이루어진 노래 가사를 바꿔 쓰는 것도 의미 있는 창작 활동이라 할 수 있다. 내용 면에서 도시 공간을 형상화하게 하고, 표현 면에서 문학적으로 형상화하게 한 것을 활용해 '비일상성'을 '일상'에 개입하도록 할 수 있다.

〈예시 29〉 '노래 가사 바꾸기'의 예

<일탈> 가사 일부	<일탈> 가사 변형 1	<일탈> 가사 변형 2
할일이 쌓였을 때 훌쩍 여행을	훌쩍 여행을 떠났을 때 의자에만 앉아있기를	점심시간에도 도시락으로 공양을
아파트 옥상에서 번지점프를	번지점프대 위에서 수화기에 자금현황 매출원가 영업이익 재고자산 부실채권 등등 읊기를	전화벨이 울리면 수화기에 자금현황 매출원가 영업이익 재고자산 부실채권 등등 염불을
선보기 하루 전에 홀딱 삭발을	속세를 떠나려 삭발을 하면서도 상사에게 굽실굽실 인사를	매일같이 상사에게 굽실굽실 108배를
비 오는 겨울밤에 벗고 조깅을	조깅을 하면서도 손해관리대장 속의 숫자 암기를	창백한 얼굴은 끝없는 수행정진으로

위의 예115)는 자우림의 <일탈>의 일부 가사를 사무실의 사무원의 일상이 드러나게 변형한 것이다. '<일탈>가사 변형 1'은 <일탈>의 각 2행에 있던 '비일상적' 내용을 각 1행으로 옮기고, 각 2행에는 사무원의 일상을 일상적으로 표현한 내용을 배치해 완성한 것이다. 각 1행과 2행 내용사이의 충돌로, 사무원의 일상성이 더욱 부각되고 있다.

'<일탈>가사 변형 2'는 사무원의 일상적 삶을 비일상적으로 형상화한 이전 단계의 내용을 가사의 리듬에 맞게 배치한 것이다. 여기서 각 부분의 1행은 특정 상황이나 모습을 제시하고, 2행에서 일상적 삶을 비일상적으로 형상화한 내용을 배치한다. 그래서 <일탈>의 리듬감과 병렬적 느낌에 담겨, 문학적으로 형상화된 지속되는 도시 공간의 일상적 삶을 표현한다.

'일기'는 일상에 대한 기록과 성찰을 담고 있다는 점에서 도시 소재시와 어울릴 수 있다. 따라서 직접적인 언어로 일상을 바라보고 성찰하는 일기를 공간과 인물을 설정해 일상과 비일상을 결합한 시적 표현으로 형상화할 수 있다. 나아가 일기에 담긴 성찰의 수준도 향상될 수 있다.

마지막으로 '도시 사전' 만들기 활동도 도시 소재시의 창작 활동으로 적절하다. 이는 <<학교 대사전>>116)을 '도시'라는 공간으로 변형한 활동이다. <<학교 대사전>>에 수록된 어휘117)는 가

---

115) 위의 예의 제일 왼편은 자우림의 <일탈>의 일부 가사로, 출처는
http://kin.naver.com/detail/detail.php?d1id=3&dir_id=30601&eid=DX2dSoRkFpzRd6D
5VMjM4Ml9m2UEIAfg&qb=wM/Fu7Chu+c=&pid=fTB3Qsoi5TNssvS5TSosss‒‒
231162&sid=SWj3fPK3aEkAADVJG18
가운데와 오른편은 김기택의 <사무원>에서 활용

116) http://www.idoo.net/?menu=schooldic

령 아래와 같은 식이다.

아폴로 눈병

가을에 유행하는 눈병. 전염성이 있어 조퇴나 결과의 적합한 사유가 되어준다. 아폴로 눈병의 살인적인 전염 속도는 여기서 기인한다.
 범준이는 왜 학교 안 왔냐? / 눈병이요.

즉 특정 어휘의 객관적 의미가 아니라 그 어휘가 '학교'라는 공간에서 학생들에게 통용되는 의미를 담고 있는 사전이다. 이를 통해 독자들은 학교 공간에 대해 재인식하고 비판적으로 바라보게 된다.

이와 유사하게 도시 소재시의 창작 활동의 일환으로 '도시 대사전'에 수록될 어휘의 정의를 내려 보게 할 수 있다. 이를 통해 어휘에 담긴 공간의 질서를 이해하게 할 수 있고, 맥락을 비틀어 현실을 재인식하게 하는 도시 소재시의 핵심적 수법도 연습할 수 있다.

〈예시 31〉 <<도시 대사전>>의 예

의자: 사무원들을 득도하게 만드는 고행의 도구
수화기: 자금현황 매출원가 영업이익 재고자산 부실채권 등등 염불을 들어주는 기구.
결재판: 말단 사원은 두 손으로 떠받쳐들고, 상사는 내던지는 물건.
넥타이: 목숨을 이어갈 능력이 있음을 알려주는 훈장이면서, 때론 목을 옭아매는 이상한 물건.
   너는 멀쩡하게 교육 다 받고 왜 넥타이 맬 생각을 안 하니?

위의 예는 일상적 물건이 '사무실'이라는 공간 안에서 어떤 의미를 지니는지를 분명히 드러낸다. 이 물건들의 새로운 정의를 통해,

---

117) http://www.idoo.net/?menu=schooldic&sub=dic&mode=list&char=8

이 물건들의 기능을 규정하는 힘을 지닌 '사무실'의 질서가 표현되고 있는 것이다. 가령 의자나 수화기는 사무실이 아닌 '가정'에서는 위에 제시한 정의에 맞지 않을 것이다. '도시 사전' 만들기를 통해 학습자들은 일상을 재인식한 결과를 짧지만 함축적으로 표현할 수 있다. 사실, 이런 짧고 함축적인 표현은 시 창작에도 매우 중요함을 앞에서 언급한 바 있다.

4. 경험적 일상 공간에 대한 재인식 단계

본 단계는 학습자들의 경험적 공간의 재현 단계와 경험적 공간을 형상화한 텍스트를 비교하여 자신들의 경험적 일상 공간을 재인식하는 데에 초점을 둔다. 즉 이는 일상성이나 실제 현실을 반영하여 형상화한 결과물로서 도시 소재시를 단순히 이해하고 창작하는 활동으로 귀결되는 것을 지양함을 의미한다. 현실과 텍스트에 형상화된 현실, 즉 경험적 일상성과 텍스트에 형상화된 일상성·비일상성, 이들의 교통은 문학과 삶을 하나로 연계시켜 줄 것이다.

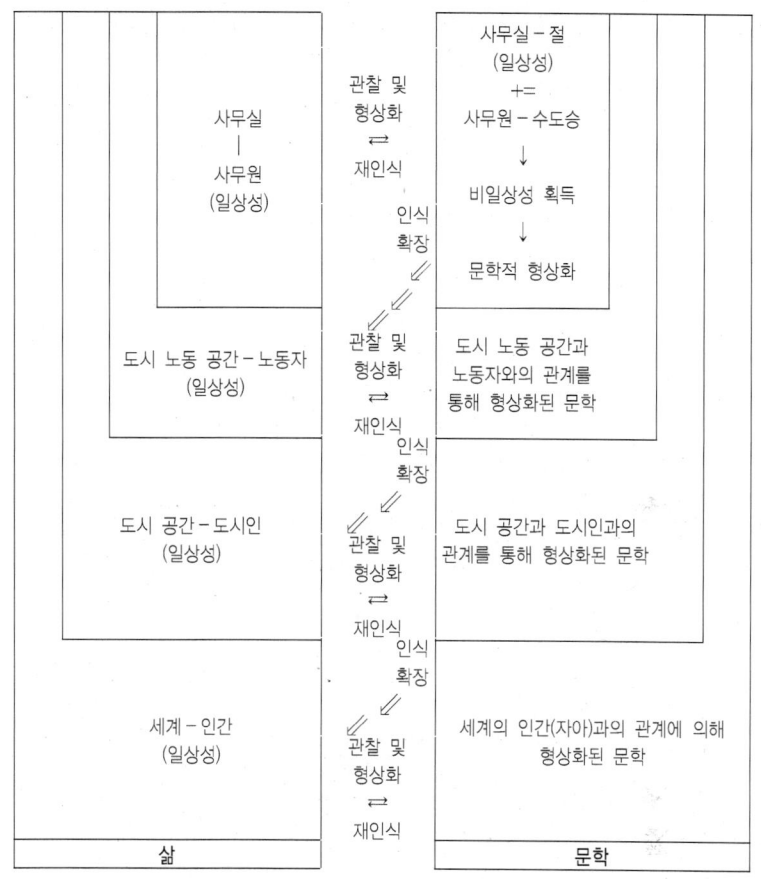

〈그림 3〉 문학과 삶이 연계되어 서로의 관계를 확장하는 과정

가령 학습자들의 '온 종일 업무에 시달리는 사무원의 일상'이라는 현실에 대한 관찰과 천착은 '수도승'의 일상과 '사무원의 일상'을 결합하여 형상화한 텍스트의 창작으로 이어진다. 그리고 학습자들은 이렇게 창작된 텍스트를 통해 그에 바탕이 된 '사무원의 일상'이라는 현실을 재인식하게 하고, 나아가 더 넓은 범주의 도시노동 공간의 노동자의 일상까지 확장된 인식에 이르게 된다. 그리

고 이는 다시 확장된 공간으로서의 도시 노동 공간과 노동자의 관계를 형상화한 텍스트의 창작에 확대된다. 이처럼 지속적인 문학과 삶의 소통을 통해 학습자들은 삶을 통해 문학을, 문학을 통해 삶을 보다 깊이 있게 이해할 수 있다.

도시 소재시의
교수·학습의 실제

V

도시 소재시의 교수 · 학습의 실제

A   교수 · 학습 설계

1. 교수 · 학습 목표

본 연구에서는 실제 시행할 도시 소재시의 교수 · 학습을 2차시로 설계하고자 한다. 1차시는 도시 소재시의 수용을 위한 교수 · 학습 활동으로, 그리고 2차시는 도시 소재시의 창작을 위한 교수 · 학습 활동으로 계획한다. 따라서 각 차 시의 교수 · 학습 목표는 다음과 같이 정한다.

1) 1차시의 교수 · 학습 목표

1차시는 도시 소재시의 수용을 위한 교수 · 학습 활동이므로, 문학의 수용에 중점을 둔 다음과 같은 목표를 정하였다.

도시 소재시 수용의 교수 · 학습 목표

1. 내용, 형식, 표현이 긴밀하게 연관되어 작품이 이루어짐을 이해한다.
2. 문학 활동을 통해 인간과 세계를 통합적으로 이해한다.

　먼저, 위의 목표 중 첫 번째 목표는 도시 소재시의 특성을 수용하기 위한 것이다. 즉 도시 소재시의 내용을 이루는 '보편적 도시 공간의 경험'이라는 일상적 내용이 '시'라는 장르와 만나 어떻게 시적 긴장을 획득하는지에 대한 이해와 수용을 위한 것이다. 보편적인 내용과 언어 표현, 어조라는 '일상성'이 세밀한 관찰을 기반으로 한, 낯설게 하기와 병치, 아이러니 등의 표현과 만나 '비일상성'의 차원으로 나아가는 것이 바로 그것이다. 이로써 도시 소재시를 접하는 독자들은 흔히 '보편적'이라 말하는 '일상'에 대해 재인식하고 그 안에 깊이 침투해 있는 규범과 질서, 힘의 존재를 깨달아 '일상'을 비판적으로 바라보게 된다. 결국 도시 소재시의 특성을 수용하는 것은 '일상성'으로서의 내용과 '비일상성'으로서의 형식 및 표현의 관계를 깨닫는 것인바, 이는 '문학'의 보편적 속성에 대한 수용까지 나아가는 것이다.

　두 번째 목표는 도시 소재시가 현재 학습자들의 일상 공간과 상당 부분 일치함에 착안하여 텍스트를 매개로 도시 공간과 학습자 사이의 관계를 이해하기 위한 것이다. 여기서 도시 소재시는 이를 수용하는 학습자들의 도시 공간 경험에 새로운 인식을 가져와 통합적 경험 내용을 내면화하는 데 이바지 할 수 있다. 이와 같은 일상 공간에 대한 재인식은 '세계'를 보는 안목에 변화를 주게 되고, 이는 자연스럽게 2차시의 창작 교수·학습 활동에 발전적인 영향을 줄 것이다.

2) 2차시의 교수·학습 목표

2차시는 도시 소재시의 창작을 위한 교수·학습 활동이므로 문학의 창작에 중점을 둔 다음과 같은 목표를 정하였다.

도시 소재시 창작의 교수·학습 목표

1. 자신의 생각이나 느낌을 문학적으로 표현한다. 2. 여러 갈래의 글을 쓴다.

먼저 첫 번째 교수·학습 목표는 문학의 창작 교육에서 가장 일반적인 목표이다. 그러나 가장 일반적인 목표이기 때문에 여러 장르나 텍스트를 관통할 수 있는 보편성과 유연성을 지닌다. 따라서 본 연구에서는 첫 번째 목표의 '자신의 생각이나 느낌'을 '일상적 도시 공간 경험'과 관련된 생각이나 느낌으로 한정하여 2차시를 기획하고자 한다. 그리고 '문학적 표현'의 경우도 도시 소재시의 특징적인 면 즉 비일상성을 획득하는 방법인 낯설게 하기와 병치, 아이러니 등의 방법을 활용하도록 교수·학습을 유도할 것이다. 일상의 뿌리를 비일상의 진공으로 끌어올리는 것이 문학적 표현의 본질이 아닌가 한다. 그런 점에서 첫 번째 목표는 도시 소재시의 특수성과 그것이 문학으로서 지니는 보편성을 관통하는 것이라 할

수 있다.

그리고 두 번째 교수·학습 목표는 본 연구에서 시행하는 도시 소재시의 창작 교수·학습 활동이 반드시 시 창작을 목표로 하지 않음을 의미한다. 시의 특성이 오늘날의 광고나 신문 기사, 다른 예술작품에도 변용되어 나타나듯이, 도시 소재시의 특성을 보다 다채로운 언어 표현 활동에 활용할 수 있도록 하는 것이 본 연구에서 의도하는 바이다. 따라서 도시 소재시의 일상을 비일상적으로 표현하는 특성을 활용하여 시 쓰기는 물론 노래 가사 고쳐 쓰기, 일기 고쳐 쓰기, 문학 사전 만들기를 하는 것도 창작 교육의 내용에 포함시키도록 한다.

2. 교수·학습 계획

1) 교수·학습 대상

본 연구에서 실제 시행할 도시 소재시의 교수·학습 활동은 2008년 현재 서울 소재 남녀 공학 인문계 고등학교 1학년에 재학 중인 7개 학급의 학생 283명을 대상으로 한다. 현재 고등학교 1학년 학생들은 7차 교육과정에 따라 제작된 국정 국어교과서로 현대시 교육을 받았다. 따라서 본 연구의 Ⅱ장에서 분석한 바와 같이 필자가 문제적으로 인식하고 있는 현대시 교육을 받은 대상에 해당한다. 특히 본 연구에서 설계한 교수·학습 활동을 시행한 시점인 2008년 10월 20일에서 10월 31일까지의 기간은 고등학교 국어

교과서에 수록된 현대시 텍스트를 모두 학습한 시점[118]이다. 즉 10학년까지의 국민 공통 교육과정 내의 현대시 교육을 모두 받은 상태에서 도시 소재시의 수용 및 창작 교수·학습에 임하게 되는 셈이다. 그러므로 학습자들 주체적으로 그 동안 학교에서의 현대시 교육에 대해 인식하고 도시 소재시를 교수·학습하여 심화 선택 과정 내의 현대시 수용도 보다 능동적으로 할 수 있는 기회가 되리라 생각된다.

2) 교수·학습 교재

본 연구에서 시행할 교수·학습 활동을 위한 교수·학습 교재는 다음과 같다.

〈표 19〉 1, 2차시의 교수·학습 교재의 실제

배부 및 작성 시기	교재 (학습지)	내 용	비 고
1차시 전	사전 학습지[119]	나의 하루 기록하기	1차시 전체 읽기 전 학습
		제목으로 내용 상상하기	
	사전 모둠 학습지[120]	공간(지하철)에 대해 상상하기	김기택〈벽〉 읽기 전 모둠별 학습
		공간(집)에 대해 상상하기	최승호〈수족관〉 읽기 전 모둠별 학습
		제시된 말(승용차)의 기능 생각해보기	양애경〈킬링머신을 타고〉 읽기 전 모둠별 학습
		제시된 말(에스컬레이터)의 기능 생각해보기	이운룡〈축지법 시대〉 읽기 전 모둠별 학습

---

118) 현행 고등학교 국어 교과서의 본문에서 현대시를 다루고 있는 것은 상권의 6단원에 해당하므로 일반적으로 1학기에 교수·학습이 이루어진다.

119) 부록 1

120) 부록 2

배부 및 작성 시기	교재 (학습지)	내 용	비 고
1차시 전	사전 모둠 학습지[121]	제시된 말(광고판)의 기능 생각해보기	강형철〈광고판도 승천한다〉 읽기 전 모둠별 학습
		제시된 말(헌법, 유리문)의 기능 생각해보기	장정일〈20밀리〉 읽기 전 모둠별 학습
		공간('모르는 사람'과 마주침) 나열해보기	김광규〈만나고 싶은〉 읽기 전 모둠별 학습
		제시된 말(포장, 포장도로)의 기능 생각해보기	이수명〈포장품〉 읽기 전 모둠별 학습
1차시	1차시 학습지[122]	김기택〈사무원〉 수용하기 ☞일상성과 비일상성, 공간과 인물	1차시 전체 학습용
	모둠별 학습지[123]	김기택〈벽〉 수용하기 ☞일상성과 비일상성, 공간과 인물	1차시 모둠 학습용 ☞ 전체 학습의 각 단계가 끝난 후 모둠별로 적용 및 활동
		최승호〈수족관〉 수용하기 ☞일상성과 비일상성, 공간과 인물	
		양애경〈킬링머신을 타고〉 수용하기 ☞일상성과 비일상성, 공간과 인물	
		이운룡〈축지법 시대〉 수용하기 ☞일상성과 비일상성, 공간과 인물	
		강형철〈광고판도 승천한다〉 수용하기 ☞일상성과 비일상성, 공간과 인물	
		장정일〈20밀리〉 수용하기 ☞일상성과 비일상성, 공간과 인물	
		김광규〈만나고 싶은〉 수용하기 ☞일상성과 비일상성, 공간과 인물	
		이수명〈포장품〉 수용하기 ☞일상성과 비일상성, 공간과 인물	
2차시	2차시 학습지[124]	창작 하기 ☞ 창작의 방법, 창작해보기	2차시 전체 학습용 미완성 시 과제로 부여

---

121) 부록 2

122) 부록 3

123) 부록 4

124) 부록 3

3) 교수・학습 모형

(1) 1차시 교수・학습 모형

본 차시는 도시 소재시의 수용을 위한 교수・학습 활동을 목표로 한다. 이를 위해 도시 소재시의 '일상성과 비일상성' 수용하기, '낯설게 하기' 수용하기, '공간과 인물의 관계' 수용하기를 주요 교수・학습내용으로 한다. 이때 수용하기의 세 가지 내용을 하나씩 김기택 <사무원>을 통해 전체 학습으로 한 후 그 내용을 각 모둠별로 해당 텍스트에 적용하는 방식으로 진행된다.

1차시의 교수・학습 모형은 다음과 같다.

〈그림 4〉 1차시 교수・학습 모형

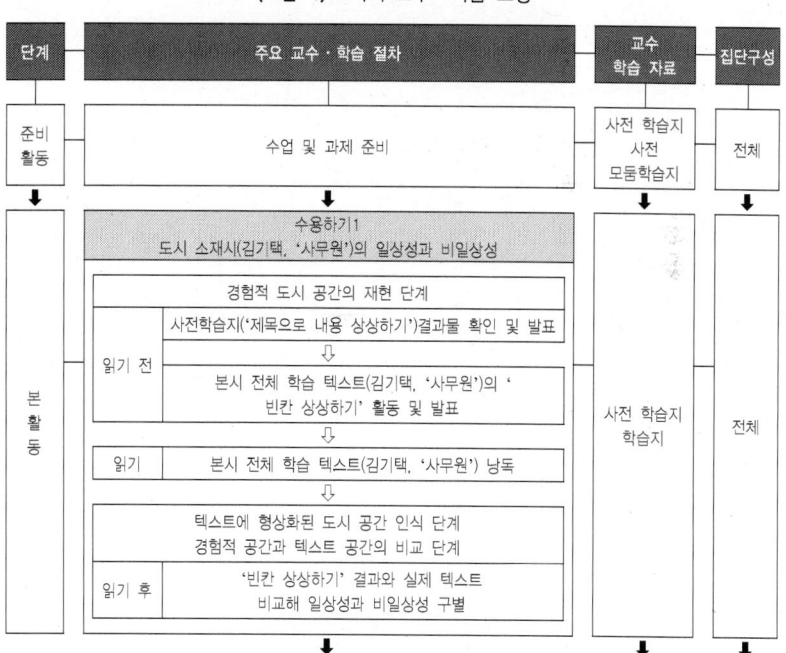

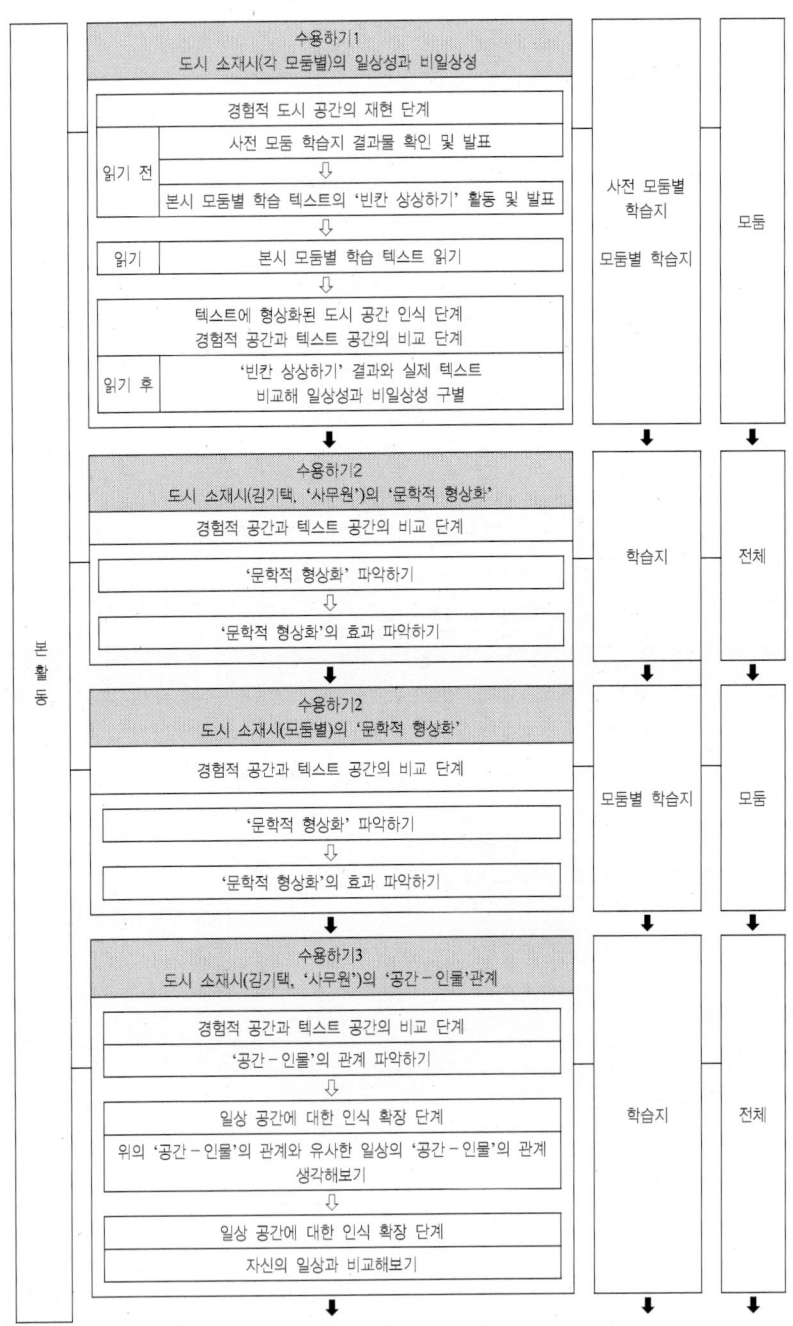

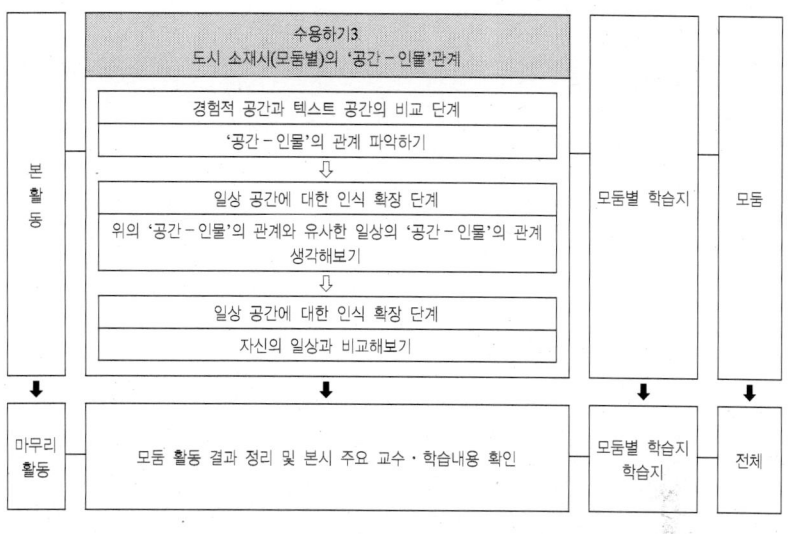

본 활 동	수용하기3 도시 소재시(모둠별)의 '공간-인물'관계	모둠별 학습지	모둠
	경험적 공간과 텍스트 공간의 비교 단계		
	'공간-인물'의 관계 파악하기		
	⇩		
	일상 공간에 대한 인식 확장 단계		
	위의 '공간-인물'의 관계와 유사한 일상의 '공간-인물'의 관계 생각해보기		
	⇩		
	일상 공간에 대한 인식 확장 단계		
	자신의 일상과 비교해보기		

마무리 활동	모둠 활동 결과 정리 및 본시 주요 교수·학습내용 확인	모둠별 학습지 학습지	전체

(2) 2차시 교수·학습 모형

본 차시는 도시 소재시의 창작을 위한 교수·학습 활동을 목표로 한다. 이를 위해, 김기택<사무원>을 통해 도시 소재시의 창작원리를 습득한 후 이를 활용하여 각자 창작 활동을 하도록 한다.

2차시의 교수·학습 모형은 다음과 같다.

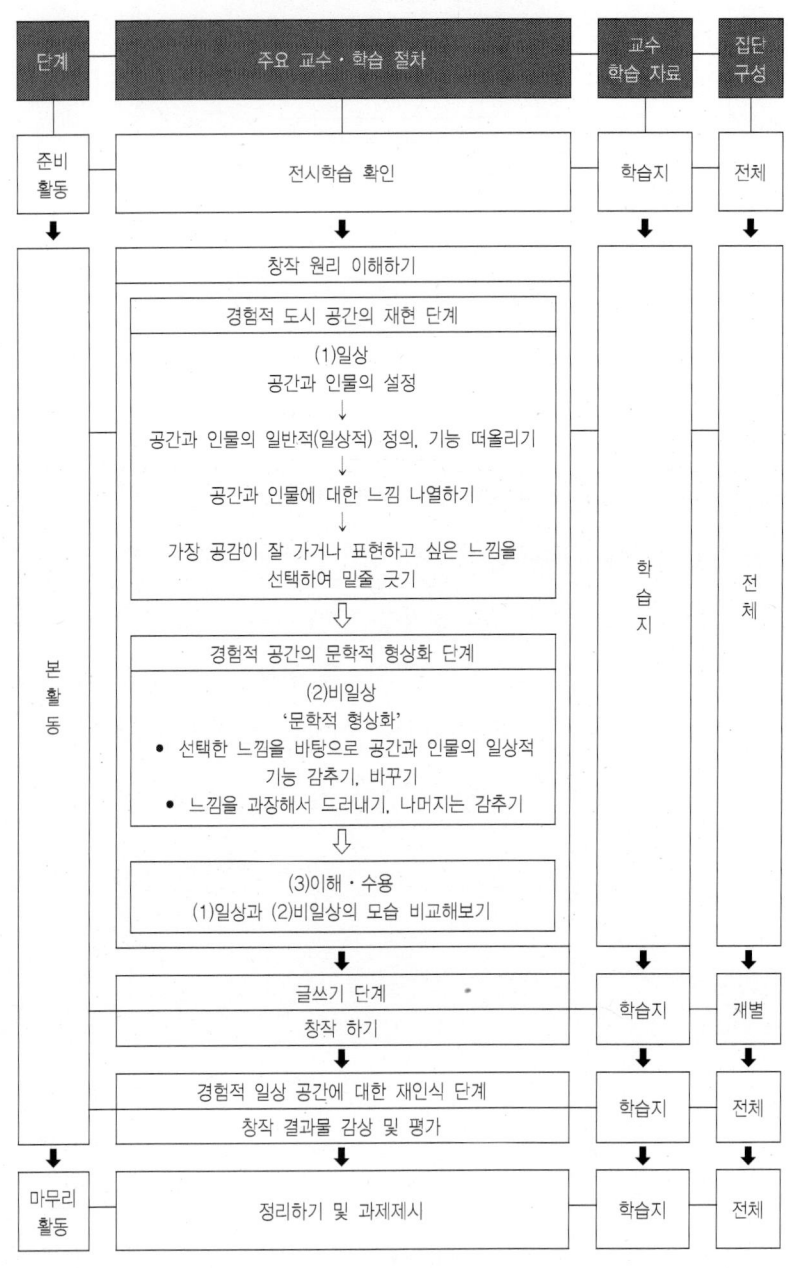

〈그림 5〉 2차시의 교수 · 학습 모형

단계	주요 교수 · 학습 절차	교수 학습 자료	집단 구성
준비 활동	전시학습 확인	학습지	전체
본 활동	창작 원리 이해하기	학습지	전체
	경험적 도시 공간의 재현 단계 (1)일상 공간과 인물의 설정 ↓ 공간과 인물의 일반적(일상적) 정의, 기능 떠올리기 ↓ 공간과 인물에 대한 느낌 나열하기 ↓ 가장 공감이 잘 가거나 표현하고 싶은 느낌을 선택하여 밑줄 긋기 **경험적 공간의 문학적 형상화 단계** (2)비일상 '문학적 형상화' ● 선택한 느낌을 바탕으로 공간과 인물의 일상적 기능 감추기, 바꾸기 ● 느낌을 과장해서 드러내기, 나머지는 감추기 (3)이해 · 수용 (1)일상과 (2)비일상의 모습 비교해보기		
	글쓰기 단계 창작 하기	학습지	개별
	경험적 일상 공간에 대한 재인식 단계 창작 결과물 감상 및 평가	학습지	전체
마무리 활동	정리하기 및 과제제시	학습지	전체

4) 교수·학습지도안

앞서 제시한 1, 2차시의 교수·학습 모형을 바탕으로 상세화한 교수·학습지도안은 각각 다음과 같다.

(1) 1차시 교수·학습지도안

1차시에서는 도시 소재시의 수용을 위한 교수·학습 원리를 전체 학습과 모둠별 학습을 번갈아 진행하므로 특정 현대시 텍스트 중심의 교수·학습에서 탈피할 수 있다. 다만 전체학습과 모둠별 학습의 연결이 잘 이루어지고 학습자들이 혼란스러워하지 않도록 유의할 필요가 있다.

<표 20> 1차시의 교수·학습지도안

교과명	국어	학년/학기	10학년 2학기
교 재	학습지	지도교사	OOO
일 시	2008년 O월 O일	대상학급	1학년 O반
단 원	문학과 삶 (1)사무원	차 시	1/2 차시
학습 목표	● 내용, 형식, 표현이 긴밀하게 연관되어 작품이 이루어짐을 이해한다. ● 문학 활동을 통해 인간과 세계 통합적으로 이해한다.		

교수·학습과정			학습의 흐름	교수·학습 활동		학습 자료 및 유의점	시간
과정	형태	단 계		교 사	학 생		
준비 활동	전체 학습	수업 및 과제 준비	수업 준비	● 구성된 모둠끼리 모여 앉도록 준비시키기 ● 과제로 제시한 사전학습지, 사전 모둠학습지 준비시키기	● 구성된 모둠끼리 모여 앉아 수업 준비하기 ● 과제인 사전학습지, 사전 모둠학습지 준비하기	사전 학습지 사전 모둠 학습지	3분
본 활동	전체 학습	수용하기 1 일상성 과 비일상성 ⇨ 설명 ⇩ 시범 ⇩ 이해 및 수용	과제 확인 과제와 본시 텍스트 연결 짓기 텍스트 읽기 일상성과 비일상성 설명하기 및 수용 하기	● 사전 학습의 결과 확인 및 발표시키기 - '제목으로 내용 상상하기' 결과 발표시키기 및 의견 나누기 활동 제시 ● 텍스트(김기택, 사무원)의 '빈칸 상상하기'활동 제시하기 - '제목으로 내용 상상하기'를 바탕으로, 텍스트의 지워진 일부 빈칸 채워보게 하고, 발표시키기 ● 텍스트(김기택, 사무원)의 제시 및 낭독하기 ● 일상성과 비일상성 구별하도록 하기 - '빈칸 상상하기' 결과와 실제 텍스트의 빈칸 해당 부분을 비교해보도록 하기 - 비교 결과, 일치하는 텍스트 내용을 '일상성', 일치하지 않는 텍스트 내용을 '비일상성'의 차원에서 설명하기	● 사전 학습의 결과 확인 및 발표하기 - '제목으로 내용 상상하기' 결과 발표하기 및 의견 나누기 ● 텍스트(김기택, 사무원)의 '빈칸 상상하기'활동하기 - '제목으로 내용 상상하기'를 바탕으로, 텍스트의 지워진 일부 빈칸 채워보고, 발표하기 ● 텍스트(김기택, 사무원) 낭독하기 ● 일상성과 비일상성 구별하기 - '빈칸 상상하기' 결과와 실제 텍스트의 빈칸 해당 부분을 비교해보기 - 비교 결과, 일치하는 텍스트 내용을 '일상성', 일치하지 않는 텍스트 내용을 '비일상성'의 차원에서 이해하기	학습지 - 일상적, 상식적 차원에서 빈칸을 채우도록 지도한다. 학습지 학습지 - '일상성'과 '비일상성'을 구별하여 인지할 수 있도록 유도한다.	8분

본활동							
	모둠학습	수용하기1 일상성과 비일상성 ☞ 원리의 이해 및 수용 ⇩ 모둠별 적용	모둠별 과제와 모둠별 본시 텍스트 연결 짓기 텍스트 읽기 일상성과 비일상성 모둠별 수용하기	• **구성된 모둠끼리 사전 모둠학습의 결과 확인하도록 하기** – 각 모둠원의 생각을 정리한 '종합' 항목을 중심으로 다시 한 번 각 모둠별로 살펴보도록 안내 • **각 모둠별로 텍스트 읽도록 하기** • **일상성과 비일상성 구별하기** – 사전 모둠별 학습 활동 결과와 모둠별 텍스트를 비교해보도록 하기 – 위의 활동을 바탕으로, 전체 학습에서와 같은 방식으로 일상성과 비일상성 찾아보도록 안내	• **구성된 모둠끼리 사전 모둠학습의 결과 확인하기** – 각 모둠원의 생각을 정리한 '종합' 항목을 중심으로 다시 한 번 검토 및 의견 정리 • **각 모둠별로 텍스트 읽기** • **일상성과 비일상성 구별하기** – 사전 모둠별 학습 활동 결과와 모둠별 텍스트를 비교해보기 – 위의 활동을 바탕으로, 전체 학습에서와 같은 방식으로 일상성과 비일상성 찾아보기	**사전 모둠학습지 모둠 학습지** 사전 모둠 학습지 모둠 학습지 – 앞서 한 '일상성과 비일상성 수용하기' 활동을 모둠 활동을 통해 익숙하게 받아들일 수 있도록 한다.	7분
	전체 학습	수용하기 2 '문학적 형상화' ☞ 설명 ⇩ 시범 ⇩ 이해 및 수용	'문학적 형상화' 설명하기 및 수용하기	• **'문학적 형상화'에 대해 설명하기** – 일상을 비일상적으로 표현하는 방법(문학적 형상화) 파악하도록 유도 – '문학적 형상화'의 효과 파악하도록 유도	• **'문학적 형상화'에 대해 이해하기** – 일상을 비일상적으로 표현하는 방법(문학적 형상화) 파악하기 – '문학적 형상화'의 효과 파악하기	**학습지** – '문학적 형상화'의 방법을 간단히 언급한다. – '문학적 형상화'의 효과 파악하기가 뒤의 '인물과 공간 파악하기'와 연계될 수 있도록 한다.	8분
	모둠 학습	수용하기 2 '문학적 형상화' ☞ 원리의 이해 및 수용 ⇩ 모둠별 적용	'낯설게 하기' 모둠별 수용하기	• **'문학적 형상화' 수용하도록 안내하기** – 모둠별 텍스트에서 일상을 비일상적으로 표현하는 방법(문학적 형상화) 파악하도록 하기 – '문학적 형상화'의 효과 생각해보도록 하기	• **'문학적 형상화' 수용하기** – 모둠별 텍스트에서 일상을 비일상적으로 표현하는 방법(문학적 형상화) 파악하기 – '문학적 형상화'의 효과 생각해보기	**모둠 학습지** – 앞서 한 '문학적 형상화 수용하기' 활동을 모둠 활동을 통해 익숙하게 받아들일 수 있도록 한다.	7분

본활동	전체학습	수용하기3 공간-인물의 관계 ● 설명 ⇩ 시범 ⇩ 이해 및 수용	공간과 인물의 관계 설명하기 및 수용하기	● 닫힌 공간과 억압받는 인물의 관계를 이해할 수 있게 유도하기 - 텍스트에 형상화된 공간과 그 안의 인물의 모습 생각해보도록 하기 - 텍스트에 형상화된 공간과 유사한 일상 공간과 인물 생각해 보도록 하기 - 자신의 일상과 비교해보게 한 후 발표시키기	● 닫힌 공간과 억압받는 인물의 관계 이해하기 - 텍스트에 형상화된 공간과 그 안의 인물의 모습 생각해보기 - 텍스트에 형상화된 공간과 유사한 일상 공간과 인물 생각해보기 - 자신의 일상과 비교한 후 발표하기	학습지 - 학습자들이 자신의 일상과 연관시켜 공감할 수 있도록 한다.	8분
	모둠학습	수용하기3 공간-인물의 관계 ☞ 원리의 이해 및 수용 ⇩ 모둠별 적용	공간과 인물의 관계 모둠별 수용하기	● 일상 공간과 인물의 관계 파악하도록 안내하기 - 텍스트에 형상화된 공간과 그 안의 인물의 모습 생각해보도록 하기 - 텍스트에 형상화된 공간과 유사한 일상 공간과 인물 생각해 보도록 하기 - 자신의 일상과 비교해보도록 하기	● 일상 공간과 인물의 관계 파악하기 - 텍스트에 형상화된 공간과 그 안의 인물의 모습 생각해보기 - 텍스트에 형상화된 공간과 유사한 일상 공간과 인물 생각해보기 - 자신의 일상과 비교해보기	모둠 학습지 - 앞서 한 '공간과 인물 관계 수용하기' 활동을 모둠 활동을 통해 익숙하게 받아들일 수 있도록 한다.	7분
마무리활동	전체학습	정리하기	정리하기	● 모둠 활동 결과 정리 - '일상성과 비일상성' 및 '문학적 형상화'의 실현 양상에 대해 발표시키기 및 정리 - 도시 공간과 인물의 대응양상, 관계 발표시키기 및 정리	● 모둠 활동 결과 정리 - '일상성과 비일상성' 및 '문학적 형상화'의 실현 양상에 대해 발표 및 정리하기 - 도시 공간과 인물의 대응양상, 관계 발표 및 정리하기	학습지 모둠학습지 - 정리 시간이 짧기 때문에 특징적인 점이 두드러진 한두 모둠만 간단히 발표시킨다.	2분

(2) 2차시 교수·학습지도안

2차시에서는 일상적인 경험을 자유롭게 발산하여 제시한 후 거기서 비롯되는 특징적인 점을 부각시키도록 한다. 즉 지나치게 비

일상성의 부각을 강조하지 말고 1단계로서의 '경험의 재현'이 자연
스럽게 이루어지도록 학습자들을 독려한다. 충실한 '경험의 재현'
이 결국 충실한 '문학적 형상화'로 이어질 수 있음을 깨닫도록 하
여 학습자가 창작에 자신감을 갖고 임할 수 있도록 한다.

〈표 21〉 2차시의 교수·학습지도안

교과명	국어		학년/학기	10학년 2학기
교 재	학습지		지도교사	○○○
일 시	2008년 10월		대상학급	1학년 ○반
단 원	문학과 삶 2)창작하기		차 시	2/2 차시
학습 목표	● 자신의 생각이나 느낌을 문학적으로 표현한다. ● 여러 갈래의 글을 쓴다.			

교수·학습과정			학습의 흐름	교수·학습 활동		학습 자료 및 유의점	시 간
과 정	형 태	단 계		교 사	학 생		
준 비 활 동	전 체 학 습	질 문 하 기	전시 학습 확인	● 전시 수업에 대한 내용 학생들에게 질문하고 확 인하기 - '문학적 형상화'의 방법 - '문학적 형상화'의 효과 - 도시 공간과 인물의 관계	● 전시 수업에 대한 교사의 질문에 답하기 - '문학적 형상화'의 방법 - '문학적 형상화'의 효과 - 도시 공간과 인물의 관계	학습지 - 본시의 창작하기 에 적용 될 수 있 는 핵심 사 항 을 질문, 정 리한다.	5분
본 활 동	전 체 학 습	설 명 하 기 및 시 범 보 이 기	창작 원리 이해 하기	● 창작 방법에 대한 설명 및 시범 보이기 - 창작 절차 및 절차마다의 특징적인 점을 설명하고, 김기택의 '사무원'을 예로 들어 시범 보이기 ☞	● 창작 방법에 대한 설명 듣기 및 이해하기 - 창작 절차 및 절차마다의 특징적인 점을 파악하고, 김기택의 '사무원'을 예로 들어 원리 익히기	학습지 - 사무원 '전체보 다는 창 작의 원 리가 선 명히 드 러날 수 있는 대 표적 구 절로 설 명한다.	15 분

본활동	전체학습	설명하기 및 시범보이기		(1)일상 공간과 인물의 설정 ⇩ 공간과 인물의 일반적(일상적) 정의, 기능 떠올리기 ⇩ 공간과 인물에 대한 느낌 나열하기 ⇩ 가장 공감이 잘 가거나 표현하고 싶은 느낌을 선택하여 밑줄 긋기 (2)비일상 '문학적 형상화' ● 선택한 느낌을 바탕으로 공간과 인물의 일상적 기능 감추기, 바꾸기 ● 느낌을 과장해서 드러내기, 나머지는 감추기 (3)이해·수용 (1)일상과 (2)비일상 의 모습 비교해보기			
	개별활동	글쓰기	창작하기	● 창작 활동 유도하기 – 앞의 절차에 따라 학생들이 창작을 하도록 함	● 창작 활동하기 – 앞의 절차에 따라 각자 창작을 하도록 함	학습지 – '나의 하루' 기록을 활용하도록 한다.	20분
	전체학습	감상 및 평가	창작 결과물 감상 및 평가	● 창작 결과물 제시 – 창작을 마친 학생들의 작품 발표 시키기 – 이에 대한 다른 학생들의 생각 발표시키기 – 학생 창작 작품에서 '문학적 형상화'와 도시 공간과 인물의 관계를 찾아 미완성한 학생들에게 도움을 주도록 함.	● 창작 결과물 감상 – 창작을 마친 학생들의 작품 발표 듣기 – 이에 대해 자유롭게 자신의 생각 발표하기 – 발표한 작품에서 '문학적 형상화'와 도시 공간과 인물의 관계 설정 방법에 대한 도움을 받아 자신의 작품 창작에 활용	학습지 – 다른 학습자들의 창작 작품을 감상해서 막연함을 해 소 시 키 도 록 한다.	8분
마무리 활동	전체학습	정리하기	정리하기	● 정리하기 – 창작방법 정리하기 – 과제에 대한 안내	● 정리하기 – 창작방법 정리하기 – 과제 기억하기	학습지	2분

교수 · 학습 결과 및 분석

본 절에서는 앞 절에서 설계한 도시 소재시의 교수 · 학습 활동의 결과를 제시하고 이에 대한 분석을 시도한다. 이를 위해 학습자들이 1, 2차시에 걸쳐 작성한 학습지를 수합하여 분석했다. 그리고 1, 2차시를 모두 마친 후에 학습자들에게 실시한 <사후 설문조사> 결과를 바탕으로 학습자들의 도시 소재시 교수 · 학습 활동에 대한 반응도 살펴보았다.

1. 1차시 교수 · 학습 결과 및 분석

1차시에서는 도시 소재시의 수용을 위한 교수 · 학습을 시행했다. 1차시는 앞서 살펴보았듯이 도시 소재시의 수용 원리를 김기택의 <사무원>을 이용하여 전체학습으로 시행한 후, 모둠별 학습으로 그 원리를 적용하여 수용하는 방식으로 이루어졌다. 이에 1차시 교수 · 학습의 결과를 장정일의 <20밀리>로 도시 소재시의 수용을 교수 · 학습한 모둠의 <모둠별 사전 학습지>와 <모둠별 학습지>를 살펴보고자 한다.[125]

---

125) 1차시의 모둠별 학습은 한 학급당 8개의 모둠을 구성하여 이루어졌고, 각 모둠별로 다른 도시 소재시를 수용하도록 설계하여 실시하였다. 본 연구에서 교수 · 학습 대상으로 삼은 학급은 모두 7학급이므로 같은 도시 소재시로 모둠별 학습을 실시한 모둠은 총 7모둠이다. 또 한 모둠의 구성원은 평균 5명이므로 총 35명 정도가 같은 도시 소재시로 수용의 원리를 교수 · 학습한 셈이다.

1) '경험적 도시 공간의 재현'의 결과 및 분석

본 연구에서 설계한 교수·학습 활동에서 '경험적 도시 공간의 재현'은 1차시의 <사전 모둠학습지> 전체와 <모둠 학습지>의 '읽기 전' 활동으로, 다음과 같이 구체화되었다.

<교수·학습실제의 예 1> '경험적 도시 공간의 재현' 활동

〈사전 모둠 학습지〉

📖 '헌법'은 사전에……

헌법 📷 「1」 국가 통치 체제의 기초에 관한 각종 근본 법규의 총체. 모든 국가의 법의 체계적 기초로서 국가의 조직, 구성 및 작용에 관한 근본법이며 다른 법률이나 명령으로써 변경할 수 없는 한 국가의 최고 법규이다.
　　　「2」 자유주의 원리에 입각하여, 국민의 기본적인 인권을 보장하고 국가의 정치기구 특히 입법 조직에 대한 참가의 형식 또는 기준을 규정한 근대 국가의 근본법

✒ 위에 제시된 '헌법'의 일반적 의미를 고려해 다음을 작성해봅시다.

✳ '헌법'은 일반적으로 어떤 기능을 하는 것인가요?
✳ '헌법'의 일반적 기능을 고려할 때, '헌법'에 대해 어떤 느낌이 드나요?
　그 이유도 말해봅시다.

📖 '유리문'은 사전에……

유리문 📷 유리를 낀 문
유리 📷 석영, 탄산소다, 석회암을 섞어 높은 온도에서 녹인 다음 급히 냉각하여 만든 물질. 투명하고 단단하며 잘 깨진다.
문 📷 드나들거나 물건을 넣었다 꺼냈다 하기 위하여 틔워 놓은 곳. 또는 그곳에 달아 놓고 여닫게 만든 시설.

✒ 위에 제시된 '유리문'의 일반적 의미를 고려해 다음을 작성해봅시다.

✳ '유리문'은 일반적으로 어떤 기능을 하는 것인가요?
✳ '유리문'의 일반적 기능을 고려할 때, '유리문'에 대해 어떤 느낌이 드나요?
　그 이유도 말해봅시다.

<1차시 모둠학습지>

※ 사전 학습 활동을 바탕으로 '유리문'의 일반적 기능을 염두에 두고, 다음 빈칸을 채워봅시다.

* 도시 가운데(   )가 있다. 유리로 만들어진(   )가

− 시를 읽기 전에 빈칸에 들어갈 공통된 말을 채워보고 그 이유를 생각해봅시다.

위의 활동에 대한 학습자들의 반응은 다음과 같이 나타났다.

〈교수·학습실제의 예 2〉 '경험적 도시 공간의 재현' 활동 결과의 예1

	학습자 반응의 예
헌법의 기능	− 국민의 기본적 권리를 지켜주고, 사회생활에 제재를 가해 국가를 다스리는 역할을 한다. − 국민의 기본적 인권과 일상생활에 없어서는 안 될 기본 정치, 법적 제도로서 질서 유지에 필요한 기능을 한다. − 죄 지은 사람을 벌주거나 범죄를 해결하기 위해 만들어지고, 국민의 기본권과 권리를 지키기 위해 우리가 지켜야 할 가장 근본적인 것 − 하나의 기준으로 국민의 인권 보장과 사회 질서를 잡아주는 기능을 한다. 또, 잘잘못을 가려서 알맞은 처벌과 규율을 정해 준다. − 사람들 간의 분쟁, 싸움 등을 조정하고, 국민들을 정당하게 규제한다. − 일상생활에 공평하게 적용되어야 하는 것들을 하나의 규칙으로 제정한 것 − 국민의 기본권을 보장하고 법 제정의 기준이 되어 법의 옳고 그름을 나눈다.
헌법에 대한 느낌	− 엄격하면서도 나를 보호하는 느낌을 준다. − 권위적이고 딱딱하고 무서운 느낌으로 꼭 지켜야 할 것 같다. 그 이유는 내용이 어렵고 죄를 지은 것에 대처하기 위해 쓰이는 가장 기본적인 규칙이기 때문이다. − 꼭 지켜야 하기 때문에 권위적이고 강압적인 부정적 느낌이 떠오른다. − 위엄 있고 권위적이며 처벌에 대한 두려움이 느껴진다. − 딱딱하고 어렵고 다가가기 어렵다. − 고지식하다. − 필요한 것이기는 하지만 자유를 억압하고 딱딱한 느낌이 든다.

위의 표에서와 같이 학습자들은 대체로 '헌법'이 '국민의 기본권 보호', '처벌', '규제', '질서 유지' 등의 기능을 한다고 반응했다. 또 여기서 파생되는 느낌은 '권위적'이고 '딱딱하고', '강압적'이라고 답했다.

	학습자 반응의 예
'유리문'의 기능	– 안과 밖을 연결해 주면서도 차단하는 매개체 역할 – 안과 밖이 보이며 빛이 잘 들어오는 투명한 문으로, 문의 역할을 한다. – 단절과 동시에 소통의 기능을 한다. – 투명하게 안과 밖을 보게 해 주며 출입을 가능하게 해 주는 기능을 한다. – 공간 사이를 연결해 주고 구분하게 한다. – 물리적으로 공간을 제한하지만 다른 공간이 보이므로 완벽히 차단하지는 않는다.
'유리문'에 대한 느낌	– 보호막 같은 느낌이 든다. – 현대적이고 세련되어 보인다. – 깨끗하고 투명해서 쉽게 보인다. – 깨끗하고 예쁘며 투명하고 개방적이나 막고 있는 느낌이다. – 안과 밖이 동시에 보이는 특성 때문에 자유롭고, 답답하지 않은 느낌이지만, 문이라는 특성상 단절된 느낌과 고립감을 느낄 수 있다. – 투명해서 안까지 보이지만 차단을 하는 이중적인 느낌이 들고, 잘 깨질 것 같아 위태위태하다. – 유리문 안에 비춰지는 곳을 가고 싶어도 문이 닫혀 있으면 갈 수 없기 때문에 안타깝고 아쉽다. – 투명하지만 가로막고 있기 때문에 장애물 같은 느낌이 든다. – 차갑고 딱딱하다. – 보이고 싶지 않거나 보고 싶지 않은 부분까지 모두 드러나서 뭔가 부끄럽다.
빈칸 채우기	빌딩 문, 창문, 우리, 열리지 않는 문 벽, 바닥, 담장 조형물, 건물, 63빌딩, 상가, 백화점 문을 가진 자동차 문지기

'유리문'의 기능에 있어 학습자들은 대체로 '연결'과 '차단'이 동시에 존재하는 이중적 성격을 지닌다고 보았다. 따라서 그에 대한 느낌역시 '이중성'에 기반해 있으면서 '개방성'보다는 '단절', '고립', '장애물' 등의 폐쇄적 느낌을 더 강하게 표현했다. 그리고 빈칸을 채우는 활동에서는 '도시 한 가운데 유리로 만들어진' 것으로 문, 벽, 건물 등 일상적으로 도시 공간에서 볼 수 있는 것들을 상상했다.

이처럼 '경험적 도시 공간의 재현'을 위한 활동에서 학습자들은 대체로 유사한 반응을 보였다. 이는 학습 활동이 애초에 '일상성'

에 기반해 답을 할 것을 요하는 점도 작용했겠지만 현재 도시 공간을 살아가며 공통적으로 경험한 것들을 서술하는 것이었기 때문이라 할 수 있다.

2)'텍스트에 형상화된 도시 공간의 인식' 결과 및 분석

'경험적 도시 공간의 재현'에 이어 본 교수·학습 활동은 1차시 <모둠 학습지>의 '읽기 후' 활동으로 다음과 같이 구체화되었다.

〈교수·학습실제의 예 4〉'텍스트에 형상화된 도시 공간의 인식' 활동

〈1차시 모둠학습지〉

※ 실제 시에서 빈칸에 해당하는 말을 찾아보고, 왜 이렇게 표현했는지 생각해봅시다.

> * 도시 가운데 (거대한 칸막이)가 있다. 유리로 만들어진 (거대한 칸막이)가

위의 활동에 대한 학습자들의 반응은 다음과 같이 나타났다.

〈교수·학습실제의 예 5〉'텍스트에 형상화된 도시 공간의 인식' 활동 결과의 예

	학습자 반응의 예
'유리문'을 시에서 '거대한 칸막이'라고 표현한 이유	- 밖의 거지 노인과 대머리 행장과의 거리가 벽으로 막힌 것처럼 단절되었기 때문에 - 노인과 은행장과의 경제적 격차 표현 - 빈부격차의 크기를 표현하기 위해서 - 보이지 않는 계급을 표현 - 차별의 우회적 표현 - 차별이 존재하는 현실을 비판하기 위해 - 차별이 있기 때문에 - 황금만능주의로 인해 자연스럽게 차별을 만드는 세상을 비판하기 위해 - 법은 누구 앞에서나 공평한 것이지만 경제적 여건에 따라 혜택 받지 못함을 비판하기 위해서 - 헌법의 양면성을 표현하기 위해

학습자들은 이 활동에서 주로, '빈부 격차로 인한 단절과 차별', '법의 양면성과 불공정성' 등을 비판하기 위해 '거대한 칸막이'라는 표현을 썼다고 반응했다. 앞선 활동에서와 같이 학습자들은 대체로 유사한 반응을 보였고 시의 내용도 어느 정도는 스스로 파악하고 있는 것으로 판단된다. 이 역시 현재 도시 공간을 살아가며 공통적으로 경험해서 익숙한 소재와 주제를 형상화하고 있기 때문으로 볼 수 있다.

3) '경험적 재현의 도시 공간과 텍스트에 형상화된 도시 간 비교'의 결과 및 분석

앞선 두 활동을 관계 짓는 본 활동은 1차시 <모둠 학습지>의 '읽기 후' 활동에서 다음과 같이 구체화되었다.

〈교수 · 학습실제의 예 6〉
'경험적 재현의 도시 공간과 텍스트에 형상화된 도시 공간 비교' 활동

〈1차시 모둠학습지〉

① 시를 읽고, 시를 읽기 전에 빈칸을 채운 결과와 비교해봅시다.

> * 도시 가운데(   )가 있다. 유리로 만들어진(   )가

❋ 읽기 전의 여러분의 생각과 실제 시 표현 중에서 어느 쪽이 좀 더 낯설게 느껴집니까?
❋ 그렇게 느껴지는 이유는 무엇일까요? 또 이렇게 낯설게 표현했을 때의 효과는 무엇일까요?

② (A)사전 학습 활동에서 생각해본 '헌법'의 일반적 기능을 염두에 두고, (B)이 시 속에 표현된 '헌법'의 기능과 비교해봅시다. 그리고 더 낯설게 느껴지는 것은 어떤 것인지 생각해봅시다. 낯설게 표현했을 때의 효과는 무엇일까요?
③ 시를 읽기 전, 예상했던 공간(유리문)과 이를 드나드는 인물에 대한 느낌을 읽고 난 후와 비교해봅시다.

위의 활동에 대한 학습자들의 반응은 다음과 같이 나타났다.

'경험적 재현의 도시 공간과 텍스트에 형상화된 도시 공간 비교' 활동 결과의 예1

	낯선 쪽	낯설게 느껴지는 이유	낯설게 표현했을 때의 효과
①에 대한 반응	실제 '시'의 표현	- 일반적으로 알고 있는 기능이나 정의가 아니기 때문에 - 평소에 쉽게 떠올리기 어려움 - 도시 가운데 '칸막이'가 있다는 것이 낯설다. - 문의 원래 목적과 다르기 때문에	- 새로운 면을 보게 해 주고 다시 생각하도록 함 - '유리문'의 의미에 대해 깊이 파고들게 함 - 단절감이 더 크게 강조됨

위의 표에서처럼 학습자들은 대부분 실제 시 속에서 '유리문'을 '거대한 칸막이'라 한 것을 낯선 표현으로 인식하였다. 그 이유는 대다수가 '평소에 쉽게 떠올리기 어려워서', '일반적, 본래적이지 않아서'라 생각했다. 이처럼 학습자들은 '낯설게 표현' 했을 때, '다시 생각'하게 하고, 의미를 심층적으로 이해하게 하며 표현의 효과도 강해진다고 판단하고 있었다. 이런 경향의 반응은 시 읽기 전에 생각했던 '헌법'의 기능과 실제 시 속의 기능을 비교하는 학습활동의 결과에서도 나타난다.

'경험적 재현의 도시 공간과 텍스트에 형상화된 도시 공간 비교' 활동 결과의 예2

	낯선 쪽	시 속의 '헌법'의 기능	낯설게 표현했을 때의 효과
②에 대한 반응	실제 '시'의 표현	- 명목상 '누구나' 쓸 수 있는 것, 실제로 빈민층에게는 제한의 기능 - 빈부격차를 심화시킴 - 돈이 있는 사람에겐 이익이 되지만, 돈이 없는 사람에겐 이익이 되지 못하는 것 - 어떤 사람에게는 장벽이 될 수 있음	- 이면의 모습을 생각하게 함 - '헌법'에 대해 다시 생각하게 만듦 - 색다른 인상을 준다. - 함축적 의미에 집중하게 만듦

학습자들은 시 속 '헌법'을 시 읽기 전 단계에서와 달리 '공정성이 결여된 것'으로 인식하는 경향이 많았다. 따라서 학습자들은 '헌법'의 의미를 재인식하고 이면의 모습에 집중하게 되는 것이 '문학적 형상화'의 효과라 판단하고 있다.

이와 같은 '문학적 형상화'는 이전의 대상에 대한 인식에도 변화를 가져온다. 학습자들의 시를 읽기 전 '유리문'과 이를 드나들던 사람들에 대한 느낌과 읽은 후 느끼는 점이 다르다.

〈교수 · 학습실제의 예 9〉
'경험적 재현의 도시 공간과 텍스트에 형상화된 도시 공간 비교' 활동 결과의 예3

	읽기 전 느낌	읽기 후 느낌
③에 대한 반응	- 아무나 드나들 수 있는 문 - 얇고 투명한 문 - 안과 밖을 연결해 주는 매개체	- 권력자가 드나들 수 있는 문 - 두텁고 불투명한 문 - 단절하는 공간

학습자들은 읽기 전에 출입의 평등성, 연결성을 강조했다면, 읽은 후에는 출입의 불평등성과 단절성, 즉 이전과 반대의 특성을 다시 느끼는 것이다. 이처럼 경험적 재현의 도시 공간과 텍스트에 형상화된 도시 공간을 비교해봄으로써 '문학적 형상화'의 기법 수용뿐만 아니라, 모든 사물을 낯설게 보고 이를 재인하게 되는 것이다.

4) '일상 공간에 대한 인식 확장'의 결과 및 분석

1차시의 마지막 활동으로 '일상 공간에 대한 인식 확장'의 단계가 남아 있다.

〈교수 · 학습실제의 예 10〉 '일상 공간에 대한 인식 확장' 활동

〈1차시 모둠학습지〉

✑ 이 시에 드러난 삶을 자신의 일상과 비교해봅시다.

☞

위의 활동에 대한 학습자들의 반응은 다음과 같다.

〈교수 · 학습실제의 예 11〉 일상 공간에 대한 인식 확장' 활동 결과의 예

- 매점 안과 밖
- 버스 안과 밖
- 여름날 시원한 카페 안과 밖
- 점심시간 학생식당 안과 밖의 줄

학습자들은 자신의 일상과 비교하면서 주로 '안'과 '밖' 공간을 떠올렸다. 동시에 안락함과 편안함, 희망의 공간으로 '안'을, 기다림, 불편함, '안'을 부러워하는 결핍된 공간으로 인식하고 있었다. 또 학습자들은 '안'과 '밖'의 경계에 장정일의 <20밀리>와 같이 일정한 자격이 필요한 경우도 일상에 적용하여 적절한 공간을 잘 찾아냈다.

2. 2차시 교수 · 학습 결과 및 분석

2차시에서는 도시 소재시의 창작을 위한 교수 · 학습을 시행했다. 2차시는 앞서 살펴보았듯이 도시 소재시의 창작 원리를 김기

택의 <사무원>을 이용하여 전체학습으로 시범을 보인 후, 개인별로 그 원리를 적용하여 창작하는 방식으로 이루어졌다. 이에 2차시 교수·학습의 결과는 창작 활동을 하도록 제작한 2차시 <학습지>를 자료로 살펴보고자 한다.

<교수·학습실제의 예 12> '창작하기' 활동

창작의 방법

📖 '사무원'을 통해 창작의 과정을 알아봅시다.

		① 일상		② 비일상	③ 이해와 수용
		ⓐ 정의/ 기능	ⓑ 느낌	ⓒ 문학적 형상화	ⓓ 비교하기
공간	회사	일하기 위해 가는 곳	반복적이다 참아야 한다 엄격하다 규칙적이다 살벌하다	• 사무원은 일을 하러 회사에 간다. −〉 사무원은 고행을 하러 회사에 간다. • 사무원은 대체로 앉아서 일을 했다. −〉 사람들은 그가 서 있는 모습을 여간해서는 볼 수 없었다.	①의 내용이 ②에서 잘 드러나는가?
인물	사무원	문서 관련 일을 하는 사람	안정감 갑갑함 바쁨 오래 앉아있음 ……	−〉 그의 책상 아래에는 여전히 다리가 여섯이었고, 둘은 그의 다리, 넷은 의자 다리였지만 어느 둘이 그의 다리였는지는 알 수 없었다고 한다.	

창작해보기

✎ 일상생활 속의 공간 체험을 바탕으로 창작을 해봅시다.

✽ 다음 제시된 공간과 인물 중 하나를 선택하여 빈칸을 채워봅시다.
　(자신의 일상 기록을 활용하세요.)

❶ 교실 – 학생
❷ 버스(지하철) – 승객
❸ 방(집) – 나

	① 일상		② 비일상	③ 이해와 수용
	ⓐ 정의/ 기능	ⓑ 느낌	ⓒ 문학적 형상화	ⓓ 비교하기
공간				
인물				

✷ 위의 내용을 바탕으로 다음 중 하나를 선택해 한 편의 글을 써봅시다.
❶ 시 쓰기
❷ 노래 가사 고쳐 쓰기
❸ 과거에 썼던 일기 고쳐 써 보기
❹ 새로운 문학 사전 만들기(낯설게 재정의 하기)

위에 제시된 2차시 <학습지>에서 학습자들의 창작 교수·학습의 결과 및 분석에 활용하고자 하는 부분은 <창작해보기>의 최종 단계인 학습자 개개인이 완성한 한 편의 글이다.

학습자들의 창작 교수·학습의 결과 및 분석을 위해 우선, 수합된 학습자들의 글을 분류하였다. 우선 <학습지>에서 제시하고 있는 바와 같이, 학습자들이 선택한 '공간'과 '인물'에 따라 '교실(학교) - 학생', '버스(지하철) - 승객', '방(집) - 나', 그리고 그 외의 다른 공간과 인물을 자율적으로 설정해 쓴 글, 이렇게 4가지로 분류하였다.

그 결과 학습자들은 다음과 같이 공간과 인물을 선택하였다.

〈표 22〉 <창작해보기>에서 학습자들이 선택한 '공간 - 인물'의 경향

교실(학교) - 학생	버스(지하철) - 승객	방(집) - 나	기타	계
108명(44.4%)	80명(32.9%)	33명(13.6%)	22명(9.1%)	243명

학습자들이 창작의 대상으로 삼은 공간과 인물로 '교실(학교) - 학생'이 가장 많은 이유는 학습자들이 대부분의 시간을 보내는 공

간이 학교이기 때문인 것으로 생각된다.[126] 이는 학습자들이 대체로 일상성에 기반을 두고, 자신이 처한 가장 중요한 문제에 관심을 둔 글쓰기를 하는 경향이 있음을 시사하는 것이기도 하다.

이렇게 4가지로 분류한 공간은 학습자들이 그 각각의 공간에 대해 부여하고 있는 의미에 따라 다시 분류했다. 그리고 그 의미가 어떻게 글 속에 형상화되어 있는지를 분석했다.

1) '교실(학교) - 학생' 경험의 형상화로서의 글쓰기

'교실(학교) - 학생' 경험을 형상화해 글을 쓴 학습자들은 주로 '교실(학교)'을 '강제적 노동의 공간', '수동적이고 무기력한 생활을 하는 공간'으로 의미를 부여하고 있다.

(1) 강제적 노동의 공간으로서의 '교실(학교)'

학습자들은 '교실(학교)'을 '강제적 노동의 공간'으로 의미를 부여하고 있다. 주로 비자발적이고 힘겨운 노동을 누군가의 감시하에 해야 하는 공간으로 의미를 부여하는 것이다. 이때 '교실(학교)'은 주로 광산, 병원, 철봉(매달리기), 전쟁터, 군대, 사냥터, 감옥, 서커스장, 공장 등으로 형상화되었다.

대표적으로 '교실(학교)'을 '광산'으로 형상화한 학습자의 작품을 살펴보면 다음과 같다.

---

126) 실제로 본 연구의 대상이 되는 학교의 경우, 평일은 오전 7시 40분부터 오후 6시 10분까지 공식적으로 학교에서 생활하게 되므로, 하루 24시간 중 10시간 이상을 학교에서 보내게 된다.

학 생

오늘도 학생은 곡괭이를 짊어지고
학교에 간다.
아침부터 저녁까지
학생은 굴속에서 곡괭이질에 여념이 없다.
대화는 금물.
간간히 관리인이 지나갈 때면
쉬고 있던 학생들도 다시 일로.
일이 끝나갈 때쯤
학생들은 주섬주섬 도구들과
오늘 캔 노다지를 가방에 넣는다.
너도나도 할 것 없이 주섬주섬
동굴 문이 열리자마자 우루루루
학생들의 검게 탄 얼굴들이
오늘의 노동의 고됨을 알리는 듯
축 처진 어깨에 다시 가방을 들쳐 메고는 학원으로 간다.
또 다른 광산으로 향한다.

이 시에서는 쉴 새 없이 노동하는 탄광 노동자의 모습으로 학생들의 학교에서의 일상을 형상화한다. '굴'이라는 차단된 장소와 '학교'라는 공간, '곡괭이질'과 '필기(공부)', '관리인'과 '교사', '도구'와 '학용품', '노다지'와 '지식' 등 두 공간을 구성하는 소품들도 잘 어울리게 매치되어 표현하여 광산의 고된 노동만큼 학교에서의 일상이 힘듦을 잘 형상화하고 있다.

(2) 수동적이고 무기력한 생활을 하는 공간으로서의 '교실(학교)'

학습자들은 '교실(학교)'을 '수동적이고 무기력한 생활을 하는 공간'으로 의미를 부여하고 있다. 여기서는 주로 학생들이 수업 중에 잠을 청하거나, 방관적인 태도를 보이는 식으로 드러난다. 이때, '교실(학교)'은 주로, '연극무대와 객석', '민박집', '시계를 보는 공간' 등으로 형상화되었다.

대표적으로 '교실(학교)'을 '연극무대와 객석'으로 형상화한 학습자의 작품을 살펴보면 다음과 같다.

〈교수 · 학습실제의 예 14〉 '교실(학교) – 학생'을 형상화한 학습자 글의 예2

7막 8장

오늘 아침도 학생은 일어나서
잿빛 정장을 입고 말끔히 단장을 하며
충전된 핸드폰과 카드를 들고 집을 나선다.

720원의 팁만 주면 학교라는 공연장에
단숨에 가주는 전용 밴을 타고
42개의 좌석이 있는 공연장으로 향한다.

교실에 들어서 오늘의 공연을 확인하고 그에 따른
공연소개 팸플릿을 가지러 개인사물함으로
향한다. 무기력한 웃음으로 공연을 보러 온 사람들과
인사를 나눈다.

〈중략〉

1막이 내리고 1장 2장 3장
가지각색 모노 연극의 연속이다
처음에 자신감 찼던 모습으로
들어온 배우들이 50분 공연이
끝날 즈음엔 지쳐 돌아간다.
형식적인 인사를 건네며

관객들 중 일부는 그들의 연극에
관심을 가지며 경청하고
일부는 자느라 바쁘게 고개를 움직인다.

〈후략〉

이 시에서는 '학생'을 '관객'으로, '교사'를 '배우'로 정하여 둘 사이의 소통 부재상황을 '모노드라마'로 형상화하여 효과적으로 드

러냈다. 이와 같이 학습자들의 글에서는 '교실(학교) – 학생'의 상황에서 인물에 해당하는 '학생'은 '학교'라는 공간의 공식적인 주요 활동에 대해 방관적이거나 수동적인 성향으로 형상화된다.

〈교수·학습실제의 예 15〉 '교실(학교) – 학생'을 형상화한 학습자 글의 예3

칠판: 보고 있으면 마음이 심란해지는 물건. 주옥같은 시험문제들이 들어있으나 찾지 못함
숙제: 존재하되 존재하지 않는 것
학교: 식당을 달리 지칭하는 말
급식: 8세에서 19세까지의 청소년들이 학교에 오는 진정한 이유
창문: 교실 출입문에서 가장 멀리 떨어진 곳. 자신의 자아정체성을 한 번쯤 생각해볼 수 있는 공간
매점: 있는 자들의 천국. 하지만 시간제한이 있으며, 경쟁률은 8:1을 훌쩍 넘는다.

위의 예시는 '교실(학교) – 학생'을 형상화한 '새로운 문학사전 만들기'의 활동 결과의 예이다. 여기서는 '교실(학교)'이라는 공간의 특성에 기반하여 '학생'의 입장에서 '숙제', '칠판', '학교' 등등의 언어의 의미를 재정의 하고 있다. 그런데 여기서도 특히 '학교', '급식', '숙제' 등의 재정의에서처럼 수동적이고 무기력한 생활을 하는 공간으로서의 '교실(학교)'과 방관자적인 학생의 모습이 담겨 있다.

2) '버스(지하철) – 승객' 경험의 형상화로서의 글쓰기

'버스(지하철) – 승객' 경험을 형상화해 글을 쓴 학습자들은 주로 '버스(지하철)'를 '목적 달성을 위한 처절한 공간', '불특정 다수를 마주하는 공간'으로 의미를 부여하고 있다.

(1) 목적 달성을 위한 처절한 공간으로서의 '버스(지하철)'

학습자들은 '버스(지하철)'를 '목적 달성을 위한 처절한 공간'으로 의미를 부여하고 있다. 주로 출근길 제한된 시간 내에 목적지에 도착하기 위해서 보다 안락한 이동을 위한 좌석을 차지하기 위해 계속적으로 경쟁하는 목적 지향적 공간으로 의미를 부여하는 것이다. 이때 '버스(지하철)'는 주로, '동물의 왕국', '전쟁터', '사냥터', '포로수용소', '마라톤 경기장', '공장', '교회' 등으로 형상화되었다.

대표적으로 '버스(지하철)'를 '공장'으로 형상화한 학습자의 작품을 살펴보면 다음과 같다.

〈교수 · 학습실제의 예 16〉 '버스(지하철) - 승객'을 형상화한 학습자 글의 예1

철커덕 철커덕 공장의 기계 가동 소리
사람들은 출근하기 위해
재료들은 상품이 되기 위해
공장으로 들어간다.
답답한 공기, 고요한 공기 속
들려오는 기계소리
철커덕 철커덕 철커덕 철커덕
매일 아침 사람들은 수용소에 들어가
한 몸이 되어 나온다.
같은 생각 같은 근심 속에서
다 같이 상품으로 만들어진다.
포장된 상품은 말을 할 수 없다.
이제는 통하지 않는 인간의 감정.
속도가 빨라질수록 두꺼워지는 포장.
속도가 빨라질수록 얇아지는 감정.
그렇게 지하철 괴물은 철로를 달린다.
매일 찍어내는 인간상품
매일 지워내는 감정들
그렇게 우리의 일상은 차가운 철로가 되어간다.

이 시에서 '지하철'에 탑승하는 사람들은 '출근'을 하거나 현대
도시의 일상에서 규격화된 '상품'이 되기 위해 '지하철'에 오르는
것으로 형상화되어 있다. 개별화되어 있던 인간성은 '출근'과 같은
목적을 향해 '지하철'에 탑승해 그것을 통과하고 나면 획일화된
'상품성'으로 물화된다.

〈교수 · 학습실제의 예 17〉 '버스(지하철) – 승객'을 형상화한 학습자 글의 예2

〈전략〉

조금 빨리 일어난 병사는
대기장에서 기다린다.
조금 늦게 일어난 병사는
저기서 달려오고 있다.
버스라는 이름의 전함이 오면 재빨리 올라탄다.

〈중략〉

전함을 타고 가다 다른 대기장에 서면
점점 더 많은 병사들이 전함에 올라탄다.
그렇게 가다보면 전함의 수송한계 인원수가 꽉 찬다.
하지만 조금이라도 빨리 가야 하기에 병사들은
처절하게 몸을 내던지며 연신 신기록을 수립한다.
대대장님께선 매정하게 가시려하지만 병사들은
더욱 처절하게 몸을 내던진다. 그래서 대대장님께선
애원하는 병사들을 뒤로하고 그냥 지나치신다.
거의 매일, 낙오된 병사들을 외면하고 간다.

〈후략〉

위의 시는 제한된 시간 내에 목적지에 도착하기 위해 처절한 아
침의 정류장 풍경을 병사들이 전함에 탑승하는 것으로 형상화한
시이다. 일상적 '버스(지하철)'에 관한 경험을 비장한 목적성을 지
닌 '전함'에 비유하여, 일상의 치열함을 효과적으로 드러내었다.

〈교수·학습실제의 예 18〉 '버스(지하철) - 승객'을 형상화한 학습자 글의 예3

버스 안은 기도 중

승객들은 기도하러 버스에 탑승한다.
이때, 1000원이라는 헌금을 낸다.
이는 버스 기사님에 대한 헌신이요,
자신을 인도해 주는 것에 대한
감사의 표현이다.

아침의 버스 안은 부흥이 일어난다.
성령이 충만해 기도할 자리가 턱없이 부족하다.
운 좋게 자리에 앉은 이는 곧바로 기도를 시작한다.
다른 이는 신경도 안 쓰고 오로지 자신을 위해서……
서서 가는 이들은 mp3의 말씀을 들으며
감명 받고 있다.
다른 이는 신경도 안 쓰고 오로지 자신을 위해서……

과거에 장로들을 위해 자리를 양보하는 모습,
이젠 좀처럼 보기 힘들다.
많은 이가 기도에 너무 열중하기 때문이다.
점점 기도에 열중하는 이가 많아지면……
아! 대한민국, 구원 한 번 잘 받겠네.

〈후략〉

위의 시에서는 치열한 좌석 쟁탈을 위한 노력의 일환으로 종종 '자는 척' 하는 승객들을 '기도 중'이라 비꼬아 풍자하고 있다. 앞의 학습자 시들의 예에서처럼 비장함이나 무거움 대신 가볍고 희화화된 어조로 일상적인 '버스' 안의 이기적 풍경을 '성령이 충만'한 곳으로 아이러니의 효과가 잘 드러난다.

〈교수 · 학습실제의 예 19〉 '버스(지하철) – 승객'을 형상화한 학습자 글의 예4

〈버스 대사전〉

노인: 적국의 가장 강한 장군
버스: 장소가 계속 바뀌는 전쟁터
손잡이: 전쟁에서 지지 않기 위한 무기. 그 수가 제한되어 있어
두 사람이 하나씩 나눠 쓰기도 함.
의자: 지친 군인들의 은신처이자 승리한 군인의 정복지
젖은 우산: 그 어떤 것보다도 가장 강한 무기
짐: 자신이 정복할 곳을 알리는 표시이자 무기

위의 예시에서는 '버스(지하철) – 승객'을 '전쟁터 – 군인'으로 형상화해서 '노인', '버스' 등등의 언어의 의미를 재정의 하고 있는데, 이 역시 '버스(지하철)'를 '목적 달성을 위한 처절한 공간'으로 의미를 부여한 예로 볼 수 있다.

(2) 불특정 다수를 마주하는 공간으로서의 '버스(지하철)'

또 학습자들은 '버스(지하철)'를 불특정 다수와 마주하는 공간으로 파악해 그때 드러나는 인물들의 태도와 행위 등에 의미를 부여하고 있다. 이때의 '버스(지하철)'는 영화 촬영장, 신발매장, 음악감상실, 외계, 무용실, 예식장 등으로 형상화되어 나타났다. 대표적으로 '버스(지하철)'를 '예식장'으로 형상화한 학습자의 작품을 살펴보면 다음과 같다.

> **결혼식**
>
> 수많은 사람들이 결혼식을 보기 위해
> 지하도를 내려간다.
>
> 사람들은 지하철이 오기만을 기다린다.
> 드디어 오고, 사람들은 좌석에 앉는다.
>
> 드디어 나타나는 신랑신부
> 모든 하객들은 마주보고 있다.
> 덜커덩 덜커덩……
>
> 움직이는 공간의 결혼식
> 하객들의 박수갈채를 받으며 걸어가는 신랑신부
> 주례 선생님은 언제쯤 나올까.
>
> 지루하신 주례선생님은 운전대를 잡으신다.
> 마이크를 잡아 주례를 시작한다.
>
> 그리고 결혼식이 끝나고, 신랑신부의 신혼여행.
> 역시 지하철이 데려다준다.
> **역에서 OO역까지……
> 식사는 OO역의 조그만 편의점.
> 맛있어 보이는 빵스테이크와 초코와인
> 신랑신부는 신혼여행을 간다. 아름다운 지하철 길로……

이 시에서는 '지하철'이라는 일상적 공간의 '마주보고' 앉은 승객들에 착안해 지하철에 올라타 승객들 사이를 걸어가는 사람들을 '신랑신부'로 형상화했다. 일회적이고 소통이 없는 대중교통수단 안에서의 만남을 '백년 가약'이라는 밀도 높고 상호적인 만남으로 의미를 부여하고 있다. 또, '편의점'에서의 피로연, '지하철 길'로의 '신혼여행'처럼 사소한 무채색의 일상에 특별한 의미를 부여하고 다채롭게 채색하는 점이 돋보인다. 특별한 순간과 평범한 일상을 한 축으로 설정하여 둘 사이의 경계를 지우고 있다.

지하철: 일정한 요금을 받고 다양한 스타일의 사람들을 만나게 해 주는 주선 장소
승객: 외로움에 지쳐 혹시나 하는 설렘으로 주선 장소로 나오는 사람들
의자: 마주보며 서로 눈빛을 교환할 수 있는 첫 만남 장소
손잡이: 마음에 드는 사람 앞에 가서 간접적으로 자신의 마음을 알릴 수 있는 매개체
신문: 앞에 선 사람이 마음에 들지 않는다는 간접적 표현
핸드폰: 앞에 선 사람이 마음에 든다는 간접적 표현. 대범한 사람일시 핸드폰을 내밀기도 함

위의 경우도 역시 '버스(지하철)'를 불특정 다수와 마주하는 공간으로 의미를 부여하고 있다. 도시 공간에서 운명적이고 우연한 만남의 로망이 남아있는 곳으로 '버스(지하철)'가 종종 거론되곤 하는데, 그런 의미가 잘 반영된 예라 할 수 있다.

3) '방(집)-나' 경험의 형상화로서의 글쓰기

'방(집)-나' 경험을 형상화해 글을 쓴 학습자들은 주로 '방(집)'을 '편안한 휴식을 제공하는 공간', '감시당하는 공간', '주체성(정체성)을 상실한 공간'으로 의미를 부여하고 있다.

(1) 편안한 휴식을 제공하는 공간으로서의 '방(집)'

학습자들은 '방(집)'을 '방(집)' 밖에서 지친 자신들에게 휴식과 안락을 제공하는 공간으로 의미를 부여하고 있다. 이때의 '방(집)'은 하숙집, 숙박업소(호텔), 침대 등의 '수면'의 기능, 상담실, 병원 등의 '치유'의 기능을 담당한 공간으로 형상화되어 나타났다.

대표적으로 '방(집)'을 '숙박업소'로 형상화한 학습자의 작품을 살펴보면 다음과 같다.

숙 박

나의 안락함과
편안함이 고스란히
담겨있고

학교 갈 때는
잠과 3mm 내려오는
다크서클을 챙겨가고

다시 다녀오면
공짜로 제공해 주는
따뜻한 밥과 양말을

일주일에 한 번은
용돈도 주는
고마운 숙박업소

다만 아쉬운 건
다정하다가도 시끄러운
주인아주머니

위의 시에서 '숙박업소'는 '방(집)'을 형상화한 공간이다. '방(집)'
을 '숙박업소'로 설정해 '따뜻한 밥과 양말'을 '공짜로 제공해 주'
기도 하고, '용돈도 주'어서 '고마운' 공간으로 낯설게 재인식하고
있다. 더구나 어머니를 '주인아주머니'로 형상화해서 마지막에 웃
음을 주는 시이기도 하다. 그런데, 이 시에서 '방(집)'이 제공해 주
는 '안락함과 편안함'은 '공짜'라는 말을 매개로 '고마운' 감정과
연결된다. 이는 표면적으로 '방(집)'에 부여된 '안락함'의 이면엔
'공짜'라는 현대 도시의 교환가치가 전제되어 있기 때문이다. 이는
병원, 호텔, 상담실 등도 마찬가지이다. 따라서 학습자들이 편안한
휴식의 공간으로 형상화한 '방(집)'은 Ⅲ장의 '삭막한 일상의 연장

공간'인 '집' 공간 경험을 형상화한 도시 소재시와 일맥상통한다
할 수 있다.

(2) '감시당하는 공간으로서의 '방(집)'

또 학습자들은 '방(집)'을 '갇힌 공간'으로, '나'를 '감시당하는
존재'로 의미를 부여하고 있다. 이때의 '방(집)'은 감옥, 쳇바퀴, 보
호소, 연극무대 등의 공간으로 형상화되어 나타났다.

대표적으로 '방(집)'을 '연극무대'로 형상화한 학습자의 작품을
살펴보면 다음과 같다.

〈교수·학습실제의 예 23〉 '방(집)-나'를 형상화한 학습자 글의 예2

> 그는 자신만의 공간에서 멍하니 창살 밖을 바라본다.
> '책들이 나를 노려봐!'
> 빼곡히 박힌 서적들이 나를 바라본다.
> <중략>
> 그는 관객 하나 없는 무대에서 소품을 꺼내들고는 자리에 앉았다.
> 그리고 불안한 듯이 다시 일어섰다가 다시 자리에 앉는다.
> 연필을 꺼내들고 그 소품을 바라본다.
> 그 소품이 나를 노려본다. 질 수 없다, 그는 그것의 시선을 피하지 않았다.
> 아! 그렇지만 그것은 참으로 덧없는 것이었다.
> '공부는 하고 있냐?'
> 그의 연극은 아직 끝나지 않았다.

'방(집)'은 학업에 대한 중압감이 편안하고 사적인 공간에까지
침투한 현실을 반영한 공간이다. 이때 그러한 현실의 끝없는 '감
시'는 사면이 투명하게 노출된 '관객 하나 없는 무대'로 감시의 주
체도 일상에 깊이 침투한 '소품'으로 형상화되어 감시대상으로서의
경험이 잘 표현되어 있다.

(3) 정체성에 대해 고민하는 공간으로서의 방(집)

마지막으로 학습자들은 '방(집)'을 스스로의 '주체성(정체성)에 대해 고민하는 공간'으로 의미를 부여하고 있다. 이때의 '방(집)'은 분장실, 거울(욕실) 등의 공간으로 형상화되어 나타났다.

대표적으로 '방(집)'을 '거울(욕실)'로 형상화한 학습자의 작품을 살펴보면 다음과 같다.

〈교수·학습실제의 예 24〉 '방(집) - 나'를 형상화한 학습자 글의 예3

나는 세수를 하러 내 방에 들어간다.
막 물거품이 일어난 비누를 얼굴에 문지르다 눈에 불이 나 눈물을 쏟는다.
단지 눈만 아려오는 걸까.
단지 눈에서만 눈물이 나는 걸까.
내 마음의 거울을 보고 다시 세수를 한다.
고개를 들었을 때 거울에 선명히 새겨진 물거품들의 움직임이 보였다.
같은 지붕 아래 가족들과 내가 함께 있었지만
오늘도 엄마께선 거실, 안방, 화장실, 오빠방……
그 어디에서도 나를 찾을 수 없었다고,
거울 한 쪽에 그렇게 적어두신 것이었다.

'거울에 선명히 새겨진 물거품'은 이 시에서 시적 화자가 스스로에게 부여한 정체성이라 할 수 있다. 그것은 '마음의 거울을 보고 다시 세수를' 한, 그래서 이전의 정체성(얼굴)을 씻고 새롭게 획득한 화자가 다시 거울을 보았을 때 선명히 보인 것이기 때문이다. 이 시에서는 이런 정체성을 '방(집)'의 '거울'에서 인식하는 것으로 형상화하고 다른 가족들과의 단절감을 '거실', '안방', '화장실' 등의 다른 집 공간과 대조시켜 표현하고 있다.

4) 기타

앞에서 제시한 세 항목 이외에 학습자들이 자율적으로 선택한 도시 공간에는 크게 쇼핑을 위한 백화점이나 거리, 독서실이나 학원 등 학교 밖의 학습 공간, 은행, 역 등이 있다. 쇼핑 공간은 '경마장', '헬스장' 등 속도와 노력을 요하는 공간으로 형상화되어 있거나, '마녀소굴'처럼 유혹의 공간으로도 의미를 부여하고 있다. 또 독서실은 '수면실'에, 학원은 '전쟁터'로 형상화해 '교실(학교) - 학생'의 경우와 유사한 양태를 보인다. 뿐만 아니라, 은행은 '피서지'로, 역은 '숙박업소'로 형상화되어 있다.

이들 중에서 쇼핑공간을 '경마장'으로 형상화한 경우를 보면 다음과 같다.

〈교수·학습실제의 예 25〉 '쇼핑공간 - 구매자'를 형상화한 학습자 글의 예

홍제동 경마장

오늘도 손님들은 자동차라는 말을 타고
이미 쇼핑몰에 도착했다.

매표소 앞 아줌마들은 빨리 들어가기 위해
시동을 걸고 있다.

〈중략〉

문 여는 순간 경마가 시작되었다.
누가 먼저 SALE이라는 결승선을 통과할진
아무도 모르는 긴장감 넘치는 곳이다.

한 경기가 끝나면
누군가는 희열을 느끼고
누군가는 아쉬움을 느낀다.

〈후략〉

도시 공간에서는 물건을 구매하는 서비스를 받을 때에도 '경마'와 같은 경쟁의 논리가 작용한다는 것은 아이러니하다. 이러한 경쟁적인 구매의 모습을 경마의 순간과 매치하여 표현하고 있는 시이다.

3. 학습자 반응 분석

도시 소재시의 수용과 창작을 위한 2차시의 교수·학습을 실시한 후, 학습자들의 반응을 알아보기 위한 설문조사를 실시하였다. 설문 조사의 대상은 교수·학습을 실시한 7학급 중, 사전설문조사를 실시했던 고등학교 1학년 4개 학급 158명으로, 그 결과는 다음과 같다.

1) 도시 소재시에 대한 전반적인 학습자들의 흥미도

2차시에 걸친 도시 소재시의 수용과 창작 교수·학습 후 실시한 <사후 설문 조사>에서 학습자들은 다음과 같은 반응을 보였다.

〈표 23〉 사후설문조사 결과: 도시 소재시에 대한 학습자들의 흥미도

1. 평소 학교에서 배우던 현대시와 비교해볼 때, 지난 두 시간동안 배웠던 현대시에 흥미를 느낍니까?			
구분	매우 흥미 없다	흥미 없다	흥미 있다	매우 흥미 있다
비율	2.53%	10.76%	77.85%	8.86%

86.71%의 학습자들이 평소 학교에서 배우던 현대시보다 도시 소재시에 더 흥미를 느낀다고 응답했다. 그런데 이는 <사전 설문 조사>의 다음 항목과 비교해볼 필요가 있다.

〈표 24〉 사전설문조사 결과: 현대시 교육정전에 대한 흥미도

1. 평소 학교에서 배우는 현대시에 흥미를 느낍니까?			
구분	매우 흥미 없다	흥미 없다	흥미 있다	매우 흥미 있다
비율	5.06%	43.67%	47.47%	3.8%

<사전 설문 조사>에서 학습자들은 학교에서 평소 배우는 현대시에 대해 흥미 없다는 반응은 48.73%, 흥미 있다는 반응은 51.27%로, 거의 비슷한 비율이었다.

따라서 평소 학교에서 배우는 현대시에 흥미를 느끼지 못했던 학습자들 중 상당수가 도시 소재시에 상대적으로 흥미를 느끼고 있음을 알 수 있다.

2) 도시 소재시에 대한 학습자 흥미 정도에 따른 반응 분석

<사후 설문 조사>에서 도시 소재시에 대한 흥미도를 '매우 흥미 없다', '흥미 없다', '흥미 있다', '매우 흥미 있다' 네 단계로 반응할 것을 요했다. 따라서 여기서는 각 네 단계에 응답한 학습자들로 분류하여 <사후 설문 조사>에 대한 반응을 분석하고자 한다.

(1) 도시 소재시에 대해 '매우 흥미 없다'고 한 학습자들의 반응

〈표 25〉 사후 설문 조사 결과 1: 도시 소재시에 대해 '매우 흥미 없다'고 한 학습자들의 반응

2. 평소 학교에서 배우던 현대시보다 지난 두 시간동안 배웠던 현대시에 흥미를 느끼지 못하는 이유는 무엇입니까?(복수 응답 가능)

단위: %

① 평소 학교에서 배우는 현대시보다 주제나 소재(내용)에 흥미를 느끼지 못해서	75%
② 평소 학교에서 배우는 현대시보다 작품을 이해하기 어려워서	25%
③ 시험과 직접적 관련이 없다고 생각되어서	0%

2-1. 자신이 가장 흥미를 느끼는 현대시의 내용(주제, 소재)은 어떤 것들입니까?

단위: %

현대시의 소재 및 주제	매우 흥미없다	흥미 없다	흥미 있다	매우 흥미있다
자연친화적, 향토적 소재와 정서를 다룬 현대시	66.7	33.3	0	0
초월적, 관념적 내용의 현대시	33.3	66.7	0	0
일제강점기와 독재치하의 시대(현실)의식, 저항정신을 다룬 시	66.7	33.3	0	0
도시적 소재와 정서를 다룬 현대시	33.3	66.7	0	0
최근(1980년대~현재)의 평범한 일상생활을 다룬 현대시	0	100	0	0

2-2. 평소 학교에서 배우던 현대시보다 지난 두 시간동안 배웠던 현대시가 어렵게 느껴지는 이유는 무엇입니까?

단위: %

도시 소재시 이해가 어려운 이유	매우 그렇지 않다	그렇지 않다	그렇다	매우 그렇다
평소 학교에서 배우던 현대시보다 시대상황에 대한 배경지식이 많이 필요해서	0	100	0	0
평소 학교에서 배우던 현대시보다 작품을 이해하는 데에 시인의 의도 파악이 필요해서	0	0	0	100
평소 학교에서 배우던 현대시보다 작품을 이해하는 데에 시어의 함축적 의미와 수사법을 알아야 해서	0	0	100	0
평소 학교에서 배우던 현대시보다 작품 내용에 잘 공감이 가지 않아서	0	100	0	0
처음 보는 작품들이 많아서	0	0	0	100

위의 설문 응답 결과에서 볼 수 있는 것처럼, 사실 도시 소재시에 '매우 흥미 없다'고 반응한 학습자들의 경우, 도시 소재시뿐만 아니라, 다른 대부분의 현대시에 대해서도 별다른 흥미를 느끼지 못하고 있는 것으로 보인다. 따라서 도시 소재시의 다른 현대시에서 볼 수 없는 특징적인 부분이 학습자들에게 거부감을 일으켜 흥미를 떨어뜨린 것은 아니라 할 수 있다.

(2) 도시 소재시에 대해 '흥미 없다'고 한 학습자들의 반응

〈표 26〉 사후 설문 조사 결과 2: 도시 소재시에 대해 '흥미 없다'고 한 학습자들의 반응

2. 평소 학교에서 배우던 현대시보다 지난 두 시간동안 배웠던 현대시에 흥미를 느끼지 못하는 이유는 무엇입니까?(복수 응답 가능)

단위: %

①평소 학교에서 배우는 현대시보다 주제나 소재(내용)에 흥미를 느끼지 못해서	70.59
②평소 학교에서 배우는 현대시보다 작품을 이해하기 어려워서	41.18
③시험과 직접적 관련이 없다고 생각되어서	0

2-1. 자신이 가장 흥미를 느끼는 현대시의 내용(주제, 소재)은 어떤 것들입니까?

단위: %

현대시의 소재 및 주제	매우 흥미없다	흥미없다	흥미있다	매우 흥미있다
자연친화적, 향토적 소재와 정서를 다룬 현대시	16.67	75	8.33	0
초월적, 관념적 내용의 현대시	8.33	83.34	8.33	0
일제강점기와 독재치하의 시대(현실)의식, 저항정신을 다룬 시	8.33	91.67	0	0
도시적 소재와 정서를 다룬 현대시	8.33	58.33	33.34	0
최근(1980년대~현재)의 평범한 일상생활을 다룬 현대시	16.67	75	8.33	0

2-2. 평소 학교에서 배우던 현대시보다 지난 두 시간동안 배웠던 현대시가 어렵게 느껴지는 이유는 무엇입니까?

단위: %

도시 소재시 이해가 어려운 이유	매우 그렇지 않다	그렇지 않다	그렇다	매우 그렇다
평소 학교에서 배우던 현대시보다 시대상황에 대한 배경지식이 많이 필요해서	0	14.29	85.71	0
평소 학교에서 배우던 현대시보다 작품을 이해하는 데에 시인의 의도 파악이 필요해서	0	14.29	85.71	0
평소 학교에서 배우던 현대시보다 작품을 이해하는 데에 시어의 함축적 의미와 수사법을 알아야 해서	0	14.29	42.86	42.86
평소 학교에서 배우던 현대시보다 작품 내용에 잘 공감이 가지 않아서	14.29	71.43	14.29	0
처음 보는 작품들이 많아서	0	0	71.43	28.57

앞서 살펴본 도시 소재시에 '매우 흥미 없다'고 반응한 학습자들의 경우와 유사하게, '흥미 없다'는 학습자들의 경우도 도시 소재시뿐만 아니라, 다른 대부분의 현대시에 대해서도 별다른 흥미를 느끼지 못하고 있다. 단지 도시 소재시에 '매우 흥미 없다'고 한 학습자들보다 2-1에서 '매우 흥미 없다'는 극단적인 반응이 줄어든 차이는 있다. 오히려 2-1의 반응 결과에서 볼 수 있듯이, 학습자들이 '흥미 있다'는 반응을 보인 현대시의 소재 및 주제는 '도시소재시'가 33.34%로 다른 소재들에 비해 높은 비율을 나타냈다. 따라서 여기서도 마찬가지로 '도시 소재시'라는 소재적 특징 때문에 학습자들이 흥미를 느끼지 못한 것은 아니라 할 수 있다.

(3) 도시 소재시에 대해 '흥미 있다'고 한 학습자들의 반응

〈표 27〉 사후 설문 조사 결과 3: 도시 소재시에 대해 '흥미 있다'고 한 학습자들의 반응

3. 평소 학교에서 배우던 현대시보다 지난 두 시간동안 배웠던 현대시에 흥미를 느끼는 이유는 무엇입니까?(복수 응답 가능)

	단위: %
①평소 학교에서 배우는 현대시보다 주제나 소재(내용)에 흥미를 느껴서	84.55
②평소 학교에서 배우는 현대시보다 작품을 이해하기 쉬워서	31.7

3-1. 자신이 가장 흥미를 느끼는 현대시의 내용(주제, 소재)은 어떤 것들입니까?

단위: %

현대시의 소재 및 주제	매우 흥미없다	흥미없다	흥미있다	매우 흥미있다
자연친화적, 향토적 소재와 정서를 다룬 현대시	6.73	68.27	25	0
초월적, 관념적 내용의 현대시	5.77	54.8	36.53	2.89
일제강점기와 독재치하의 시대(현실)의식, 저항정신을 다룬 시	16.35	50.96	29.8	2.89
도시적 소재와 정서를 다룬 현대시	0	5.77	89.42	4.8
최근(1980년대~현재)의 평범한 일상생활을 다룬 현대시	0.96	3.85	75	20.19

3-2. 평소 학교에서 배우던 현대시보다 지난 두 시간동안 배웠던 현대시가 쉽게 느껴지는 이유는 무엇입니까?

단위: %

도시 소재시 이해가 쉬운 이유	매우 그렇지 않다	그렇지 않다	그렇다	매우 그렇다
평소 학교에서 배우던 현대시보다 시대상황에 대한 배경지식이 많이 필요하지 않아서	0	15.38	84.62	0
평소 학교에서 배우던 현대시보다 작품을 이해하는 데에 시인의 의도 파악이 많이 필요하지 않아서	2.56	20.51	66.67	10.26
평소 학교에서 배우던 현대시보다 작품을 이해하는 데에 시어의 함축적 의미와 수사법을 아는 것이 많이 필요하지 않아서	2.56	17.95	79.49	0
평소 학교에서 배우던 현대시보다 작품 내용에 잘 공감이 가서	0	5.13	51.28	43.59

앞서 살펴본 도시 소재시에 '매우 흥미 없다'와 '흥미 없다'는 학습자들의 경우와 달리, 도시 소재시에 '흥미 있다'는 반응을 보인 학습자들은 주제 및 소재에 따라 다른 흥미도를 보였다. 자연 친화적 소재와 시대의식과 저항정신을 다룬 교육정전 체계 내의 현대시와 관념적 내용의 현대시에 대해 '흥미 없다'는 반응을 50% 이상 보였다. 이는 현행 교육정전 체계에서 배제된 도시 소재시와 최근의 평범한 일상을 다룬 시에 대한 흥미도가 75%를 넘어서는 것과 대조적이다.

또 도시 소재시에 '흥미 있다'고 반응한 학습자들 중 31.7%가 도시 소재시의 이해가 용이해서 흥미를 느낀다고 했다. 이들 중, 60% 이상의 학습자들이 시대상황, 수사법, 시인의 의도 파악과 같은 기존 현대시 교육에서 중시하던 지식이 도시 소재시의 이해도에는 영향을 주지 않는다고 느끼고 있는 것이다. 반면 도시 소재시에 공감을 느낀다는 학습자들은 94.87%로, 학습자들이 현대시를 이해하는 데에 지식보다는 공감여부가 중요하게 작용할 수 있음을 시사한다고 하겠다.

(4) 도시 소재시에 대해 '매우 흥미 있다'고 한 학습자들의 반응

〈표 28〉 사후 설문 조사 결과 4: 도시 소재시에 대해 '매우 흥미 있다'고 한 학습자들의 반응

3. 평소 학교에서 배우던 현대시보다 지난 두 시간동안 배웠던 현대시에 흥미를 느끼는 이유는 무엇입니까? (복수 응답 가능)	
	단위: %
①평소 학교에서 배우는 현대시보다 주제나 소재(내용)에 흥미를 느껴서	71.43
②평소 학교에서 배우는 현대시보다 작품을 이해하기 쉬워서	28.57

3-1. 자신이 가장 흥미를 느끼는 현대시의 내용(주제, 소재)은 어떤 것들입니까?

단위: %

현대시의 소재 및 주제	매우 흥미없다	흥미없다	흥미있다	매우 흥미있다
자연친화적, 향토적 소재와 정서를 다룬 현대시	0	70	20	10
초월적, 관념적 내용의 현대시	0	60	40	0
일제강점기와 독재치하의 시대(현실)의식, 저항정신을 다룬 시	0	60	40	0
도시적 소재와 정서를 다룬 현대시	0	0	60	40
최근(1980년대~현재)의 평범한 일상생활을 다룬 현대시	0	0	30	70

3-2. 평소 학교에서 배우던 현대시보다 지난 두 시간동안 배웠던 현대시가 쉽게 느껴지는 이유는 무엇입니까?

단위: %

도시 소재시 이해가 쉬운 이유	매우 그렇지 않다	그렇지 않다	그렇다	매우 그렇다
평소 학교에서 배우던 현대시보다 시대상황에 대한 배경지식이 많이 필요하지 않아서	0	0	75	25
평소 학교에서 배우던 현대시보다 작품을 이해하는 데에 시인의 의도 파악이 많이 필요하지 않아서	0	0	75	25
평소 학교에서 배우던 현대시보다 작품을 이해하는 데에 시어의 함축적 의미와 수사법을 아는 것이 많이 필요하지 않아서	0	25	75	0
평소 학교에서 배우던 현대시보다 작품 내용에 잘 공감이 가서	0	0	0	100

　도시 소재시에 '매우 흥미 있다'는 반응을 보인 경우는 앞서 살펴본 '흥미 있다'는 반응을 보인 학습자들의 경우와 매우 흡사하다. 즉 도시 소재시에 '매우 흥미 있다'는 반응을 보인 학습자들도 자연친화적 소재와 시대의식과 저항정신을 다룬 교육정전 체계 내의 현대시와 관념적 내용의 현대시에 대해 '흥미 없다'는 반응을 60% 이상 보였다. 이는 현행 교육정전 체계에서 배제된 도시 소

재시와 최근의 평범한 일상을 다룬 시에 대한 흥미도가 60%를 넘어서는 것과 대조적이다.

또 도시 소재시에 이들 중 28.57%가 도시 소재시의 이해가 용이해서 흥미를 느낀다고 했다. 이들 중, 75% 이상의 학습자들이 시대상황, 수사법, 시인의 의도 파악과 같은 기존 현대시 교육에서 중시하던 지식이 도시 소재시의 이해도에는 영향을 주지 않는다고 느끼고 있는 것이다. 반면 도시 소재시에 공감을 느낀다는 학습자들은 100%로, 학습자들이 현대시를 이해하는 데에 지식보다는 공감여부가 중요하게 작용할 수 있음을 앞에서와 마찬가지로 다시 한 번 확인할 수 있다.

결 론

VI

결 론

본 연구는 문학 교육이 수요자인 학습자들의 삶과 밀착된 '학습자 중심 교육'의 정점에 서야 한다는 인식에서 비롯되었다. 이는 문학이 근본적으로 인간의 삶에 기본을 두고 있다는 너무나 평범한 사실에 기반한다. 곧 학습자들의 삶에 토대를 둔 문학 교육이야말로 문학의 본령에 가장 충실한 것이라 하겠다. 따라서 본 연구에서 의도하는 '학습자 중심 교육'으로서의 문학 교육은 단순히 학습자들이 이해하기 쉽고, 학습자들의 요구에서 귀납적으로 산출한 것을 내용으로 삼아 효율성을 높이는 데에 머물지 않는다. 이는 학습자들이 자신의 삶과 경험에서 출발해, 문학 경험을 통해 새로 의미가 부여된 삶으로 돌아와, 삶과 문학의 경계에서 자유롭게 넘실댈 수 있는 데까지 나아간다.

이와 같은 의미의 '학습자 중심 문학 교육'을 실현하기 위해 본 연구에서는 도시 소재시를 '다양한 현대시 교육텍스트' 및 '확대된 교육정전'으로 포함할 것을 제안하였다. 도시 소재시란 산업 자본주의사회(또는 후기 산업 사회)의 삶과 의식을 반영한 공간으로서의 도시적 삶을 담고, 그에 대한 정서를 표현한 시를 말한다. 따라서 도시 소재시는 현재 일상적 삶이 '도시' 공간에서 이루어지고 있다는 점에서 '학습자 중심 문학 교육'을 실현하기 위한 대안으로 적절하다. 이에 본 연구에서는 도시 소재시의 교수·학습내용 및 방법을 구안하고 적용하여 그 효과를 제시하는 것을 목적으로 하였다.

우선 도시 소재시의 교수·학습내용 요소를 추출하기 위해 도시 소재시의 특성을 일상성과 비일상성을 중심으로 살펴보았다. 도시 소재시의 일상성은 텍스트에 실현된 내용과 학습자 경험 사이의 공유된 지점으로, 학습자들의 텍스트에 대한 공감을 불러일으키는 요소다. 본 연구에서는 이를 시인, 화자, 인물의 일상성과 언어 표현의 일상성, 그리고 보편적 도시 공간의 형상화 측면으로 보고 실제 교수·학습 계획에도 활용하였다. 반면 도시 소재시의 비일상성은 학습자에게 익숙한 일상을 낯설게 인식하게 하여 일상에 거리두기를 요하는 요소다. 본 연구에서는 이를 이름과 기능 감추기와 드러내기, 물화시키기 같은 수법과 병치, 아이러니 등으로 보고, 실제 교수·학습 계획에도 활용하였다.

그리고 도시 소재시의 일상성과 비일상성에서 추출한 교수·학습 요소를 바탕으로 도시 소재시의 교수·학습 원리 및 방안을 구안하였다. 우선, 도시 소재시의 교수·학습 원리는 일상에서 출발해 텍스트의 비일상성을 경험하고 일상을 재인식하게 하는 회귀적이고 개방적인 원리이다. 이를 구체적으로 실현하기 위한 도시 소재시 수용의 교수·학습은 '경험적 공간의 재현', '텍스트 공간의 인식', '경험적 공간과 텍스트 공간의 비교'를 거쳐 학습자들의 '일상 공간에 대한 인식 확장'의 단계로 설계하였다. 이는 텍스트의 의미를 학습자들이 수동적으로 이해하는 차원에 머물던 기존의 현대시 교육에서 벗어나 학습자에서 시작해 다시 학습자로 돌아와 텍스트에 대한 그들의 주체성을 보장하기 위한 방안이다. 마찬가지 원리로 도시 소재시 창작의 교수·학습도 '경험적 공간의 재현', '경험적 공간의 문학적 형상화', '글쓰기'를 거쳐 학습자들의 '일상 공간에 대한 재인식'의 단계로 설계하였다.

이렇게 구안된 도시 소재시의 교수·학습 원리 및 방안을 바탕으로 실제 적용할 수업모형 및 학습지도안을 설계하여 현재 고등학교 1학년 학생들 283명을 대상으로 교수·학습 활동을 수행했다. 그 결과 86.71%의 학습자들이 현행 현대시 교육정전 텍스트보다 흥미 있다는 긍정적인 반응을 보였다. 뿐만 아니라 도시 소재시의 수용도 일상성의 차원에서는 유사한 반응 양상을 보여 공감을 높이고, 비일상성의 차원에서는 공감과 거리두기 사이의 적절한 균형 감각을 자율적으로 보여 주었다. 이런 수용활동을 바탕으로 2차시의 창작 활동에서 공감을 바탕으로 하면서도 다채로운 텍스트를 적극적으로 생산해 기성 시인들 못지않은 능력을 보여 주는 경우도 있었다.

도시 소재시의 수용과 창작 교육은 다음과 같은 점에서 의의를 지닌다. 첫째, 주지한 바와 같이, 학습자의 삶에 밀착된 문학 텍스트로서, 도시 소재시는 학습자들의 주체적 문학 수용 및 창작에 적절하다. 둘째, 도시 소재시는 소소한 일상의 장면 안에 세계를 움직이는 보편적인 큰 질서를 응축하여 형상화함으로써 소소한 일상과 세계를 비판적으로 인식하게 하는 비판적 문식력을 신장시킬 수 있다. 셋째, 도시 소재시의 관찰자로서의 시적 화자는 주로 자신의 내면보다는 외부의 장면을 형상화하여 학습자에게 그 세계에 대해 스스로 생각할 여지를 주어, 다양한 학습자 반응을 이끌어 낼 수 있다. 넷째, 일상의 경험에서 비일상으로서의 문학적 형상화를 제안한 창작의 모형은 일상을 그 출발점으로 하여 학생들의 창작에 대한 부담을 덜게 하고, 일상과 창작을 동일 선상에 놓을 수 있다는 점에서 문학 창작 생활화에 기여할 수 있다.

'지금 여기'는 인간의 삶이나 문학 모두에 있어 외따로 떨어진 '섬'이 아니다. '지금 여기'의 찰나는 시공을 관통하는 보편성과 연속성에 닿아있다. 그런 점에서 '지금 여기'의 문학은 보편성을 녹여낸 특수성으로, 찰나가 아닌, 영원성을 획득하고 있다. 따라서 학습자들이 교육의 장에서 '지금 여기'의 문학으로서의 도시 소재시를 만나는 일은 그들을 둘러싼 모든 세계, 시공과 만나는 일이라는 점에서, 문학의 본령, 삶의 본령에 다가서는 일이다.

참고문헌

〈자료〉

교육인적자원부(2002). 7차 중학교 1-1 국어, 교학사.
교육인적자원부(2002). 7차 중학교 1-2 국어, 교학사.
교육인적자원부(2002). 7차 중학교 2-1 국어, 교학사.
교육인적자원부(2002). 7차 중학교 2-2 국어, 교학사.
교육인적자원부(2002). 7차 중학교 3-1 국어, 교학사.
교육인적자원부(2002). 7차 중학교 3-2 국어, 교학사.
교육인적자원부(2002). 7차 고등학교 국어(상), 교학사.
교육인적자원부(2002). 7차 고등학교 국어(하), 교학사.
교육인적자원부(2002). 7차 중학교 1-1 국어·생활국어 교사용지도서,
　　　　교학사.
교육인적자원부(2002). 7차 중학교 1-2 국어·생활국어 교사용지도서,
　　　　교학사.
교육인적자원부(2002). 7차 중학교 2-1 국어·생활국어 교사용지도서,
　　　　교학사.
교육인적자원부(2002). 7차 중학교 2-2 국어·생활국어 교사용지도서,
　　　　교학사.
교육인적자원부(2002). 7차 중학교 3-1 국어·생활국어 교사용지도서,
　　　　교학사.
교육인적자원부(2002). 7차 중학교 3-2 국어·생활국어 교사용지도서,
　　　　교학사.
교육인적자원부(2002). 7차 고등학교 국어(상) 교사용지도서, 교학사.
교육인적자원부(2002). 7차 고등학교 국어(하) 교사용지도서, 교학사.

김광규(1995), 『희미한 옛 사랑의 그림자』, 민음사.

김기택(1999), 『사무원』, 창비.

김기택(2005), 『소』, 문학과 지성사.

김명인(2003), 『2003 현장비평가 뽑은 올해의 좋은 시』, 현대문학.

김명인(2004), 『2004 현장비평가 뽑은 올해의 좋은 시』, 현대문학.

김명인(2008), 『2008 현장비평가 뽑은 올해의 좋은 시』, 현대문학.

박명용 외(2003), 『2003 오늘의 좋은 시』, 푸른사상.

박명용 외(2005), 『2005 오늘의 좋은 시』, 푸른사상.

박명용 외(2008), 『2008 오늘의 좋은 시』, 푸른사상.

성미정(1997), 『대머리와의 사랑』, 세계사.

오규원(2002), 『오규원 시전집』, 문학과 지성사.

이원(2007), 『세상에서 가장 가벼운 오토바이』, 문학과 지성사.

장정일(2002), 『햄버거에 대한 명상』, 민음사.

최승호(1990), 『세속도시의 즐거움』, 세계사.

〈단행본〉

김덕영(2007), 『게오르그 짐멜의 모더니티 풍경 11가지』, 도서출판 길.

김욱동(1990), 『바흐친과 대화주의』, 나남.

김준오(1992), 『도시시와 해체시』, 문학과 비평사.

김준오(2000), 『시론』, 삼지원.

김택중(2004), 『현대소설의 문학지형과 공간성 연구』, 푸른 사상사.

김왕배(2000), 『도시, 공간, 생활세계』, 한울.

심혜련(2004), 『공간과 도시의 의미들』, 소명출판.

안남일(2004), 『기억과 공간의 소설현상학』, 나남출판.

이성욱(2004), 『한국 근대문학과 도시문화』, 문학과학사.

이은정·한수영(2007), 『공감 - 시로 읽는 삶의 풍경들』, 교양인.

임헌영(1988), 『문학과 이데올로기』, 실천문학사.

정끝별(1999), 『천 개의 혀를 가진 시의 언어』, 하늘연못.

정재찬(2003), 『문학 교육의 사회학을 위하여』, 역락.

정재찬(2004), 『문학 교육의 현상과 인식』, 역락.

Georg Simmel(2005), 『짐멜의 모더니티 읽기』(김덕영, 윤미애 역), 새물결.
H.Lefebvre(1990), 『현대세계의 일상성』(박정자 역), 主流·一念(원전은 1968에 출판)
H.Lefebvre(2004), 『현대세계의 일상성』(박정자 역), 기파랑(원전은 1968에 출판)
Michel Foucault(2008), 『감시와 처벌: 감옥의 역사』(오생근 역), 나남출판(원전은 1975에 출판)

〈학위 논문〉

안은희(2005), 「김광규 시의 일상성 연구」, 경희대학교 석사학위 논문.
유창민(2005), 「1960, 70년대 한국 현대시에 나타난 모더니즘과 일상성 연구」, 건국대학교 석사학위 논문.

〈학술지 논문〉

김수환(2002), 「유리로트만 기호학에 있어서 '공간'의 문제」, 『기호학연구』 제11집, 문학과 지성사.
김우창(2000), 「도시와 문학-환영의 세계」, 『인문과학』 7호, 서울시립대 인문과학연구소.
김정우(2006), 「시 이해를 위한 시 창작교육의 방향과 내용」, 『문학교육학』 19, 역락.
맹문재(2006), 「서정, 생태, 사회적 상상력의 현재적 의미」, 『오늘의 문예비평』 60호, 산지니.
박선영(1998), 「90년대 시에 나타난 일상성의 드러냄과 넘어섬-오규원, 최승호, 김기택, 채호기 시를 중심으로」, 『성신어문학』 10호, 성신어문학연구회.
박현수(2006), 「문학의 공간: 공간과 장소의 시적 변증법」, 『문학수첩』 16호, 문학수첩.
염은열(2006), 「기행가사의 '공간' 체험이 지닌 교육적 의미」, 『고전문학과 교육』 12호, 한국고전문학교육학회.

윤여탁(2003), 「고교 교과서에 실린 시작품 총목록」, 『시인세계』 2003 년 봄호, 문학과 세계사.

이미순(2002a), 「80년대 도시시의 전개 양상」, 『현대시』 154호, 한국문연.

이미순(2002b), 「80년대 일상시의 전개 양상」, 『현대시』 156호, 한국문연.

이미순(2003), 「80년대 도시적 서정시의 형성과 확산」, 『현대시』 161호, 한국문연.

정효구(2007), 「도시, 서정, 도시적 서정시」, 『현대시학』 461호, 현대시학사.

최미숙(2005), 「현대시교육방법에 대한 고찰」, 『국어교육학연구』 22, 국어교육학회.

최홍원(2007), 「문학교육에서 경험의 재개념화와 교육적 실천을 위한 연구」, 『국어교육학연구』 29, 국어교육학회.

함영준(1998), 「'낯설게 하기' 기법의 낯설게 하기」, 『노어노문학』 제10권 제2호, 한국노어노문학회.

홍신선(1998), 「시의 대중성: 일상성 상업성」, 『한국문학연구』 20호, 동국대학교한국문학연구소.

황혜진(2007), 「문학을 통한 인문지리적 사고력 교육의 가능성 탐색: 평양을 배경으로 한 고전소설을 대상으로」, 『고전문학과 교육』 3호, 한국고전문학교육학회.

〈참고 인터넷 사이트〉

http://www.mohw.go.kr [석간] 2007 - 세계인구현황보고 - 보도자료)

http://news.naver.com/main/read.nhn?mode=LS2D&mid=sec&sid1=103&sid2=240&oid=008&aid=0002000047

http://www.korean.go.kr/08_new/index.jsp

http://www.idoo.net/?menu=schooldic

http://imagesearch.naver.com/search.naver?where=idetail&rev=4&query=%C1%F7%C0%E5%C0%CE&from=image&ac=-0&res_to=0&merge=0&spq=1&start=1&a=pho_l&f=nx&r=1&u=http%3A%2F%2Fnews.naver.com%2Fmain%2Fread.nhn%3Fmode%3DLSD%26mid%3Dsec

%26sid1%3D103%26oid%3D022%26aid%3D0000239189

http://imagesearch.naver.com/search.naver?where=idetail&rev=4&query=%
C1%F7%C0%E5%C0%CE&from=image&ac=−1&sort=0&res_fr=
0&res_to=0&merge=0&spq=1&start=1&a=pho_l&f=nx&r=1&u
=http%3A%2F%2Fnews.naver.com%2Fmain%2Fread.nhn%3Fmode
%3DLSD%26mid%3Dsec%26sid1%3D103%26oid%3D022%26aid
%3D0000239189

http://blog.naver.com/yerim61?Redirect=Log&logNo=110021988947

http://kin.naver.com/detail/detail.php?d1id=3&dir_id=30601&eid=DX2dSo
RkFpzRd6D5VMjM4Ml9m2UEIAfg&qb=wM/Fu7Chu+c=&pid=fT
B3Qsoi5TNssvS5TSosss−−231162&sid=SWj3fPK3aEkAADVJG18

〈부록 1〉

나의 하루 기록하기

✍ 나의 하루는 이렇다!

〈예시〉 2008년 00월 00일 0요일 '나의 하루'

시간	공간	내가 한 일	느낌, 생각
am 6:00	집, 내방	알람 소리에 깨어 일어남	어제 끝내지 못한 숙제에 대한 걱정
am 6:00~6:20	집, 욕실	샤워	샴푸 냄새가 마음에 안 들어……
· · ·	· ·	· · ·	· · ·
pm 12:00	집, 내방	숙제하다가 잠듦	내일 일찍 일어나서 숙제 해야지……

☞ 공간에 머문 시간도 계산해보자.
  집: 00시간, 학교: 00시간, 학원 00시간

☞ 위의 예시와 같이 '나의 하루'를 표 안에 기록해봅시다.

2008년   월   일   요일 '나의 하루'

시간	공간	내가 한 일	느낌, 생각

☞ 공간에 머문 시간도 계산해봅시다.

제목으로 내용 상상하기

📖 '사무원(事務員)'이 무슨 뜻일까요? 사전에는……

> **사무원** 명 =사무직원
> **사무직원** 명 일반 사무를 맡아보는 직원
> **사무** 명 자신이 맡은 직책에 관련된 여러 가지 일을 처리하는 일.
>   주로 책상에서 문서 따위를 다루는 일을 이른다.
> **사무 - 적(一的)** [사 : - -]
> 관 「1」 사무에 관한. 또는 그런 것.
>   ¶ 그 회사는 사정이 어려워지자 퇴직하신 아버지를 다시 모셔 사무적 지원을 받았다.
>   ‖ 그녀는 사장으로부터 사무적인 능력을 인정받았다.
>   「2」 행동이나 태도가 진심이나 성의가 없고 기계적이거나 형식적인. 또는 그런 것.
>   ¶ 친절하고 예의 바른 그 사람이 공적인 자리에서 나를 그렇게 사무적 태도로 대해 매우 당황했다.
>   ‖ 사무적인 말투는 듣는 사람을 늘 불편하게 만든다.

✍ '사무원(事務員)'이라는 제목의 글은 사무원의 일상을 다루고 있다. 그 내용을 상상해봅시다.

✳ '사무원'은 보통 어떤 곳(어디)에 있나요?

✳ 그곳은 어떤 느낌이 드는 곳일까요?

✳ '사무원'은 그 공간에서 어떤 사람일까요?

✳ 그 공간에 있는 '사무원'은 어떤 이유에서 무엇을 하고 있을까요?

✳ 또 그 공간에서 '사무원'은 어떤 생각을 하고 있을까요?

✳ 위에 제시한 사전적 의미로서의 '사무원'의 일상에 대한 자신의 느낌을 써봅시다.

〈부록 2〉

공간에 대해 상상하기

📖 '집'은 사전에……

> 집 몡
> 「1」 사람이나 동물이 추위, 더위, 비바람 따위를 막고 그 속에 들어 살기 위하여 지은 건물.
> 「2」 가정을 이루고 생활하는 집안.

✍ 위에 제시된 '집'의 일반적 의미를 고려해 다음을 작성해봅시다.
✳ '집'은 일반적으로 어떤 기능을 하는 곳인가요?

모둠원 이름	의 견

의견 종합 ☞

✳ 위에서 제시한 '집'의 기능을 고려할 때, '집'은 일반적으로 어떤 느낌이 드는 곳인가요? 그 이   유도 말해봅시다.

모둠원 이름	느낌	그 이유

의견 종합 ☞

✳ '집'은 모둠 구성원 개개인에게 어떤 느낌이 드는 곳인가요? 그 이유도 말해봅시다.

모둠원 이름	느낌	그 이유

공간에 대해 상상하기

📖 '지하철'은 사전에……

> **지하철** 團
> 「1」 지하 철도 위를 달리는 전동차. 늑지하 전동차.
> 「2」 대도시에서 교통의 혼잡을 완화하고, 빠른 속도로 운행하기 위하여 땅속에 터널을 파고 부설한 철도.

✍ 위에 제시된 '지하철'의 일반적 의미를 고려해 다음을 작성해봅시다.

✱ '지하철'은 일반적으로 어떤 기능을 하나요?

모둠원 이름	의 견

의견 종합 ☞

✱ 위에서 제시한 '지하철'의 기능을 고려할 때, '지하철'은 일반적으로 어떤 느낌이 드는 곳인가   요? 그 이유
도 말해봅시다.

모둠원 이름	의 견

의견 종합 ☞

✱ '지하철'은 모둠 구성원 개개인에게 어떤 느낌이 드는 곳인가요? 그 이유도 말해봅시다.

모둠원 이름	의 견

공간에 대해 상상하기

📖 '지하철'은 사전에……

지하철 🔟
「1」 지하 철도 위를 달리는 전동차. 늑지하 전동차.
「2」 대도시에서 교통의 혼잡을 완화하고, 빠른 속도로 운행하기 위하여 땅속에 터널을 파고 부설한 철도.

✎ 위에 제시된 '지하철'의 일반적 의미를 고려해 다음을 작성해봅시다.
✳ '지하철'은 일반적으로 어떤 기능을 하나요?

모둠원 이름	의 견

의견 종합 ☞

✳ 위에서 제시한 '지하철'의 기능을 고려할 때, '지하철'은 일반적으로 어떤 느낌이 드는 곳인가   요? 그 이유도 말해봅시다.

모둠원 이름	의 견

의견 종합 ☞

✳ '지하철'은 모둠 구성원 개개인에게 어떤 느낌이 드는 곳인가요? 그 이유도 말해봅시다.

모둠원 이름	의 견

📖 '포장'은 사전에……

포장 🖾 물건을 싸거나 꾸림. 또는 싸거나 꾸리는 데 쓰는 천이나 종이.

✎ 위에 제시된 '포장'의 일반적 의미를 고려해 다음을 작성해봅시다.
✱ '포장'은 일반적으로 어떤 기능을 하는 것인가요?

모둠원 이름	의 견

의견 종합 ☞

📖 '포장도로'는 사전에……

포장도로 🖾 길바닥에 돌과 모래 따위를 깔고 그 위에 시멘트나 아스팔트 따위로 덮어 단단하게 다져 사람이 나 자동차가 다닐 수 있도록 꾸민 비교적 넓은 길
¶ 처음 두 시간은 포장도로였지만 나중 두 시간은 형편없는 시골 길이어서…… 〈박완서, 도시의 흉년〉

✎ 위에 제시된 '포장도로'의 일반적 의미를 고려해 다음을 작성해봅시다.
✱ '포장도로'는 일반적으로 어떤 기능을 하는 것인가요?

모둠원 이름	의 견

의견 종합 ☞

공간 나열해보기

🖎 일상생활 속에서 '모르는 사람들'과 마주친 경험을 정리해보자.

✳ '모르는 사람들'과 마주친 공간을 다음 〈예시〉와 같이 나열해보자.

〈예시〉

비행기를 갈아타던 어느 공항 대합실

고인을 추모하며 밤새우던 초상집……

모둠원 이름	의 견

✳ 위에 나열한 공간들의 공통점은 무엇인지 생각해보자. 그렇게 생각한 이유는?

의견 종합 ☞

모둠원 이름	의 견

제시된 말의 기능 생각해보기

📖 '광고판'은 사전에……

광고판 「명」 광고하는 글이나 그림을 붙이기 위하여 만든 판
광고 「명」 「1」 세상에 널리 알림. 또는 그런 일.
          「2」 상품이나 서비스에 대한 정보를 여러 가지 매체를 통하여 소비자에게 널리 알리는 의도적인 활
          동

✎ 위에 제시된 '광고판'의 일반적 의미를 고려해 다음을 작성해봅시다.

✳ '광고판'은 일반적으로 어떤 기능을 하는 것인가요?

모둠원 이름	의 견

의견 종합 ☞

✳ 위에서 제시한 '광고판'의 기능을 고려할 때, '광고판'에 대해 어떤 느낌이 드나요? 그 이유도   말해봅시다.

모둠원 이름	의 견

의견 종합 ☞

✳ '광고판'은 주로 어디에서 볼 수 있나요? 그 이유는 무엇일까요?

모둠원 이름	의 견

의견 종합 ☞

📖 '헌법'은 사전에......

헌법 圀 「1」국가 통치 체제의 기초에 관한 각종 근본 법규의 총체. 모든 국가의 법의 체계적 기초로서 국가의 조직, 구성 및 작용에 관한 근본법이며 다른 법률이나 명령으로써 변경할 수 없는 한 국가의 최고 법규이다.
「2」자유주의 원리에 입각하여, 국민의 기본적인 인권을 보장하고 국가의 정치기구 특히 입법 조직에 대한 참가의 형식 또는 기준을 규정한 근대 국가의 근본법

✍ 위에 제시된 '헌법'의 일반적 의미를 고려해 다음을 작성해봅시다.
✸ '헌법'은 일반적으로 어떤 기능을 하는 것인가요?

모둠원 이름	의 견

의견 종합 ☞

✸ '헌법'의 일반적 기능을 고려할 때, '헌법'에 대해 어떤 느낌이 드나요? 그 이유도 말해봅시다.

모둠원 이름	의 견

의견 종합 ☞

📖 '유리문'은 사전에……

유리문 똉 유리를 끼운 문
유리 똉 석영, 탄산소다, 석회암을 섞어 높은 온도에서 녹인 다음 급히 냉각하여 만든 물질. 투명하고 단단하며 잘 깨진다.
문 똉 드나들거나 물건을 넣었다 꺼냈다 하기 위하여 틔워 놓은 곳. 또는 그곳에 달아 놓고 여닫게 만든 시설.

✍ 위에 제시된 '유리문'의 일반적 의미를 고려해 다음을 작성해봅시다.
✱ '유리문'은 일반적으로 어떤 기능을 하는 것인가요?

모둠원 이름	의 견

의견 종합 ☞

✱ '유리문'의 일반적 기능을 고려할 때, '유리문'에 대해 어떤 느낌이 드나요? 그 이유도 말해봅시다.

모둠원 이름	의 견

의견 종합 ☞

제시된 말의 기능 생각해보기

📖 '승용차'는 사전에……

승용차 사람이 타고 다니는 데 쓰는 자동차
¶ 승용차로 출근하다/이번에 새로 나온 승용차는 승차감이 뛰어나다

✎ 위에 제시된 '승용차'의 일반적 의미를 고려해 다음을 작성해봅시다.
✱ '승용차'은 일반적으로 어떤 기능을 하는 것인가요?

모둠원 이름	의 견

의견 종합 ☞

✱ '승용차'의 일반적 기능을 고려할 때, '승용차'에 대해 어떤 느낌이 드나요? 그 이유도 말해봅시다.

모둠원 이름	의 견

의견 종합 ☞

제시된 말의 기능 생각해보기

📖 '에스컬레이터'는 사전에……

에스컬레이터 명 사람이나 화물이 자동적으로 위아래 층으로 오르내릴 수 있도록 만든 계단 모양의 장치
¶ 계단을 걸어 오르기 힘드신 분은 에스컬레이터를 이용하시기 바랍니다

✍ 위에 제시된 '에스컬레이터'의 일반적 의미를 고려해 다음을 작성해봅시다.

✳ '에스컬레이터'는 일반적으로 어떤 기능을 하는 것인가요?

모둠원 이름	의 견

의견 종합 ☞

✳ '에스컬레이터'의 일반적 기능을 고려할 때, '에스컬레이터'에 대해 어떤 느낌이 드나요? 그 이유도   말해봅시다.

모둠원 이름	의 견

의견 종합 ☞

〈부록 3〉 문학과 삶

1) 사무원

일상성과 비일상성

※ 사전 학습 활동을 바탕으로 상상한 '사무원'의 일상을 염두에 두고, 다음 빈칸을 채워봅시다.

- 이른 아침 6시부터 밤 10시까지 하루도 빠짐없이 그는(A   )을/를 했다고 한다.
- 점심시간에도 의자에 단단히 붙박여 보리밥과 김치가 든 도시락으로(B   )을/를 마쳤다고 한다.
- 그는 매일 상사에게 굽실굽실(C   )을/를 울렸다고 한다.

✍ 시를 읽고, 위의 빈칸 채운 결과와 비교해봅시다.

〈표 1〉 '사무원'이라는 시를 읽기 전에 채워봅시다.

공간	인물	빈칸 채우기(인물의 행동)	인물의 행동 평가
직장	사무원	A	A, B, C는(①)에서 (②)가 하는 행동이다!
		B	
		C	①: 공간 ②: 인물

〈표 2〉 '사무원'이라는 시를 읽고 채워봅시다.

공간	인물	실제 시 속에서 찾아 쓰기 (인물의 행동)	인물의 행동 평가
직장	사무원	A	A, B, C는(①)에서 (②)가 하는 행동이다!
		B	
		C	①: 공간 ②: 인물

✱ 〈표 1〉과 〈표 2〉 중에서 어느 쪽이 좀 더 낯설게 느껴집니까?

✱ 그렇게 느껴지는 이유는 무엇일까요?

✱ 이렇게 낯설게 느껴지게 표현했을 때의 효과는 무엇일까요?

공간과 인물

✍ 시를 읽기 전, 예상했던 공간과 인물, 그에 대한 느낌을 읽고 난 후와 비교해봅시다.

	읽기 전	읽은 후
공간		
인물		
느낌		

✍ 시에 구체화된 공간, 인물과 가장 유사한 공간과 인물이 무엇인지 생각해봅시다.

✍ 이 시에 드러난 사무원의 일상을 자신의 일상과 비교해봅시다.

사 무 원

김 기 택

이른 아침 6시부터 밤10시까지 하루도 빠짐없이
그는 의자 고행을 했다고 한다.
제일 먼저 출근하여 제일 늦게 퇴근할 때까지
그는 자기 책상 자기 의자에만 앉아 있었으므로
사람들은 그가 서 있는 모습을 여간해서는 볼 수 없었다고 한다.
점심시간에도 의자에 단단히 붙박여
보리밥과 김치가 든 도시락으로 공양을 마쳤다고 한다.
그가 화장실에 가는 것을 처음으로 목격했다는 사람에 의하면
놀랍게도 그의 다리는 의자가 직립한 것처럼 보였다고 한다.
그는 하루 종일 損害管理臺帳經과 資金收支心經 속의 숫자를 읊으며
철저히 고행 업무 속에만 은둔하였다고 한다.
종소리 북소리 목탁소리로 전화벨이 울리면
수화기에다 자금현황 매출원가 영업이익 재고자산 부실채권 등등을
청아하고 구성지게 염불했다고 한다.
끝없는 수행정진으로 머리는 점점 빠지고 배는 부풀고
커다란 머리와 몸집에 비해 팔다리는 턱없이 가늘어졌으며
오랜 음지의 수행으로 얼굴은 창백해졌지만
그는 매일 상사에게 굽실굽실 108배를 올렸다고 한다.
수행에 너무 지극하게 정진한 나머지
전화를 걸다가 전화가 버튼 대신 계산기를 누르기도 했으며
귀가하다가 지하철 개찰구에 승차권 대신 열쇠를 밀어 넣었다고 한다.
이미 습관이 모든 행동과 사고를 대신할 만큼
깊은 경지에 들어갔으므로
사람들은 그를 '30년간의 長座不立'이라고 불렀다 한다.
그리 부르든 말든 그는 전혀 상관치 않고 묵언으로 일관했으며
다만 혹독하다면 혹독할 이 수행을
외부압력에 의해 끝까지 마치지 못할까 두려워했다고 한다.
그나마 지금껏 매달릴 수 있다는 것을 큰 행운으로 여겼다고 한다.
그의 통장에는 매달 적은 대로 시주가 들어왔고
시주는 채워지기 무섭게 속가의 살림에 흔적 없이 스며들었으나
혹시 남는지 역시 모자라는지 한 번도 거들떠보지 않았다고 한다.
오로지 의자 고행에만 더욱 용맹 정진했다고 한다.
그의 책상 아래에는 여전히 다리가 여섯이었고
둘은 그의 다리 넷은 의자 다리였지만
어느 둘이 그의 다리였는지는 알 수 없었다고 한다.

2) 창작하기

창작의 방법

📖 '사무원'을 통해 창작의 과정을 알아봅시다.

		① 일상		② 비일상	③ 이해와 수용
		ⓐ 정의/ 기능	ⓑ 느낌	ⓒ 문학적 형상화	ⓓ 비교하기
공간	회사	일하기 위해 가는 곳	반복적이다 참아야 한다 엄격하다 규칙적이다 살벌하다	★ 기능 감추기, 바꾸기 ● 사무원은 일을 하러 회사에 간다. ─〉사무원은 고행을 하러 회사에 간다. ★ 드러내기와 감추기 ● 사무원은 대체로 앉아서 일을 했다. ─〉사람들은 그가 서 있는 모습을 여간해서는 볼 수 없었다. ─〉그의 책상 아래에는 여전히 다리가 여섯이었고 둘은 그의 다리 넷은 의자 다리였지만 어느 둘이 그의 다리였는지는 알 수 없었다고 한다.	①의 내용이 ②에서 잘 드러나는가?
인물	사무원	문서 관련 일을 하는 사람	안정감 갑갑함 바쁠 오래 앉아 있음 ……		

창작해 보기

✐ 일상생활 속의 공간 체험을 바탕으로 창작을 해봅시다.
❋ 다음 제시된 공간과 인물 중 하나를 선택하여 빈칸을 채워봅시다. (자신의 일상 기록을 활용하세요.)

❶ 교실 – 학생
❷ 버스(지하철) – 승객
❸ 방(집) – 나

		① 일상		② 비일상	③ 이해와 수용
		ⓐ 정의/ 기능	ⓑ 느낌	ⓒ 문학적 형상화	ⓓ 비교하기
공간					
인물					

✻ 위의 내용을 바탕으로 다음 중 하나를 선택해 한 편의 글을 써봅시다.

❶ 시 쓰기

❷ 노래 가사 고쳐 쓰기

❸ 과거에 썼던 일기 고쳐 써 보기

❹ 새로운 문학 사전 만들기(낯설게 재정의 하기)

〈부록 4〉 문학과 삶

수족관

실상성과 비실상성

※ 사전 학습 활동을 바탕으로 상상한 '집'의 기능, 느낌을 염두에 두고, 다음 빈칸을 채워봅시다.

> * 아파트 단지들이(   )을 내뿜고 있다

✎ 시를 읽고, 위의 빈칸 채운 결과와 비교해봅시다.

〈표 1〉 시를 읽기 전에 채워봅시다.

모둠원	우리 생각에는 빈칸에 이런 말이……	그 이유

〈표 2〉 시를 읽고 채워봅시다.

실제 시에는 빈칸에……	모둠원	시에서는 왜 이렇게 표현했을까요?

✵ 〈표 1〉의 여러분의 생각과 〈표 2〉의 실제 시 표현 중에서 어느 쪽이 좀 더 낯설게 느껴집니까?
✵ 그렇게 느껴지는 이유는 무엇일까요? 또 이렇게 낯설게 느껴지게 표현했을 때의 효과는 무엇일까요?

모둠원	낯선 쪽	낯설게 느껴지는 이유	낯설게 표현했을 때의 효과

공간과 인물

✎ 시를 읽기 전, 예상했던 공간(집)과 인물(가족…)에 대한 느낌을 읽고 난 후와 비교해봅시다.

	모둠원	읽기 전	읽은 후
공간, 인물에 대한 느낌			

✎ 시에 구체화된 공간, 인물과 가장 유사한 공간과 인물이 무엇인지 생각해봅시다.
✎ 이 시에 드러난 삶을 자신의 일상과 비교해봅시다.

수족관

최승호

수족관 물고기들 뒤로 방이 보이고
그 뒤로 흐린 하늘 보이고
하늘은 느낄 수 없는 것들로
가득차 있다. 텅 비어 있다.
수족관 물고기들은
큰 강물의 흐름을 잊은 것이 아닐까?
느낌의 벽 너머로 나가
헤엄치고 싶다. 감옥을 팽창시키고 싶다.

2
뱉었던 물을
다시 마셨다가 뱉을수록
물이 흐려진다.
뱉었던 물을 다시 마시는 뿌루퉁한 얼굴,
일상이다. 잔잔하면
권태로와 몸을 비틀고
배 부르면 졸립고
흔들리면 설레임에 앞서 두려워지는.

3
無로서 無門을 돌파하는
죽음.
내가 아니라 다른 것들이
숨쉬기 시작하는 죽음.
우리는 죽어 새로운 흐름 속으로 흘러든다

화장도 그렇고
매장도 그렇다

얼마나 편찮지
그들에겐 새로움이 두려움이다
큰 강물의 흐름 속에 놓아도
수족관을 떠나지 않는
늙은 물고기의 고집

4
아파트 단지들이 거품방울을 내뿜고 있다
이렇게 죽음을 기다리며 지긋지긋 더 살면
뭘 하겠냐고
아파트 창밖으로 늙은 몸을 던진
… 자살은
구역질이 나게 한다
자살은 대부분 타살이니까

5
횟집 수족관 長魚들은
고무장갑이 움켜질 때마다
죽음에서 미끄러져 나가려고 꿈틀거렸다
생명은 생각보다 질겨서
토막난 채 도마 위에서 떨고 있었다
저 바다의 비린내를 일찍 긍정했어야
혼돈을 숨쉬는 고래의 길을 탐냈을 텐데

〈문학과 삶〉

포장품

일상성과 비일상성

※ 사전 학습 활동을 바탕으로 상상한 '집'의 기능, 느낌을 염두에 두고, 다음 빈칸을 채워봅시다.

> * 물건은 토막 내져 검은 비닐에 담긴 채 묶여 있다.
> 나는(A   )을 풀고 있다.
> 누군가 포장된 도로 위를(B   ).

✍ 시를 읽고, 위의 빈칸 채운 결과와 비교해봅시다.

〈표 1〉 시를 읽기 전에 채워봅시다.

모둠원	우리 생각에는 빈칸에 이런 말이……	그 이유

〈표 2〉 시를 읽고 채워봅시다.

실제 시에는 빈칸에……	모둠원	시에서는 왜 이렇게 표현했을까요?
A:		
B:		

✹ 〈표 1〉의 여러분의 생각과 과 〈표 2〉의 실제 시 표현 중에서 어느 쪽이 좀 더 낯설게 느껴집니까?
✹ 그렇게 느껴지는 이유는 무엇일까요? 또 이렇게 낯설게 표현했을 때의 효과는 무엇일까요?

모둠원	낯선 쪽	낯설게 느껴지는 이유	낯설게 표현했을 때의 효과

공간과 행위

✍ 시를 읽기 전, 예상했던 공간(포장도로)과 행위(포장하기/포장 풀기)에 대한 느낌을 읽고 난 후 와 비교해봅시다.

	모둠원	읽기 전	읽은 후
공간, 인물에 대한 느낌			

✍ 이 시에 드러난 모습을 자신의 일상과 비교해봅시다.

포장품

이수명

물건은 묶여 있다. 나는 줄을 풀고 있다. 누군가 포장된 도로 위를 달린다.

물건은 포장되어 묶여 있다. 나는 포장을 동여맨 줄을 풀고 있다. 누군가 포장된 도로 위를 달린다.

물건은 여러 겹의 비닐로 포장되어 묶여 있다. 나는 비닐을 조르고 있는 줄을 풀고 있다. 누군가 포장된 도로 위를 달린다.

물건은 토막 내쳐 검은 비닐에 담긴 채 묶여 있다. 나는 풀수록 조여드는 줄을 풀고 있다. 이쪽을 풀면 저쪽이 엉킨다. 이쪽을 풀면 누군가 이쪽을 다시 묶는다. 누군가 포장된 도로 위를 달린다.

물건은 묶여 있다.

✍ 이 시가 의미하는 바가 무엇일까요?

✍ 이 시에 대한 자신의 느낌이나 생각을 말해봅시다.

〈문학과 삶〉

만나고 싶은

───

일상성과 비일상성

※ 사전 학습 활동을 바탕으로 '모르는 사람들'과 마주친 경험을 염두에 두고, 다음 빈칸을 채워봅시다.

* 모두가(A   ) 얼굴들 모르는 사람들이다
  내가 아는(B   ) 사람들이 너무 적구나

✎ 시를 읽고, 위의 빈칸 채운 결과와 비교해봅시다.

〈표 1〉 시를 읽기 전에 채워봅시다.

모둠원	우리 생각에는 빈칸에 이런 말이……		그 이유
	A	B	

〈표 2〉 시를 읽고 채워봅시다.

실제 시에는 빈칸에……	모둠원	시에서는 왜 이렇게 표현했을까요?
A:		
B:		

✱ 〈표 1〉의 여러분의 생각과 〈표 2〉의 실제 시 표현 중에서 어느 쪽이 좀 더 낯설게 느껴집니까?
✱ 그렇게 느껴지는 이유는 무엇일까요? 또 이렇게 낯설게 표현했을 때의 효과는 무엇일까요?

모둠원	낯선 쪽	낯설게 느껴지는 이유	낯설게 표현했을 때의 효과

───

공간과 인물

✎ 시를 읽기 전, 예상했던 공간('모르는 사람들'과 마주친 공간, 그 공간들의 공통점)과 인물('모르는 사람들')에 대한 느낌을 읽고 난 후와 비교해봅시다.

	모둠원	읽기 전	읽은 후
공간, 인물에 대한 느낌			

✎ 이 시에 드러난 삶을 자신의 일상과 비교해봅시다.

만나고 싶은

김광규

모두가 모르는 사람들이다
그러나 이상하게도 낯익은 얼굴들이다
내가 모르는 낯익은 사람들이 너무 많구나
우리가 처음 만난 곳은 어디였던가
병아리떼 모이를 쪼으던 유치원 마당이었던가
솜사탕을 사먹던 시골 장터였던가
아카시아꽃 한참 핀 교정의 벤치였던가
볕별 아래 앉아 버티던 봉제 공장 옥상이었던가
눈물 흘리며 짐승처럼 쫓기던 봄날의 광장이었던가
숯내기 바둑을 두던 숙직실 골방이었던가
간첩을 뒤쫓으며 헐떡이던 산마루였던가
친구를 기다리던 새벽의 구치소 앞이었던가
두부 장수가 지나가던 골목길 여관방이었던가
줄담배를 피우던 산부인과 복도였던가
마늘을 싣고 도부치던 아파트촌이었던가
부가가치세 신고를 하던 세무소였던가
민방위 교육을 받던 변두리 극장이었던가
흰 봉투를 건네주던 다방의 구석 자리였던가
비행기를 갈아타던 어느 공항 대합실이었던가
고인을 추모하며 밤새우던 초상집이었던가 …
아니다
그렇지 않다
모두가 거짓된 기억 헛된 착각이다
우리는 부딪쳤을 뿐 한 번도 만나 본 적이 없다
모두가 낯익은 얼굴들 모르는 사람들이다
내가 아는 낯선 사람들이 너무 적구나

〈문학과 삶〉

벽

※ 사전 학습 활동을 바탕으로 '지하철'의 일반적 기능을 염두에 두고, 다음 빈칸을 채워봅시다.

* 만원 전동차에서 할머니가 필사적으로 꿈틀거리는 동안 꿈틀거릴수록 점점 작아지는 동안 승객들은 (   )

✐ 시를 읽고, 위의 빈칸 채운 결과와 비교해봅시다.

〈표 1〉 시를 읽기 전에 채워봅시다.

모둠원	우리 생각에는 빈칸에 이런 말이……	그 이유

〈표 2〉 시를 읽고 채워봅시다.

실제 시에는 빈칸에……	모둠원	시에서는 왜 이렇게 표현했을까요?

※ 〈표 1〉의 여러분의 생각과 과 〈표 2〉의 실제 시 표현 중에서 어느 쪽이 좀 더 낯설게 느껴집니까?
※ 그렇게 느껴지는 이유는 무엇일까요? 또 이렇게 낯설게 표현했을 때의 효과는 무엇일까요?

모둠원	낯선 쪽	낯설게 느껴지는 이유	낯설게 표현했을 때의 효과

✐ 시를 읽기 전, 예상했던 공간(지하철)과 인물(승객)에 대한 느낌을 읽고 난 후와 비교해봅시다.

	모둠원	읽기 전	읽은 후
공간, 인물에 대한 느낌			

✐ 이 시에 드러난 삶을 자신의 일상과 비교해봅시다.

벽

김기택

옆구리에서 아까부터
무언가가 꿈지락거리고 있었다.
내려다보니 작은 할머니였다.
만원 전동차에서 내리려고
혼자 헛되이 허우적거리고 있었다.
승객들은 빈틈없이 할머니를 에워싸고
높고 튼튼한 벽이 되어 있었다.
할머니가 아무리 중얼거리며 떠밀어도
벽은 꿈쩍도 하지 않았다.
할머니는 있는 힘을 다하였으나
태아의 발가락처럼 꿈틀거릴 뿐이었다.
전동차가 멈추고 문이 열리고 닫혔지만
벽은 조금도 흔들림이 없었다.
할머니가 필사적으로 꿈틀거리는 동안
꿈틀거릴수록 점점 작아지는 동안
승객들은 빈틈을 더 세게 조이며
더욱 견고한 벽이 되고 있었다.

〈문학과 삶〉

광고판도 승천한다

일상성과 비일상성

※ 사전 학습 활동을 바탕으로 '광고판'의 일반적 기능을 염두에 두고, 다음 빈칸을 채워봅시다.

* 여의도에서 영등포로 건너가는 다리 위 상섭 광고판이
( )하고 있다

✍ 시를 읽고, 위의 빈칸 채운 결과와 비교해봅시다.

〈표 1〉 시를 읽기 전에 채워봅시다.

모둠원	우리 생각에는 빈칸에 이런 말이……	그 이유

〈표 2〉 시를 읽고 채워봅시다.

실제 시에는 빈칸에……	모둠원	시에서는 왜 이렇게 표현했을까요?

✳ 〈표 1〉의 여러분의 생각과 과 〈표 2〉의 실제 시 표현 중에서 어느 쪽이 좀 더 낯설게 느껴집니까?
✳ 그렇게 느껴지는 이유는 무엇일까요? 또 이렇게 낯설게 표현했을 때의 효과는 무엇일까요?

모둠원	낯선 쪽	낯설게 느껴지는 이유	낯설게 표현했을 때의 효과

공간과 인물

✍ 시를 읽기 전, 예상했던 '광고판'을 주로 볼 수 있는 공간과 이를 보는 인물에 대한 느낌을 읽고 난 후와 비교해봅시다.

	모둠원	읽기 전	읽은 후
공간, 인물에 대한 느낌			

✍ 이 시에 드러난 삶을 자신의 일상과 비교해봅시다.

광고판도 승천한다

강형철

여의도에서 영등포로 건너가는 다리 위
상업광고판이 승천하고 있다

내가 본 것은 광고판을 비추고 있는 형광의 불빛이
내리는 비 때문에 기화하는 것이지만
그림판 안의 여자가 열 고운 치아를 드러내고 활짝 웃으면서
무관심한 사람에게 카펫에 대한 호기심을
세탁기에 대한 꿈을
청소기에 대한 필요성을 주입시켰으니 성공이라며
아들 데리고 승천하는 선녀처럼
광고판 타고 승천하고 있다

봄밤을

세상에, 봄밤을.

〈문학과 삶〉

20밀리

| 일상성과 비일상성 |

※ 사전 학습 활동을 바탕으로 '유리문'의 일반적 기능을 염두에 두고, 다음 빈칸을 채워봅시다.

* 도시 가운데(   )가 있다.
  유리로 만들어진(   )가

✍ 시를 읽고, 위의 빈칸 채운 결과와 비교해봅시다.

〈표 1〉 시를 읽기 전에 빈칸에 들어갈 공통된 말을 채워봅시다.

모둠원	우리 생각에는 빈칸에 이런 말이……	그 이유

〈표 2〉 시를 읽고 빈칸을 채워봅시다.

실제 시에는 빈칸에……	모둠원	시에서는 왜 이렇게 표현했을까요?

✱ 〈표 1〉의 여러분의 생각과 〈표 2〉의 실제 시 표현 중에서 어느 쪽이 좀 더 낯설게 느껴집니까?
✱ 그렇게 느껴지는 이유는 무엇일까요? 또 이렇게 낯설게 표현했을 때의 효과는 무엇일까요?

모둠원	낯선 쪽	낯설게 느껴지는 이유	낯설게 표현했을 때의 효과

※ (A)사전 학습 활동에서 생각해본 '헌법'의 일반적 기능을 염두에 두고, (B)이 시 속에 표현된 '헌법'의 기능과 비교해봅시다. 그리고 더 낯설게 느껴지는 것은 어떤 것인지 생각해봅시다. 낯설게 표현했을 때의 효과는 무엇일까요?

모둠원	(B) 이 시 속에 표현된 '헌법'의 기능	낯선 쪽	낯설게 표현했을 때의 효과

20밀러

장정일

도시 가운데 거대한 칸막이가 있다
유리로 만들어진 거대한 칸막이가
그러나 자세히 보면 그 칸막이는
칸막이가 아니라 통행 가능한
두께 20밀러의 유러문이다

유러로 만들어진 거대한 문
이 문에는 주인이 없다 그 대신
유러로 만든 명확한
사용 규칙이 있다
누구나 사용할 수 있다는 것
그것이 유러로 만든 그 문의
헌법이었다

누구나 사용할 수 있는 문을 열고
한 사람이 들어간다 그러면
소리 없이 잽싸게 닫히는 문
그러나 열고나올 수 있는 문
정기처금통장에 임금을 시키거나
무이자 융자 의뢰서를 기입하고서

안내양의 안내를 받으며
누구나 다시 나올 수 있는
자유스러운 문

그 문 밖에 노인 하나 쭈그리고 있다
걸인이라고밖에 할 수 없는
비천한 노인이 끄덕끄덕 졸며
손바닥 같은 햇볕을 쪼이고 있다
누구나 사용할 수 있는 문을
통행 불가능한 칸막이로 착각한 거지 노인이
잘 닦여 반짝이는 두께 20밀러 유러
문 밖에서 고집스레
죽음을 맞이한다

그러면 대머리 벗겨진 은행장이
두께 20밀러 유러문 속에서
자신의 주식회사 사원에게 명령한다
불온한 사상을 가진 저 시체를 치우라고
누구나 사용할 수 있는 문을 사용하지 않
은
헌법의 존엄성을 모독한 저 노인의
건방진 시체를 불태우라고
넥타이를 맨 특전 병사에게 명령한다

공간과 인물

✍ 시를 읽기 전, 예상했던 공간(유리문)과 이를 드나드는 인물에 대한 느낌을 읽고 난 후와 비교 해봅시다.

	모둠원	읽기 전	읽은 후
공간, 인물에 대한 느낌			

✍ 이 시에 드러난 삶을 자신의 일상과 비교해봅시다.

<화문학과 삶>

킬링머신을 타고

일상성과 비일상성

※ 사전 학습 활동을 바탕으로 '승용차'의 일반적 기능을 염두에 두고, 다음 빈칸을 채워봅시다.

> * 차는 시속 60킬로미터로, 80킬로미터로, 110킬로미터로 달리네
>
> 우리는(A   )을 모는(B   )들

✍ 시를 읽고, 위의 빈칸 채운 결과와 비교해봅시다.

<표 1> 시를 읽기 전에 채워봅시다.

모둠원	우리 생각에는 빈칸에 이런 말이……		그 이유
	A	B	

<표 2> 시를 읽고 채워봅시다.

실제 시에는 빈칸에……	모둠원	시에서는 왜 이렇게 표현했을까요?
A:		
B:		

✱ <표 1>의 여러분의 생각과 <표 2>의 실제 시 표현 중에서 어느 쪽이 좀 더 낯설게 느껴집니까?
✱ 그렇게 느껴지는 이유는 무엇일까요? 또 이렇게 낯설게 표현했을 때의 효과는 무엇일까요?

모둠원	낯선 쪽	낯설게 느껴지는 이유	낯설게 표현했을 때의 효과

공간과 인물

✍ 시를 읽기 전, 예상했던 공간(승용차)과 인물(운전자, 승객)에 대한 느낌을 읽고 난 후와 비교해 봅시다.

	모둠원	읽기 전	읽은 후
공간, 인물에 대한 느낌			

✍ 이 시에 드러난 삶을 자신의 일상과 비교해봅시다.

킬링 머신을 타고

양애경

비 젖은 길을 달려가니
갈색의 새 한 마리 바닥에서 필사적으로 기는데,
그러나 다친 너의 '필사적'은
자동차의 속도와는 너무 달라
아, 어쩌면 좋니
내 차는 벌써 5미터는 미끄러져 갔고
네 여린 날갯짓이 차 바닥을 치는 희미한 소리
미안해, 아가
미안해, 아가

벌써 차는 100미터는 지나갔겠네
뭉개진 작은 동물들의 시체가
차 옆, 차 앞, 길가에 즐비한데
한 마디 애도할 틈도 없이
차는 시속 60킬로미터로, 80킬로미터로, 110킬로미터로 달리네
이 별에서는 왜 이렇게 바쁠까
분주히 정신없이 달려도
그저 밥이나 먹을 뿐인데
모두들 저 예쁘고 가련한 것들을 짓이기며

야, 이 별은 왜 이렇게 바쁜 건지
잔인한 건지
본의가 아니었다고 중얼거려도 때는 늦었네
우리는 킬링머신을 모는 킬러들

〈문학과 삶〉

축지법 시대

일상성과 비일상성

※ 사전 학습 활동을 바탕으로 '지하철'의 일반적 기능을 염두에 두고, 다음 빈칸을 채워봅시다.

* 에스컬레이터를 타고 에스컬레이터를 걸어가 보아라. 기어 자전거 페달을 살짝 밟아
  보아라.
  가속의(   )이 그대를 아래층에서 위층으로 오르막길고 숨 헐떡이지 않
  게 조용히, 빠른 속도에 실어 옮겨줄 것이다.

✍ 시를 읽고, 위의 빈칸 채운 결과와 비교해봅시다.

〈표 1〉 시를 읽기 전에 채워봅시다.

모둠원	우리 생각에는 빈칸에 이런 말이……	그 이유

〈표 2〉 시를 읽고 채워봅시다.

실제 시에는 빈칸에……	모둠원	시에서는 왜 이렇게 표현했을까요?

✱ 〈표 1〉의 여러분의 생각과 〈표 2〉의 실제 시 표현 중에서 어느 쪽이 좀 더 낯설게 느껴집니까?
✱ 그렇게 느껴지는 이유는 무엇일까요? 또 이렇게 낯설게 표현했을 때의 효과는 무엇일까요?

모둠원	낯선 쪽	낯설게 느껴지는 이유	낯설게 표현했을 때의 효과

공간과 인물

✍ 시를 읽기 전, 예상했던 공간(에스컬레이터)과 인물(에스컬레이터에 탄 사람들)에 대한 느낌을 읽고 난 후와
  비교해봅시다.

	모둠원	읽기 전	읽은 후
공간, 인물에 대한 느낌			

✍ 이 시에 드러난 삶을 자신의 일상과 비교해봅시다.

축지법 시대

이운룡

짚신 몇 켤레 걸치고
몇 날 밤 주막신세 져야 했던 한양 천리가
축지법을 써 하룻길이었다는 전설이 있다
성큼성큼 땅을 주름잡은 귀신들의,
지금은 가속의 페달이 축지법이다
대형마트나 백화점 빌딩을 오르내릴 때
공항의 긴 이동통로를 지나갈 때
귀신 아닌 귀신들이 실제로 축지법을 쓴다
에스컬레이터를 타고 에스컬레이터를 걸어가 보아라
기어 자전거 페달을 살짝 밟아 보아라
가속의 축지법이 그대를 아래층에서 위층으로 오르막길고 숨 헐떡이지 않게
조용히, 빠른 속도에 실어 옮겨줄 것이다

나의 불안은 초연한 척
옛이야기로 되돌려 보내고 있지만
나는 그게 겁난다
남은 생의 시간이 축지법을 쓴다면 벌써
땅 끝 낭떠러지쯤에 와 있을까

우주에도 축지법이 있다. 신神은
축지법에 능한 초능력의 감독이고 코치이다
아니, 저 무한 허공을 주름잡고 와서
육십여 인간 그 수억만 배 초목과 벌레와 금수까지
낱낱을 살피는 신은 한 마디로
신이다.

강주현

▌약 력

이화여자대학교 국어국문학과 및
이화여자대학교 교육대학원 졸업(교육학 석사)
이화여자대학교 사범대학 부속 이화·금란고등학교 교사

도시, 일상, 시 교육

초판인쇄 │ 2009년 7월 7일
초판발행 │ 2009년 7월 7일

지은이 │ 강주현
펴낸이 │ 채종준
펴낸곳 │ 한국학술정보㈜
주 소 │ 경기도 파주시 교하읍 문발리 파주출판문화정보산업단지 513-5
전 화 │ 031) 908-3181(대표)
팩 스 │ 031) 908-3189
홈페이지 │ http://www.kstudy.com
E-mail │ 출판사업부 publish@kstudy.com

등 록 │ 제일산-115호(2000. 6. 19)
가 격 │ 28,000원

ISBN ╊.╊ ╊╊   (Paper Book)
     978-89-268-0144-4 98800 (e-Book)